D1942072

Der Feuerbaum

Günther Bentele

DER FEUER BAUM

Mit Illustrationen von

Volker Blumkowski

Thienemann

Für Katrin, Susanne, Ulrich und Christoph

Ben 20 F 21 (1)

INHALT

DER PATE

»He, Platz da!« Ein schwitzender Mann mit Lederschürze ließ seinen Sack wuchtig auf den Boden gleiten: »Wohl verrückt geworden, steht der doch einfach am hellichten Tage da, glotzt Löcher in die Luft und versperrt Leuten, die arbeiten müssen, den Weg!«

Ein großer, knochiger Junge war mit einem Leinwandballen auf dem Rücken mitten auf der Gasse stehengeblieben und starrte in die Luft. Jetzt machte er ein erschrockenes Gesicht: »Entschuldigung!«

»Immer dieses Armeleutepack, Nichtsnutze, Gaffer!«

»Ich muß auch arbeiten«, der Junge hatte einen feuerroten Kopf bekommen, »und Pack sind wir keines, wenn wir auch arm sind, Vater ist ein ehrlicher Webermeister.«

»Na, da ist er was Rechts: Da tät ich das Maul nicht so aufreißen!« Der Mann warf ihm noch einen bösen Blick zu, lud sich den Sack auf und stampfte davon.

Dabei hatte Ulrich Georg Wennagel, wie der Junge hieß, heute, am 22. April des Jahres 1517, Geburtstag. Er wurde zwölf Jahre alt. Aber das wußte er nicht; er kannte nicht einmal sein genaues Alter. Auch seine Eltern wußten es kaum. Im Taufbuch der Stadt war das Datum seiner Taufe eingetragen, der 23. April, am Fest des heiligen Georg im Jahre 1505. Er war am Tag nach der Geburt getauft worden, weil die Kinder armer Leute oft in den ersten Tagen starben. So fanden sich im Totenbuch der Stadt sieben Geschwister Ulrichs, vier Brüder und drei Schwestern; sie hatten nur wenige Tage gelebt.

Ulrich war also der einzige, und er war recht kräftig. Aber er wurde nicht verwöhnt: Sein Vater war sehr arm, obwohl er vom ersten Sonnenlicht bis zum Sonnenuntergang an seinem Webstuhl arbeitete. Es gab zu viele Leineweber in der Stadt. Ulrich ging oft hungrig ins Bett.

Seit Ulrich denken konnte, mußte er mithelfen. Als er noch kleiner war, hatte er die Haspel gedreht, jetzt konnte man ihn schon die schweren Leinwandballen auf dem Rücken tragen oder die harten Garnknäuel von den Vorstadtbauern holen lassen .

»Der Junge schlägt meinem Großvater nach«, sagte die Mutter oft. Ihr Großvater war Schmied in einem nahe gelegenen Dorf gewesen.

So war Ulrich, wenn er nicht Garn haspelte, den ganzen Tag unterwegs und wurde bei der schweren Arbeit immer kräftiger. Er kannte jede Gasse und jedes Haus; am liebsten war es ihm, wenn er einen Auftrag am Marktplatz oder in der Herrengasse zu erledigen hatte. Dort standen die prächtigen Häuser der Handelsherren und der Kaufleute.

Da war er auch heute gestanden und hatte die mächtigen Balkenkonstruktionen angestaunt. Er hatte sehnsüchtig hochgeblickt zu den Giebeln mit den Aufzugsluken der Kaufmannshäuser, aus denen die Seilwinden herausragten. Und er war wie so oft von jemandem, dem er dabei den Weg versperrt hatte, angeraunzt worden.

Ulrich wollte Zimmermann werden. Immer wieder sah er sich, wie er Balken zusammenfügte und auf dem höchsten First Richtbäume aufsetzte: Seine Häuser, träumte er, sollten viele hundert Jahre stehen bleiben. Aber er wußte, daß er niemals Zimmermann werden konnte. Der Vater hatte ihm erklärt, daß er als armer Weber niemals das viele Geld aufbringen könne, das eine Lehre kostete. Nein, es war klar, daß Ulrich bei seinem Vater das Weberhandwerk erlernen mußte, wo es nichts kostete, und wie sein Vater ein Weber werden und arm bleiben sollte.

So ging er auch heute etwas traurig heim. Es war richtiges Aprilwetter. Gerade schien noch die Sonne, jetzt kamen Wolken, es war kalt, und man wußte nicht recht, ob es regnen oder schneien wollte.

Das Straßenpflaster hörte auf und ging über in Lehm, Dreck und Abfälle. Es roch faulig nach Küchenresten und Rauch. Die Häuser waren niedriger und mit Stroh gedeckt wie das Häuschen, in dem sein Vater zur Miete wohnte, angelehnt an die Stadtmauer.

Als Ulrich heimkam, deckte die Mutter den Tisch in dem düsteren Stübchen. Es roch etwas säuerlich. Die schiefen Wände waren aus Fachwerk mit grauem Putz zwischen den Balken. Die niedrige Holzdecke war schwarz vor Ruß.

Ulrich hatte sich auf die Eckbank an die Seite des Vaters gesetzt, der neben ihm fast schmächtig aussah und verkrümmt von der Arbeit am Webstuhl. Durch seine fettigen und von Staub verkrusteten Haare zogen sich viele graue Strähnen, seine Augen waren rot. Die Mutter war schon fast grau. Von der letzten Geburt hatte sie sich nur schwer erholt: Zwar erschien sie als eher rundlich und etwas schwerfällig, aber ihr Gesicht hatte eine ungesunde gelbliche Farbe und wirkte immer erschöpft.

Der Vater machte ein finsteres Gesicht: Beim Weben war ihm einer der Kettfäden gerissen, und nun war ein Knoten im Gewebe, und er würde für diese Leinwandbahn, die doch genausoviel Arbeit machte, weniger Geld bekommen. Mißmutig saß er auf der Bank und stocherte mit dem Holzlöffel in seinem Holzteller.

»Du hast heute wieder arg lang gebraucht in der Stadt!«

Ulrich sagte nichts, er wußte, daß es besser war zu schweigen, wenn dem Vater bei der Arbeit ein Mißgeschick passiert war.

»Was stehst du auch immer da und stierst zu den Herrenhäusern hoch – die sind nichts für dich und nichts für mich!«

Das Essen, das die Mutter aus der winzigen schwarzen Küche auftrug, unterschied sich nicht vom Essen des Vortages. Den ganzen Winter hatte es nur selten etwas anderes gegeben als Brei aus Schrotmehl, den die Mutter etwas geschmälzt hatte. Er war nur wenig gesalzen, denn Salz war sehr teuer.

»Man soll nicht über seinen Stand hinaus wollen«, redete der Vater weiter, »wir sind Weber, also arme Leute, so will es der liebe Gott, und wenn du immer auf die Häuser der Reichen schaust, wirst du nur unzufrieden. Neid ist kein guter Ratgeber!«

»Es ist auch eine Sünde!« sagte die Mutter.

Ulrich schwieg. Er wußte aber, daß es nicht Neid war, wenn er zu den Häusern der Herrengasse hinaufschaute.

Draußen prasselte ein Graupelschauer gegen die trüben Fenster, in die statt Glasscheiben geölte Tierhäute gespannt waren. Hoffentlich reißen die nicht auch noch, dachte Ulrich.

Lange war es still.

»Warum sind wir so arm?«

Der Vater sah Ulrich an, dann antwortete er: »Es gibt noch viel Ärmere.«

»Ja«, stimmte die Mutter zu, »denk nur an die vielen Kranken und Lahmen in der Stadt, viele haben niemanden!«

»Denk an den alten Hieronymus«, sagte der Vater ernst, »erst war er Weber wie ich, dann hat er die Gicht in die Arme und Hände bekommen, jetzt muß er betteln gehen, weil er niemanden hat, der ihn versorgen kann.«

»Und die Zunft? Kann ihm die Zunft nicht helfen?«

»Die Zunft, die Zunft, die Weberzunft hat kein Geld. Die einzige Hilfe, die ihm die Zunft geben konnte, war ein Bettelbrief, den sie ihm gekauft hat. Jetzt sitzt er mit den anderen Stadtbettlern vor dem Liebfrauenmünster.« Der Vater sagte es sehr bitter.

»Dabei haben es die Stadtbettler noch gut«, lenkte die Mutter ein, »denk an die vielen Bettler, die keinen Bettelbrief haben und sich nur einen Tag in der Stadt aufhalten dürfen. Sie haben nicht einmal eine Heimat.«

»Es könnte viel schlimmer sein für uns: Es gibt Städte, da gelten wir Leineweber als unehrlich. In manchen Städten ließe man den Sohn eines Webers kein anderes Handwerk erlernen.« Der Vater biß sich auf die Lippe.

»Warum gelten denn die Leineweber als unehrlich?« fragte Ulrich und zog dabei seine Unterlippe mit Daumen und Mittelfinger weit nach vorne, stülpte sie dann über die Oberlippe, drückte den Zeigefinger platt auf die Nase und starrte in einen Winkel, bis ihm die Mutter die Hand von Nase und Mund nahm.

»Es gibt wie immer keinen richtigen Grund«, antwortete der Vater. »Wir Leineweber bekommen die Garnknäuel und weben daraus, und man kann hinterher nicht feststellen, ob wir etwas vom Garnknäuel weggenommen, also betrogen haben.«

»Man setzt also einfach voraus, daß Leineweber betrügen«, sagte Ulrich empört und ließ dabei seine Lippe, die er wieder gepackt hatte, mit einem Ruck los.

»Mach dir nichts daraus, wir wissen selbst, ob wir ehrliche Leute sind. Die Leute sehen auf dein Wams, der liebe Gott sieht dein Herz«, sagte die Mutter und fuhr ihm über die struppigen, rötlichen Haare.

»Sie haben einfach eine Meinung und denken nicht darüber nach«, sagte der Vater. »Ich habe in meinem ganzen Leben noch nie auch nur einen Fingerbreit Garn gestohlen!

Ganz anders die fahrenden Leute, die Kesselflicker, die Gaukler und Zigeuner, dieses ganze Gesindel, das sich wirklich von Diebstahl und Betrug ernährt und das man an den Galgen hängen sollte!«

»Aber ich will ja ehrlich arbeiten, ich will doch nur Zimmermann werden!« Es ist ja gerade, als gehöre man zum Gesindel, wenn man etwas Rechtes werden will! dachte Ulrich. Die Welt ist ungerecht! Es war ihm heiß geworden, und er biß die Zähne zusammen.

Da klopfte es an die Stubentür. Herein rauschte eine Magd mit einem Schwall kalter und frischer Luft. Sie verzog die Nase: »Der Pate läßt schön grüßen«, sagte sie. »Sein Patenkind soll doch morgen an seinem Tauffest, wenn die Glocke neunmal geschlagen hat, bei ihm hereinschauen.« Und draußen war sie.

»Hast du dich sauber gewaschen? Bist du ordentlich gekämmt? Hast du dein gutes Hemd angezogen?« Die Mutter musterte Ulrich mit dem kritischen Blick, der ihm immer so unangenehm war, sie entdeckte mit diesem Blick die geringste Nachlässigkeit, den kleinsten Schmutz. Sehr lästig!

Er hatte seine besten Sachen angezogen. Es war ein einfaches Hemd mit langen weiten Ärmeln aus einem groben Leinenstoff, das am Hals einen schmalen Kragen hatte, der ihm längst zu eng geworden war. Unterhalb des Kragens war das Hemd gerafft und lief in unzählige Fältchen aus. Es wurde auf der Brust geschnürt. Die Schnüre waren speckig vom vielen Gebrauch. In den zu engen Hemdkragen hatte die Mutter im Nacken einen Schlitz geschnitten und mit einem andersfarbigen Stück Leinen erweitert.

Über dem Hemd trug er wie auch sein Vater einen rockartigen Kittel aus noch gröberem Wollstoff, an den eine Gugel, ein breiter in eine Kapuze übergehender Kragen, genäht war, den man auch Goller nannte. Statt eines Gürtels, den er nicht besaß, hatte er sich eine Lederschnur um den Leib gebunden. Seine Hosen waren aus Leinen, lang bis zu den Füßen, weit und an den Beinen zweimal mit einer Schnur zusammengebunden, damit sie sich nicht allzusehr von den Kniehosen unterschieden, welche die reicheren Bürger trugen. Auch seine Strümpfe aus knotigem Leinen waren faltig; und direkt an sie angenäht waren Lederschuhe, die man Kuhmäuler nannte, weil sie vorne flach waren, wie gerade abgeschnitten, und an das Maul einer Kuh erinnerten. Stiefel sollte er erst erhalten, wenn er ausgewachsen war.

Die ganze Kleidung zeigte ein verwaschenes Grau. Nur die Gugel samt dem breiten Kragen, dem Goller, hatte die Mutter aus einem rostroten Stoff genäht, der überhaupt nicht zu Ulrichs rötlichen Haaren passen wollte. Der Stoff war grob, dick und ließ das Wasser nicht so leicht durch; es wäre schade gewesen, ihn wegzuwerfen. Sie hatte keinen anderen Stoff auftreiben können, und Ulrich war die Farbe gleichgültig.

Die ganze Festtagskleidung war wie die Werktagstracht, die genauso aussah – nur schmutziger und verflickter –, überall zu eng, weil er sehr schnell wuchs, wie die Mutter fast jeden Tag mit Entsetzen feststellte. Man sah der Kleidung an, daß sie schon unzählige Male gewaschen war.

»Es ist nicht mehr kalt, ich hätte auch barfuß gehen können; ich gehe ja jeden Tag barfuß.«

»Zum Paten, untersteh dich, barfuß zum Paten! Du weißt überhaupt nicht, was sich gehört!«

»Ich weiß nur, daß mir meine Schuhe viel zu eng sind und daß ich auch im Winter fast jeden Tag barfuß gegangen bin und daß ihr mir schon lange andere kaufen wolltet.«

»Ja, wenn wir einmal Geld haben.«

»Also nie!«

»Werd nicht frech! Und benimm dich! Ach, zum Paten, wenn er nur nichts Schlimmes will!«

»Was soll er denn Schlimmes wollen, Mutter?« fragte Ulrich ungeduldig. »Heute also war meine Taufe, vor wieviel Jahren eigentlich?«

»Ach, das wird dein Vater wissen, er hat es irgendwo aufgeschrieben. Wart mal, das war zwei Jahre nach der Pest in der Stadt – elf oder zwölf Jahre wird es her sein – und sei mir auch recht höflich zum Paten. Wie redet man ihn an?«

»O Mutter, mit Herr! Das sagst du mir jetzt schon zum zehnten Mal.«

»Ich kann es gar nicht oft genug sagen. Herr Pate oder noch besser Herr Kroner sollst du sagen, vergiß das nicht!«

»Ich werd's schon nicht vergessen. Wie ist denn gerade er mein Pate geworden, und warum hat so ein reicher Herr gerade mich als Patenkind angenommen?«

»Das ist schon lange her. Aber ich weiß es doch noch ganz genau; wir haben auch für deine Geschwister, Gott hab sie selig, immer einen ordentlichen Paten gefunden. Sehr reiche Leute nehmen ja oft viele Patenkinder und geben ihnen zur Taufe einen Taufpfennig. Das ist dann aber meist alles. Was er jetzt noch von dir will, weiß ich nicht.«

»Und wie ist er mein Pate geworden?«

»Vater und ich haben gehört, daß der reiche Herr Kroner schon viele Patenkinder hat. Da haben wir allen Mut zusammengenommen und ihn nach der Messe im Liebfrauenmünster abgepaßt und gefragt. Er hat ganz einfach mit uns geredet, man hat aber schon gemerkt, daß er ein sehr großer Herr ist. Er hat nur ja gesagt und gefragt, wann es denn soweit wäre.«

»Einfach so? Das ist aber ein netter Herr!«

»Weißt du, sie machen es eigentlich für sich selbst.«

»Was heißt das? Das verstehe ich nicht.«

»Die Reichen kommen schwerer in den Himmel als die Armen, das steht schon in der Bibel. Deshalb tun sie gute Werke, damit sie nach ihrem Tod selig werden.«

»Dann ist es ja für alle ein Vorteil.«

»Ja, so kann man sagen. Dann war er bei deiner Taufe und hat dich einen kurzen Moment auf dem Arm gehalten, als du getauft worden bist, hat auch die Worte des Taufgelübdes und das Glaubensbekenntnis gesprochen und zum Schluß deinem Vater einen ganzen Gulden für dich gegeben, dann nickte er freundlich und war wieder fort. Einen ganzen Gulden hat er dir gegeben, denk nur: einen ganzen Gulden!«

»Das sind ja vierundzwanzig Schilling, da könnte ich mir ja eine Kuh dafür kaufen!«

»Ja, aber nicht füttern.«

Ulrich freute sich: »Dann habe ich also einen ganzen Gulden! Einen richtigen Gulden aus richtigem Gold. Ich habe noch nie Gold in der Hand gehabt. Wo ist er denn?«

»Ja, wenn wir den noch hätten! Aber wir haben ihn vor sechs Jahren ganz aufgebraucht, als dein Vater so sehr krank war mit Gliederreißen und Fieber und viele Wochen nicht weben konnte.«

Ulrich blickte enttäuscht: So war es immer; nie gab es etwas, worüber man sich richtig freuen konnte. Immer war kein Geld da.

»Hat Herr Kroner denn selbst keine Kinder?«

»Ich weiß nicht recht; jedenfalls, seine Frau ist schon lange gestorben. Vielleicht hat er einen Sohn, der aber im Ausland ist; ich glaube, in England, aber ich bin mir nicht sicher. Vater weiß es besser. Weißt du überhaupt, wo er wohnt?«

»Das fragst du mich auch schon zum zehnten Mal, dabei hast du ihn mir ja vor ein paar Jahren selbst gezeigt unter dem Portal seines Hauses. Er hat mich aber nicht einmal angeblickt.«

»Was denkst du auch, so ein großer Herr, der kann sich doch nicht um einen kleinen Weberjungen kümmern. Was er nur heute von dir will?«

Jetzt ging das wieder los!

»Also, jetzt gehe ich. Von der Uhr der Barfüßerkirche hat es schon die Dreiviertelstunde geschlagen.«

»Sei höflich, verbeuge dich ...«, so war es seit dem Aufstehen gegangen. Ulrich hatte seine Mutter noch nie so gesehen, und er war jetzt selbst aufgeregt, als er zur Herrengasse wanderte.

Auf dem Weg versuchte er sich den Paten, einen großen Kaufherrn, vorzustellen: Er hatte ihn außer dem einen Mal mit seiner Mutter nur von der Ferne gesehen, damals beim Empfang des Kaisers auf der Rathaustreppe – Ulrich hatte eingekeilt auf dem Marktplatz gestanden und war dann am Gitter des Marktbrunnens hochgeklettert, bis ihn ein schnauzbärtiger Stadtwächter: »Herunter, Lumpenpack!« weggejagt hatte. Da hatte er den Paten kurz gesehen in einem blauen, mit Pelz besetzten Samtmantel, einem weiten Hut mit Federn und mit einer goldenen Kette auf der Brust.

Das Herz schlug ihm bis zum Hals, als er den kunstvollen Türklopfer betätigte. Die Schläge hallten im Hause wider, so daß er erschrak und am liebsten wieder fortgelaufen wäre. Dann aber kam die Magd vom Vortag, rümpfte wieder etwas die Nase und ließ Ulrich herein.

Im Innern des Hauses öffnete sich eine dunkle, ehrwürdige Halle mit einer breiten Stiege. Die Magd rauschte ihm voraus. Geschnitzte Geländer leuchteten in bunten Farben. Goldene Engel schauten ihn im Halbdunkel an, Blumenranken zogen sich über die Wände. Ein breiter Ern tat sich auf, spiegelglatte Steinplatten auf dem Fußboden, Türen links und rechts. Ein vornehmer Geruch nach Wachs und fremdartigen Gewürzen. Wieder eine Treppe, gewendelt wie eine Schnecke und aus Stein, Gold, Blau, grüne Farben, eine schmale, spitzbogige Türe, von der ein goldener Drache als Türgriff aufblinkte.

Einen Moment lang erblickte er einen aufgeschossenen Jungen mit strohigem Haar, roten Backen und blauen Augen in zu enger Kleidung. Er brauchte einige Sekunden, bis er merkte, daß er sich selbst in einem großen Spiegel gesehen hatte.

»Der Herr Pate kommt gleich!«

Ulrich stand in einer schmalen, hohen Stube. Die Wände waren mit Ranken bemalt, die Decke wie eine Tonne aus Holz mit vergoldeten geschnitzten Sternen und kleinen Medaillons; auf einem rauften sich zwei Teufelchen.

»Ulrich Georg Wennagel«, hörte er seinen Namen von einer klangvollen Stimme, »schön, daß du zu mir altem Mann gekommen bist!«

Der Pate war eingetreten. Ein feines Gesicht blickte Ulrich freundlich an, eine hohe Stirn, leuchtende helle Augen. Er war kleiner, als ihn Ulrich in Erinnerung hatte, fast zierlich, aber er wirkte vornehm in seiner Kleidung, einer Schaube, einem weiten Umhang aus dunklem, pelzverbrämtem Samt. Aus der Schaube schauten die weiten Ärmel eines Hemdes aus purpurfarbener Seide hervor. Auf dem Kopf trug er ein flaches Barett, ebenfalls aus dunklem Samt mit einer Stickerei aus Gold. Von seinem Gesicht ging, so schien es Ulrich, eine große Kraft aus.

»Guten Tag, Herr Pate.«

»Bist du hungrig? Ich bin gerade beim zweiten Frühstück.«

»Danke, ich habe meine Milchsuppe schon gegessen, Herr Pate – Herr Kroner«, verbesserte sich Ulrich.

»Und bist jetzt so satt, daß du keinen Bissen kaltes Huhn hinabwürgen kannst?« schmunzelte der alte Herr. »Und sag ruhig Pate zu mir!«

»Ja, Herr Pate«, stammelte Ulrich.

»Und sei nicht so aufgeregt; ich mein's doch gut mit dir, und setz dich endlich zu mir an den Tisch!«

Ein kleiner Tisch mit einem hohen Lehnsessel und einem kleineren Holzsessel stand in einer Nische des Zimmers. Der Holzsessel bestand aus vielen kunstvollen Teilen und war so konstruiert, daß man ihn zusammenklappen konnte.

Die junge Magd kam herein mit schönem Zinngeschirr, so silbrig weiß, wie es Ulrich, der fast nur Holzgeschirr kannte, noch nie gesehen hatte.

»Es sind schlimme Zeiten, da wollen wir wenigstens gut essen, denn wir brauchen unsere Kraft – nicht?«

»Ja, Herr Pate.«

»Und sag nicht immer nur: ja, Herr Pate, du bist doch so ein aufgeweckter, kräftiger Kerl«, der Pate blickte ihm genau in die Augen. »Draußen auf dem Markt ist wieder ein Auflauf – die Menschen sind unzufrieden: Die Bauern wollen weniger Frondienste leisten, die Bürger weniger Steuern bezahlen, die Zünfte wollen dies, die Herren wollen das, und schließlich denkt jeder nur an sich selbst.«

Ja, Herr Pate, hätte Ulrich beinah gesagt; da kam die junge Magd wieder herein mit einer verdeckten Platte und einem kristallenen Glas mit fast schwarzem Wein. Ein großer, fetter Hühnerschenkel war für ihn allein, fremdartig gewürzt, dazu sehr helles Brot und in einem Zinnbecher klares Wasser.

Eine feine Sache, so ein zweites Frühstück, dachte er.

»Das schmeckt dir«, stellte der Pate fest.

Ulrich nahm einen kräftigen Schluck. Mit dem Essen war er mutiger geworden. Er blickte sich um: Eine Wand war mit Büchern bedeckt, von der Decke des Zimmers hing ein buntes geschnitztes Modell eines Segelschiffes herab.

»Schau sie dir ruhig an, das ist die ›Katharina‹, sie fährt für mich im Augenblick nach Schweden, um Pelze zu laden – unter anderem.«

»Aber hier ist doch kein Meer, da kann sie doch gar nicht landen.«

»Nein«, schmunzelte der Pate, »sie legt in Hamburg an, einer Stadt weit im Norden. Du mußt viele Wochen wandern, um hinzukommen; dort fließt die Elbe, ein großer Strom, ins Meer, und von dort kommen meine Wagen hergefahren, die du sicher in der Stadt schon gesehen hast. Unterwegs werden die Pelze schon verkauft oder getauscht gegen Waren, die man hier gut absetzen kann. So ist gestern ein Wagen mit vielen Fässern Bier aus Einbeck durch das Portal gefahren und steht im Hof hinter dem Haus. Meine Wagen bringen auch Wolle und Salz aus Lüneburg, Kupfer und Zinn aus England, Käse aus Holland und sogar Seide, Nelken und Pfeffer aus Indien. Die kaufe ich in London, Bremen, Lübeck oder Hamburg wie die Pelze oder tausche sie ein.«

Ulrich hatte die Namen der großen Städte schon gehört, hatte aber keine Vorstellung davon, wo sie lagen oder wie es dort aussah. Sie schienen nur unerreichbar weit entfernt zu sein. »Da möchte ich auch einmal hin.«

»Warum nicht?« sagte der Pate zu Ulrichs Erstaunen sofort. »Ein Mensch kann viel erreichen, wenn er will – und vor allem«, setzte er hinzu, »wenn ihm jemand hilft.«

Er schwieg einige Zeit. »Einhundertsechzehn Patenkinder habe ich mit meinen sechsundfünfzig Jahren gehabt, davon leben noch sechsundzwanzig. Die meisten sind älter als du, allen habe ich in irgendeiner Weise helfen können. Und ich helfe auch dir, damit etwas Rechtes aus dir wird. Aber merke dir:« – der Pate schaute ihn eindringlich an – »Ich kann dir nur helfen anzufangen, alles andere liegt bei dir.«

Ulrich klopfte das Herz, der Pate war so seltsam, fast feierlich geworden, was meinte er mit alledem? Wie wollte er ihm helfen?

»Was willst du denn einmal werden?«

Ulrich stockte der Atem, sollte er seinen ganz großen Traum sagen, aber nein, so viel Geld, wie eine Lehrstelle kostete – »Zimmermann«, krächzte er.

»Aber Junge, du zitterst ja; das ist doch nichts Schlimmes; die Zimmerei ist ein ehrliches Handwerk und ernährt ihren Mann.«

»Aber das viele, viele Lehrgeld! Vater sagt …«

»Ach so«, schmunzelte der Pate, »aber deshalb bin ich ja da; das Lehrgeld bezahle ich dir, das ist ja selbstverständlich!«

Ulrich konnte nicht mehr sitzen, er war aufgesprungen, fast hätte er den Paten umarmt. Er ein Zimmermann, ein Zimmermann! Er sah sich bereits hoch oben auf dem Dachstuhl eines Hauses.

»Kräftig genug bist du ja – was hast du denn bis jetzt schon alles gelernt?«

»Ich kann schwere Lasten tragen den ganzen Tag«, sagte Ulrich mit roten Backen, »und werde kaum müde dabei.«

»Ja, das kann man beim Hausaufschlagen gut brauchen.«

»Und ich kann sogar ein wenig lesen. Vater hat mir Buchstaben beigebracht. Ich kann Ulrich Georg Wennagel schreiben, wenn auch nur langsam. Ich kann auch probieren, ob ich Herr Kroner schreiben kann«, sagte Ulrich begeistert. »Und ich kann ein klein wenig rechnen: Drei und vier ist sieben«, setzte er etwas unsicher hinzu.

»Stimmt«, sagte der Pate und fuhr Ulrich über den Haarschopf, »in unserer Stadt hast du sogar Pech: In vielen Städten wird für Zimmerlehrlinge nicht einmal Lehrgeld verlangt, aber unsere Zimmermannszunft hier ist auch sonst nicht sehr fortschrittlich. Dafür hättest du in manchen Städten als Webersohn nicht einmal Zimmermann werden dürfen; da hast du wieder Glück.«

Das wußte Ulrich.

»Du kannst noch viel lernen, und du mußt noch viel lernen.« Der Pate schwieg. »Auch das Wichtigste mußt du lernen, das Wichtigste, das sie heute mehr und mehr vergessen.«

Der Pate blickte wie in eine weite Ferne, vom Marktplatz hörte man durch die Butzenscheiben verworrenen Lärm.

»Was meint Ihr mit dem Wichtigsten?« fragte Ulrich, dessen Herz Zimmermann, Zimmermann, Zimmermann klopfte.

»Das mußt du selbst herausfinden, Ulrich«, der Pate blickte ihn prüfend an, sein Pokal schimmerte golden. »Nimm's später einmal als eine Probe. Es wird sich lohnen!«

Ulrich war das alles rätselhaft. Viel wichtiger war die Nachricht, die er schnell nach Hause bringen wollte: Er durfte Zimmermann werden, er, Ulrich Georg Wennagel, ein Zimmermann!

»Du willst schnell nach Hause, ich sehe es dir an. Geh nur rasch heim und erzähl die frohe Nachricht; ich weiß, daß sich deine Eltern auch freuen werden. – Nein«, wehrte der Pate ab, als Ulrich zu sprechen ansetzte und nach seiner Hand greifen wollte, »bedanken sollt ihr euch nicht; ich tue das ganz selbstsüchtig, nämlich für den Lohn Gottes. Schließlich bin ich ein alter Mann, und Altäre stiften, wie andere es tun, will ich nicht. Welcher Pfründherr in der Kirche hätte wohl so leuchtende Augen wie du jetzt; aber schick mir deinen Vater her, daß ich alles mit ihm besprechen kann und wir für dich einen tüchtigen Meister finden! – Jetzt ab nach Hause.«

Er reichte Ulrich die Hand zum Abschied. Ulrich aber drückte, bevor er hinausrannte, doch noch schnell einen Kuß auf den Pelzbesatz des Ärmels.

Zimmermann, Zimmermann, jubelte jeder Schritt, als Ulrich heimrannte. Am Markt standen viele Männer, und es gab viel Geschrei. Ulrich beachtete es nicht – sonst wäre er wohl stehengeblieben. Jetzt aber wühlte er sich durch und rannte nach Hause.

DER NAGEL

Pick, pick, pick – Ulrichs Rücken schmerzte, als würde er auseinandergerissen – pick, pick, pick – die steifen Finger konnten das Breitbeil kaum mehr halten – pick, pick, pick – die Knie waren zittrig, ja, der ganze Körper war wie von einer Faust zusammengekrümmt.

»Na, wie schmeckt das Beilen?«

Ulrich richtete sich mühsam auf – wie klein das gebeilte Stück an dem riesigen Baumstamm erst war! Wie sollte jemals aus dem runden Stamm mit seiner harten, rissigen Rinde ein viereckiger Balken werden! Wie wenig Späne lagen erst auf dem Februarschnee! Ulrich blies eine Dampfwolke in die kalte Luft. Sein Gesicht glühte.

»Laß mal sehen«, der Meister schaute sich die frisch abgebeilte Fläche an, die süß nach Holz duftete. »Ganz gut, nur müssen deine Hiebe gleichmäßiger werden; Hieb um Hieb, Fläche um Fläche, immer dem Faserverlauf nach, ganz langsam, immer tiefer, wie du auf Treppen abwärts steigst.«

Ulrich betrachtete seine aufgeschürften Fingerknöchel.

»Und das Breitbeil immer parallel führen und nicht hacken, sonst gleitet es ab, und du reißt dir die Finger auf.«

Ja, das wußte Ulrich bereits, und er wußte auch schon, warum der Vater vor einigen Tagen, als er zum ersten Mal zur Arbeit ging, gesagt hatte: »Jedes Handwerk hat seine Plage!«

Aber Ulrich sog die kalte Luft des Zimmerplatzes tief in die Lungen: viel besser, als krumm und lahm am Webstuhl zu sitzen und Staub und Dreck zu schlucken tagaus, tagein.

Der Meister fragte weiter: »Weißt du auch, mit welchen Bäumen man ein Haus nicht bauen darf?«

Ulrich nickte sofort: »Mit den Feuerbäumen, weil das Haus sonst abbrennt.«

»Und was ist ein Feuerbaum?«

»Ein Baum, in den der Blitz geschlagen hat.«

»Und woran erkennt man einen Feuerbaum?«

»Daran, daß beim Beilen Funken aus dem Beil springen.«

»Und wie viele Bäume, bei denen Funken springen, darf die Zunft zurückweisen?«

»Nur drei.«

»Und wann dürfen auf keinen Fall Funken springen?«

»Beim ersten Hieb mit dem Beil auf den Stamm.«

»Gut, denn sonst brennt das Haus auf jeden Fall ab! Laß jetzt das Breitbeil* liegen, ich muß heute noch hinaus in den Streilinger Forst zu den Holzfällern. Du kommst mit, daß du siehst, wo das Holz herkommt. Der Konrad soll weiterbeilen!«

Konrad Mutzhaaß blickte den Meister giftig an; er war als Geselle erst vor einer Woche und zwar vorzeitig von seiner Wanderung zurückgekommen und vertrug sich mit dem Meister nicht. »Besserwisser!« schimpfte der Meister, »Starrkopf!« hatte Ulrich den Konrad einmal murmeln hören.

Ein dünner Wind ging durch die Bäume, der Himmel war weiß. Vom Frühling, der bald kommen mußte, war noch nichts zu spüren. Unter den Stiefeln krachte die Eiskruste, die sich hier und da über die Pfützen fingerte. Ein spärlicher Schnee hatte den hartgefrorenen Waldweg wie mit Asche überstäubt.

---

* Ein Verzeichnis mit den wichtigsten Zimmermannsausdrücken befindet sich im Anhang des Buches.

Nur in den Fahrrillen lag er tiefer; weiß zogen sie sich durch den Wald. Bevor der Frost so streng geworden war, daß er auch tagsüber nicht mehr wich, hatten die Pferde und Ochsen es schwer gehabt, die abgeästeten Eichenstämme auf den ächzenden Holzkarren herauszuschleppen. Auf dem gefrorenen Boden ging es leichter. Mehrfach waren sie auf ihrem Weg schon den Vierergespannen ausgewichen, die unter Peitschengeknall die Stämme aus dem Wald zogen.

»Gut, daß ihr kommt, Meister. Im Holzschlag gibt es Ärger!« hatte ihm der Fuhrmann des letzten Gespannes zugerufen. Ein Schwarm Krähen flog in den Baumwipfeln auf.

»Was kann es denn für Ärger geben?« fragte Ulrich den Meister, der mit düsterem Gesicht weitergegangen war.

»Ich kann es mir denken, das sind wieder die Streilinger Bauern.«

»Die Streilinger Bauern?«

»Die Stadt hat in einer Notzeit vor wohl über hundert Jahren Holzgerechtigkeiten, also Schlagrechte, an den Abt des Benediktinerklosters in Streilingen verpfändet, der diese Gerechtigkeiten den Streilinger Bauern gegeben hat, dafür müssen sie ihm hohe Abgaben leisten. Seither haben sie die Stämme an die Stadt verkauft und dabei guten Gewinn gemacht.«

»Ist das nicht mehr so?«

»Nein, Eichenholz ist selten geworden und wird immer knapper, weil in den letzten hundert Jahren zuviel Mißbrauch mit dem Wald getrieben worden ist.«

»Mißbrauch?«

»Ja, Mißbrauch! Nach der Großen Pest vor über hundertfünfzig Jahren, von der du wohl gehört hast, konnten die Bauern kaum mehr ihr Getreide verkaufen; so stellten sie auf Viehzucht um und trieben ihr Vieh nicht mehr nur auf die Wiesen und Stoppelweiden, sondern besonders oft in den Wald: vor allem die vielen Schweine gerade in den Eichenwald wegen der Eicheln, die das Fleisch fett und gut machen. Die Schweine aber haben das ganze Jungholz verbissen, so daß zuwenig nachgewachsen ist. Die ältesten Bäume aber wurden in den letzten Jahrzehnten nach dem Stadtbrand gefällt. Deshalb gibt es heute nur wenige alte Bäume, und das Eichenholz ist teuer geworden.«

»Das müßte doch den Streilinger Bauern recht sein.«

»Sieh da, du verstehst ja etwas vom Wirtschaften!« Der Meister wurde aber gleich wieder ernst: »Das ist schon richtig, aber wir können und wollen diese teuren Preise nicht bezahlen; so könnten wir die Eichenstämme billiger von den Flößern kaufen. Flußaufwärts ist der Eichenbestand besser, aber auch nicht mehr sehr lange. Jedenfalls haben wir, die Zimmerzunft, dem Abt als dem Dorfherrn einen billigeren Preis angeboten, als die Bauern und die Flößer verlangen, und der Abt, der sich mit der Stadt gut stellen und das Geschäft nicht den Flößern überlassen will, ist darauf eingegangen. Nun sind die Bauern wütend und wollen ihre Eichen nicht fällen lassen.«

»Aber dann haben die Streilinger doch recht.«

»Es würde ja vielleicht sogar gehen, aber seitdem die Klosterkirche erneuert wird, müssen die Bauern größere Abgaben zahlen und vermehrte Fuhr- und Spanndienste für das Kloster leisten, so lassen sie jetzt gar nicht mehr mit sich reden und haben neulich beinahe den Abt verprügelt; seine Klosterknechte konnten ihn gerade noch in Sicherheit bringen.«

Ulrich hatte davon gehört, auch davon, daß die Streilinger Bauern mit Mistgabeln, Hacken und Äxten vor das Kloster gezogen und erst nach großem Geschrei wieder fortgegangen waren.

Der Meister blieb plötzlich stehen, horchte, schüttelte den Kopf und ging dann mit rascheren Schritten weiter: »Ich höre keine Äxte, keine Sägen, keine Schlegel, dabei müßte man sie längst hören. Was ist das wieder für eine Bescherung?« Er hatte die Lippen fest aufeinandergepreßt und die Brauen zusammengezogen. Er sah jetzt sehr hart aus.

Sein Meister war seit zwei Jahren der Obermeister oder, wie andere sagten, der Altmeister der Zunft, worauf Ulrich nicht wenig stolz war. Der Meister hatte damit die Verantwortung für das Holz, das zu schlagen war, für die Verteilung des Holzes an die anderen Meister, für Preise, Qualität und vieles andere. Und er nahm das alles sehr genau und sprach dauernd von den Vorschriften, die eingehalten werden müßten.

»Oh«, eher ein Stöhnen, mehr brachte Ulrich nicht heraus, als sie jetzt plötzlich auf eine große Lichtung hinaustraten. Da standen zwei Gruppen: auf der einen Seite die kräftigen Gestalten der Holzfäller mit ihren langstieligen Äxten in den Händen, alle mit drohender Miene. Ihnen gegenüber hatte sich ein buntgemischter Haufen in halblangen Zwillichröcken aufgebaut, kleine und schmächtige sowie auch einige große und breite Bauern, sie blickten eher noch finsterer, und sie hielten ebenfalls Äxte und Beile in den Händen.

»Die Streilinger Bauern«, flüsterte der Meister.

Sie waren viel mehr. Es sah gefährlich aus. Beide Gruppen standen zwischen bereits gefällten Baumriesen, deren Äste und Zweige nur zum Teil abgeschlagen oder abgesägt waren und in wirren Trümmern umherlagen.

Zwischen den beiden Haufen erhob sich noch aufrecht eine riesige Eiche, deren grüner Stamm bereits wie eine offene gelbrote Wunde eine breite mit Äxten geschlagene Kerbe aufwies, die Fällkerbe, wie Ulrich feststellte. Daneben lehnte eine Schrotsäge. Von einem kleinen Feuer stieg gelblicher Rauch auf. Ulrich schlug das Herz bis zum Hals. Einer der Gesellen seines Meisters stand bei einem stattlichen Bauern; der Bauer hatte wohl soeben etwas gesagt, denn der Geselle war rot im Gesicht und atmete sichtlich erleichtert auf, als er den Meister erblickte.

»Ihr kommt gerade recht, der Schulzenmichel will uns die Streilinger Äxte ins Gesicht schlagen, wenn wir den Baum hier fällen!«

»Seid untertan der Obrigkeit, Schulzenmichel«, sagte der Meister, dessen Atem hörbar schneller ging. »Die Preise haben wir mit eurem Abt ausgehandelt, daran habt ihr euch zu halten!«

Der Schulzenmichel wich einen Schritt zurück. Darauf sagte der Meister etwas sicherer zu den Bauern: »Geht jetzt heim als ruhige und ordentliche Leute.«

»Wir wollen ja mit uns reden lassen!« rief eine dünne Stimme, ein schmächtiger, verhungert blickender Mann stellte die Axt hin. »Aber dieser Schandpreis bezahlt uns ja noch nicht einmal die Abgaben an das Kloster, und die letzte Ernte war schlecht ...«

»Ach was«, unterbrach ihn der Meister, »ihr Bauern habt immer etwas zu jammern. Preis ist Preis, und Vorschrift ist Vorschrift. Ich muß mich an das halten, was die Zunft mit der Stadt beschlossen hat! Ich kann nicht mit euch reden und schon gar nicht mit mir reden lassen!« Er richtete sich auf. »Lumpenpack«, murmelte er zwischen den Zähnen.

»Dann legt nur einmal die Schrotsäge an die Eiche oder haut eine Axt in den Fällkerb, wir wissen dann wohl, wohin unsere Äxte hauen werden!« schrie eine dröhnende Stimme, ein mächtiger, dunkler Bauer drängte sich vor.

»So, bist du auch dabei, Schwarzjakob, das hätte ich mir ja denken können«, sagte der Meister mit grimmiger Stimme. »Aber hört jetzt alle sehr gut zu: Ich konnte mir schon vorstellen, was hier geschieht, ihr habt es ja lange genug in allen Wirtshäusern herumgebrüllt! Während wir hier reden, marschiert eine Abteilung der Stadtsoldaten nach Streilingen, und wenn uns hier nur das geringste zuleide getan wird, dann, Streilinger, schaut nach euren Häusern, nach euren Weibern und Kindern, nach eurem Vieh – ihr seid gewarnt!« Der Meister sprach jetzt leise, aber gut hörbar. »Wir sind nicht allein im Wald, die geringste Gewalttat, und die Nachricht ist schnell zu den Stadtknechten gebracht – dann gnad euch Gott!« Der Meister lächelte höhnisch.

»Du Hund!« schrie Schwarzjakob herüber. Die Bauern blickten einander an.

»Du kannst schimpfen, soviel du willst«, rief der Meister, »aber haut jetzt ab, so schnell ihr könnt, und schaut zu Hause nach dem Rechten! Wo ihr hingehört«, setzte er leise hinzu, »nämlich, wo die Pestbeulen wachsen.«

Die Bauern zogen sich in den dunklen Wald zurück. Bald hörte man nur noch Laub rascheln und Zweige knacken, dann waren sie verschwunden.

Ulrich blickte den Meister unsicher an: »Stimmt denn das mit den Stadtknechten? Ich wußte das gar nicht …«

»Ich auch nicht«, der Meister schnitt eine Grimasse, »aber, nicht wahr, denen habe ich es gegeben. Wie die verschwunden sind!«

Die Holzfäller, ein bunter Haufen aus Zimmergesellen, Tagelöhnern und städtischen Waldarbeitern, waren näher getreten. »Bravo, das hat gutgetan, das habt Ihr gut gemacht!« Sie ließen den Meister hochleben. »So muß man das Gesindel behandeln!«

»Geht jetzt an eure Arbeit«, sagte der Meister streng.

Rasch war die gewaltige Eiche gefällt: Im Wechselschlag wurde die Fällkerbe mit den Äxten noch eingetieft, dann auf der anderen Seite des Stammes die große breitgebogene Schrotsäge über der Kerbe angesetzt, ritsch, ratsch zogen kräftige Arme die Säge in das Holz hinein.

»Was steht ihr und glotzt, die gefällten Bäume müssen heute noch ausgeästet werden, damit man sie morgen aus dem Wald schaffen kann!«

Ulrich schaute den Meister nachdenklich an – durfte man so lügen? Aber blieb überhaupt etwas anderes übrig? Schließlich war auch Ulrich froh gewesen, als die erhobenen Äxte heruntersanken und die Bauern fortgingen. Eigentlich hatte der Meister das doch recht geschickt gemacht!

»Baum kommt!« schrie es jetzt – es ächzte und stöhnte, es sauste, krachte und schrie in der Luft, langsam neigte sich die riesige Krone, die Luft schien zu beben, braune Blätter und Schneestaub wirbelten kalt im Gesicht, dann ein Krachen und nochmaliges Aufrauschen, da lag der mächtige, vielhundertjährige Baum.

Am Tag darauf stand Ulrich wieder mit zwei anderen Lehrjungen an seinem Eichenstamm, hielt das Breitbeil in beiden Händen und beilte und beilte. Die feuchten Splitter flogen, Hieb um Hieb arbeitete er sich entlang einer gespannten Schnur in den Stamm hinein.

Das Beilen war die gröbste Arbeit: Aus den ungeschlachten Säulen der Stämme sollten regelmäßige Balken werden. Diese Balken wurden dann an eine andere Stelle des Zimmerplatzes gebracht, wo der Meister und erfahrene Gesellen die feinere Gestaltung vornahmen: Die richtigen Längen mußten errechnet und geschnitten werden, Zapfenlöcher, Zapfen, Auskehlungen, Nuten, Blätter und Blattsassen mußten geschaffen werden und vieles andere mehr. Bis sich schließlich alle Balken im Sommer zu einem stabilen Haus zusammenfügen ließen. Abbinden nannte man diese Arbeit auf dem Zimmerplatz, der im Sommer das Aufschlagen des Hauses folgte.

Der Zimmerplatz, auf dem alle Meister der Stadt mit ihren Gesellen und Lehrbuben arbeiteten, lag vor der Stadt, und die fertigen Balken wurden zuerst hier Wand für Wand aufgeschlagen, wieder abgebaut und im Frühjahr zum Bauplatz in die Stadt transportiert.

Noch war es längst nicht soweit: Im Winter wurde das Holz gefällt und gleich frisch bearbeitet. Solange es nämlich noch nicht ausgetrocknet war, konnte man das jetzt noch weiche Holz leichter bearbeiten.

Zwischen den Zimmerleuten sah man überall die gebeugten Rücken armer Frauen, Kinder und alter Männer, die jeden Span auflasen, um damit zu Hause die Stube zu heizen. Auch mit seiner Mutter war er hier oft zum Spänesammeln gewesen. Jetzt brachte er ihr immer ein dickes Büschel nach Hause, obwohl er während seiner Lehrzeit beim Meister wohnte.

Ulrich, dem trotz der Kälte heiß geworden war, wartete sehnlich auf den Schlag der Zwölf-Uhr-Glocken von der Stadt her, dann konnte er das Breitbeil weglegen: Der Magen knurrte auch schon. Die Ereignisse im Wald am Vortag konnte er nicht aus dem Sinn bringen: Eigentlich verstand er die Bauern gut, die jetzt ihre Eichen viel zu billig an die Stadt abgeben mußten – andererseits, wenn er sich an die finstere Miene des Schwarzjakobs erinnerte oder wieder die gefährlich blinkenden Äxte vor sich sah, war er doch froh, daß alles so gut abgegangen war.

Peng! Es knallte, der Schlag fuhr ihm durch die Arme, und die Axt sprang ihm aus der Hand in den Schnee, fast wäre sie ihm ins Gesicht gesprungen! Seine Arme waren wie gelähmt; Ulrich begriff erst langsam: Die Axt war auf ein Hindernis gestoßen. Er brauchte nicht lange, um den Nagel zu finden, der im Stamm steckte und den sein Breitbeil in der Mitte fast abgeschlagen hatte. Es war ein sehr grober vierkantiger Nagel, um den Kopf herum leicht angerostet; das Breitbeil hatte ihn seitlich etwas in den Stamm hineingequetscht. Er betrachtete das Beil: Eine tiefe Scharte unterbrach die glatte Linie der Schneide; ja, die Schneide hatte sich am Grunde der Scharte sogar etwas umgelegt. Der Nagel steckte tief, er konnte ihn auf keinen Fall ohne Zange herausziehen.

»Was ist denn los?«

»Ein Nagel, mein Beil hat einen Nagel getroffen!«

Die beiden anderen Lehrlinge, Merte und Hans, waren hinzugetreten: »Den hat dir einer hineingehauen, wir haben doch gestern den ganzen Stamm gründlich nach Steinen, Eisenbolzen und Nägeln abgesucht.«

»Und ich habe ja sogar zwei Pfeilbolzen oder so etwas gefunden!« Merte kramte in seiner Tasche. »Aber schau mal, wie verrostet die sind.«

»Dagegen ist der Nagel, auf den du gehauen hast, ja fast frisch!«

»Da ist ja nur so ein Anflug von Rost«, meinte wieder Merte.

»Doch ziemlich viel Rost, um frisch eingeschlagen zu sein, wenn ich das so angucke«, erwiderte Hans.

»Man kann aber auch einen verrosteten Nagel in der Nacht in den Stamm hauen«, sagte Merte böse.

»Meinst du?« Ulrich starrte den Nagel an.

»Jedenfalls mußt du gleich zum Meister, die Axt muß gerichtet werden, und wissen muß er das auch, was hier auf dem Zimmerplatz so alles passiert«, sagte Hans.

»... und vor allem, was heimlich passiert«, knurrte Merte.

»Warum geht's hier nicht weiter, ihr habt wohl das Springkraut im Stamm gefunden«, grinste einer der Gesellen, die hinzugetreten waren, »oder unsere Wickelkinder haben einen Eisenbolzen übersehen!«

Ulrich ging wie betäubt über den Zimmerplatz. Da war ein einziges Gewimmel: Überall flogen Späne, hackten Beile und Äxte, mahlten Sägen in das weiche Holz. Doppeläxte fuhren auf und nieder. Schrot-, Spann-, Schott- und Rahmensägen schnarrten hin und her, Breitbeile klatschten in das widerspenstige Holz, Stoßäxte wurden gewuchtet; dort knieten Gesellen mit Stemmeisen, Messern und Raspeln, lagen über großen

Bohrern, spannten Schnüre, riesige Hobel zischten. Mehrere kleine Feuerchen aus Spänen qualmten. Die Luft war gelblich, kalt und roch nach Rauch. Welches Durcheinander notwendig war, um eine menschliche Behausung aufzurichten!

Der Schlag steckte Ulrich noch in allen Knochen; dabei überfiel ihn ein lähmendes Gefühl der Ungerechtigkeit, so daß er meinte, nicht mehr richtig atmen zu können: Konnte es sein, daß ihm jemand so übel wollte und ihm über Nacht einen Nagel in den Stamm geschlagen hatte? Denn wer an welcher Stelle den Stamm bebeilen würde, das konnte man am Vortag genau sehen; freilich, da hatte Konrad Mutzhaaß seine Arbeit übernommen – übernehmen müssen. Ulrich hatte den Blick, den Konrad ihm zugeworfen hatte, nicht vergessen. Er ballte vor Wut die Fäuste, gleichzeitig fühlte er eine Ohnmacht, die ihn so hilflos machte, wie er es noch nie empfunden hatte.

Er konnte Konrad Mutzhaaß nicht recht verstehen: Immer wußte der alles besser. Gerade erst war er von seiner Wanderschaft – sogar vorzeitig – zurückgekehrt. Mußte er denn immer zeigen, was er gelernt hatte? Dazu stets der höhnische Blick, als wollte er sagen: »Ihr lebt ja hinter dem Mond, woanders macht man es besser.« Hatte der Meister Konrad wegen dessen ständigen Widerspruchs an seiner Stelle beilen lassen, als er Ulrich mit in den Wald genommen hatte?

Den Meister fand Ulrich mit mehreren anderen Meistern und einigen Stadtherren im Gespräch, sie standen etwas abseits. Wie würde der Meister die Nachricht aufnehmen? Würde er Ulrich glauben, daß Merte, Hans und er den ganzen Stamm sorgfältig genug abgesucht, daß sie auch einiges gefunden und herausgezogen hatten? Oder würde er ihm Schlamperei vorwerfen und Ulrichs Vater sogar das Breitbeil bezahlen lassen? Denn jeder war für das Werkzeug, mit dem er arbeitete, selbst verantwortlich.

Jetzt hörte er den Meister lachen: »Denen haben wir es gezeigt!« Gott sei Dank, der Meister war guter Laune. Ulrich fühlte, wie sich der eiserne Ring etwas löste, der sich um seine Brust gelegt hatte. Dennoch verdüsterte sich das Gesicht des Meisters, als er die Axt mit ihrem Schaden besah, und noch mehr, als er die Ursache dafür hörte. Ulrich brauste es in den Ohren: »Die Schneide kann ausgeschmiedet und neu geschärft werden, aber da kann man fast eine neue Axt machen. Der Fall muß streng untersucht werden.«

Ulrich hatte von seinem Verdacht nichts gesagt, aber der Meister selbst hatte sofort mit seltsamem Gesicht gemurmelt: »Der Mutzhaaß!« Das schartige Werkzeug wurde einem Jungen mitgegeben, der es zum Schmied bringen mußte.

Der Nagel steckte noch im Stamm. Mit einem Hammer wurde er gelockert, mit einer Zange herausgezogen, und schließlich lag er plump und wuchtig vor ihnen. Der Meister runzelte die Stirn: »Wenig Rost! Du kannst nichts dafür, Ulrich! Sucht den Mutzhaaß!«

Ulrich hatte heute wiederum Glück, denn der Meister zeigte ihm, Hans und Merte auf dem ganzen Zimmerplatz die verschiedenen Werkzeuge, so daß die Lehrlinge sie gleich in ihrer Verwendung kennenlernten; dabei schien der Meister trotz des beschädigten Breitbeils ausnehmend guter Laune zu sein.

»Alle Werkzeuge, die es gibt, ergänzen und verbessern den Gebrauch unserer Hände. Zwar hat die der liebe Gott höchst vollkommen eingerichtet, so daß wir mit ihnen alles ertasten und greifen können, auch fühlen, fassen, heben und tragen, aber wir können doch nicht schneiden, glätten oder gar sägen mit ihnen. So unordentlich es auch auf dem Zimmerplatz aussieht, so hat doch alles hier seinen Sinn und seine Ordnung«, fuhr der Meister fort, »ohne Ordnung, die uns die Zunft bewahrt, leben die Menschen wie Tiere. Zwar sind manche Vögel durch die

Gnade Gottes auch nicht ungeschickt, aber ihre Nester überdauern eine Brut nicht, unsere Häuser aber stehen Jahrhunderte.«

Ulrich blickte recht stolz, als er den Meister von den Jahrhunderten reden hörte. Ja, Jahrhunderte sollten die Häuser stehen bleiben, die er, Ulrich Georg Wennagel, aufrichten wollte.

Nun lernten sie die Werkzeuge kennen.

»Zuerst müssen die Bäume gefällt werden, das habt ihr alle schon gesehen: mit der Schrotsäge und mit Keilen, auch langstielige Äxte werden gebraucht.«

Auf dem Zimmerplatz kam dann zuerst die grobe Arbeit: Der Stamm mußte zum viereckigen Ganzholz gebeilt werden; das hatten sie schon kennengelernt, und jeder Knochen im Leibe tat ihnen davon noch weh. Dieses Beilen geschah mit dem Breitbeil.

»Übrigens unterscheidet man Beile und Äxte.«

»Ja«, das wußte Ulrich längst, »Äxte sind von beiden Seiten geschärft, also zweiballig; die Beile aber nur von einer Seite her, also einballig.«

Da gab es die Bundaxt zum Beschlagen des Stammes wie das Breitbeil, das bei Ulrich jetzt schartig geworden war. Sie war verhältnismäßig schmal, und die Höhe der Klinge war viel größer als die Breite der Schneide. Da gab es die seltsame, hackenartige Kreuzaxt, mit der man Zapfenlöcher ausstemmen konnte, die man aber als Doppelaxt auf ihrer anderen Seite zum Aushacken und Putzen der Löcher verwendete. Für Löcher, Nuten, Zapfen und ähnliches hatte man auch verschiedene Stemmeisen und Messer.

Auf dem Sägeplatz sahen sie zuerst die kleinen Sägen. Da waren die Spannsägen, bei denen das Blatt in einem Lattenrahmen saß, dessen eine Seite mit Drillschnüren angespannt werden konnte. Für feinere Arbeiten gab es allerlei kleinere Sägen, wie den Fuchsschwanz, und für feinste die Stichsäge.

Sie kamen dann zu den gewaltigen Sägen, mit deren übermannsgroßen Sägeblättern ganze Stämme durchgesägt werden konnten. Man hatte dazu Gruben ausgehoben, darüber wurden die Stämme gelegt, die für Sägeböcke zu schwer waren. An ihnen wurde mit riesigen Bund- und Schrotsägen gearbeitet. Immer zwei, manchmal drei oder vier Mann zogen die furchterregenden Sägeblätter mit ihren geschränkten, manchmal doppelten Zahnreihen durch das Holz. Manche Sägen hatten eigenartige Zugvorrichtungen quer zum Blatt, manche wurden an langen Stielen, die vom Blatt hochstanden, angepackt.

Am Ende des Zimmerplatzes, wo die Hölzer gestapelt wurden, schloß der Meister etwas feierlich: »So vielseitig ist unser Handwerk, haltet darum euer Handwerkszeug und seinen Gebrauch in hohen Ehren. Den Gebrauch werdet ihr lernen, macht nie einen anderen davon, als die Zunft euch vorgibt. Was auch manche sagen: Die Zunft hat immer recht!«

»Der war es, der war es!« Mit großem Geschrei und Gejohle kam eine Gruppe von Gesellen, umtanzt von Lehrbuben zwischen den Balken daher; überall blickten die Leute von ihrer Arbeit auf.

»Wir haben ihn; der hat den Nagel hineingehauen!«

Der Meister richtete sich streng blickend auf: »Konrad Mutzhaaß, du weißt, was geschieht, wenn man in der Zunft jemandes Arbeit zerstört oder behindert. Du weißt, was dir droht, wenn du mutwillig Werkzeug zerstörst!«

Konrad Mutzhaaß blickte unter seinem wirren Haarschopf hervor. »Ich weiß es so gut wie Ihr, Meister, wer so etwas tut, wird aus der Zunft ausgeschlossen!«

Der Meister schaute zufrieden drein. Seine Mundwinkel verzogen sich etwas.

Er blickt ja wie im Wald bei den Bauern, dachte Ulrich verwundert und fühlte eine eigenartige Spannung.

»Na, und …«, sagte der Meister.

»Nichts, na und«, sagte Konrad Mutzhaaß.

»Wart, dir will ich helfen, mich nachzuäffen!« schrie der Meister mit rotem Kopf. »Wie heißt das?«

»Verzeihung, Meister, aber ich war es nicht!«

»Willst du etwa behaupten, daß dieser Nagel«, der Meister hielt ihn hoch, so daß ihn jeder sehen konnte – von überall her kamen die Leute gelaufen, überall blieb die Arbeit liegen –, »willst du etwa sagen, daß dieser Nagel schon immer im Stamm war?«

»Nein«, sagte Konrad Mutzhaaß.

»Na also.«

»Nein – aber ich habe ihn nicht hineingehauen!«

»Wie heißt das?« wiederholte jetzt der Meister.

»Verzeihung, Meister, ich habe ihn nicht hineingehauen. Wann auch, Meister, Ihr habt mich ja gestern abend zum Schwarzjakob mit einem Zettel geschickt, und ich bin in Streilingen über Nacht geblieben. Wenn ihn Euer Zettel auch nicht gefreut hat! Der Schwarzjakob kann es bezeugen, Meister.«

»Was gilt mir das Zeugnis des Schwarzjakob!« Jetzt brüllte der Meister viel ärgerlicher, als er anfangs gewesen war, wie Ulrich verwundert bemerkte.

Aber schon drangen die übrigen Meister auf ihren Obermeister ein: »Er ist ehrbarer Leute Kind!« – »Du kannst ihm nichts beweisen!«

»Aber der Mutzhaaß kann über Nacht heimlich dagewesen sein!«

»Du kannst aber auch das Zeugnis des Schwarzjakob nicht ablehnen«, meinte ein alter grauer Meister mit faltigem, aber lustigem Gesicht.

»Wie meint Ihr das, Meister Jörg?« fragte der Obermeister etwas unsicher.

»Nun, ich meine ja nur, ich würde mit den Streilinger Bauern vorsichtig umgehen in nächster Zeit; ich bin ein alter Mann, aber man sollte den Bogen nicht überspannen.« Die anderen Meister schlossen sich jetzt an.

So sagte der Obermeister nach einigem Hin und Her schließlich säuerlich: »Du bist des Verdachts losgesprochen, Konrad Mutzhaaß!« Und leise fügte er hinzu, so daß es Ulrich gerade noch hören konnte: »Aber nimm dich in acht.« Und zu den drei Lehrjungen gewandt: »Er war es doch, der unbotmäßige Geselle, ich werde ihn schon noch kleinkriegen, den Besserwisser, einmal pack ich ihn!« Auf seiner Stirn stand eine steile Falte. Beklommen sah ihm Ulrich nach, wie er höchst unzufrieden dem Stadttor zuging.

»Es sind schon Leute für weniger gehenkt worden als für einen Nagel!«

»Ja, ja, ein Nagel am unrechten Ort kann mehr Verdruß machen als ein Nagel im Schuh!«

»Manchmal ist ein Schlag auf den Eisennagel schmerzhafter als auf den Daumennagel, wie man sieht!«

»Ein Nagel am falschen Ort ist ein Nagel zum Sarg!«

In der Gesellenstube des Zunfthauses der Zimmerleute gingen die Wogen hoch: »Na, Mutzhäßle, jetzt hättest du beinah dran glauben müssen. Da hätte Vaters Goldsäckchen auch nicht mehr geholfen!«

»Und Geld heilt doch manche Wunde, will sagen Nagelstich!«

»Das mußt du noch lernen, Mutzhäßle: Zimmerleute verwenden keine Nägel, das machen die Schmiede. Du weißt doch sonst alles besser!«

Konrad blieb ruhig sitzen.

»Freilich, mit lateinischen Worten dreinschlagen kann unsereins nicht, aber wir wissen wenigstens, wo wir unsere Nägel einschlagen müssen!«

Solche Reden war man in der Gesellenstube gewohnt, sie waren meist nicht ernst gemeint; nur die Lehrlinge standen da und gafften, wenn sie nicht einen Wasserkrug oder gar einen Krug mit Wein schleppen mußten. Trotzdem blieb der Zweifel, ob es Konrad nicht doch gewesen war.

Er war anders als sie alle: Mit Sicherheit war er der kleinste der Gesellen, aber immer irgendwie überlegen. Sein Vater war reich, und Konrad hatte tatsächlich eine Zeitlang die Lateinschule besucht und konnte immer wieder zum Schrecken selbst der ältesten Gesellen und mancher Meister lateinische Sätze einwerfen. Viele bekreuzigten sich dann. Konrad lächelte nur immer dazu. Er war etwa fünf Jahre älter als Ulrich und erst vor kurzer Zeit nach über einem Jahr, aber doch um einiges früher als üblich, von der Wanderschaft zurückgekommen. Da sein Vater reich genug war, hatte er ihn von der restlichen Wanderschaft freigekauft, was möglich war, aber von der Zunft nicht gern gesehen wurde.

Weshalb er zurückgekommen war, wußte niemand, aber geredet wurde dafür manches: Einige behaupteten, er hätte etwas Schlimmes angestellt. Seither hörte man überall, daß er alles besser wisse. Damit brachte er die Meister gegen sich auf, vor allem den Obermeister, der alles nach den uralten Zunftvorschriften machte und in jeder Äußerung Konrads Aufstand und Rebellion witterte.

So behauptete Konrad immer wieder, woanders würden die Schräghölzer – sie bewahrten das Haus bei Winddruck vor dem Schiefwerden – längst nicht mehr angeblattet und mit Holznägeln an Schwellen und Ständern befestigt: »Man verzapft sie einfach und rückt die Ständer enger zusammen!« Weiter konnte er nie reden.

»Ständer enger zusammenrücken, das muß ein Witz sein – schon mal etwas von Holzverbrauch gehört, was?«

»Weißt du, wie teuer Eichenholz geworden ist?«

»Aber ihr laßt mich ja nicht ausreden!«

»Nicht verblatten – verzapfen! Nein, wer so einen Unsinn verzapft, hat kein Recht auszureden!«

Es war immer dasselbe.

»Komm, Konrad, stoß an auf das Wohl des Altjörg. Dem hast du Ehre und Ansehen zu verdanken!«

»Ja, Konrad Mutzhaaß, ohne den wärst du auf der Straße, da müßte dein Vater viele Löcher stopfen, größer als ein Nagelloch!«

»Laßt ihn mal in Ruhe«, sagte ein älterer Geselle namens Jos, »aber gefährlich ist es immer, wenn man verdächtigt wird, da gibt es manche Geschichte.«

»Erzählen, erzählen!« riefen Merte, Ulrich und andere.

»Na ja. Als ich vor, sagen wir, elf Jahren auf Wanderschaft war, kam ich eines Tages in eine kleinere Stadt. Ich war noch nicht lange da, und wir wollten gerade einen Dachstuhl aufrichten, da gibt es am Abend einen furchtbaren Schrei: Der Löwenwirt lag in seiner Scheune in einer Blutlache. Nun ging es los: Wer war das? Wo ist der Mörder? Verdächtigungen hin und her, und keiner traute dem anderen: Hunde wurden angesetzt, und die Hunde brachten tatsächlich in der Nacht noch einen Zigeuner herbei.«

»Die Hunde?« fragte Ulrich entsetzt.

»Na ja, die Männer, welche die Hunde führten. Aber der Zigeuner leugnete alles, er habe letzte Nacht in der Scheune des Löwenwirts geschlafen, daher hätten die Hunde die Spur gehabt. Andere traten auf: Der Löwenwirt habe nachmittags eine große Geldkatze umhängen gehabt, und die sei verschwunden. Ich kann euch sagen, das war eine Aufregung, bis sie den Zigeuner endlich hängen konnten. Tagelang leugnete er alles ab. Er habe nur geschlafen in der Scheune; vom Löwenwirt und seinem Geld wisse er nichts. Das Blut an seiner Jacke sei von einem Huhn, das er noch am Abend geschlachtet hätte – zugegeben, das sei gestohlen gewesen – und das er in Lehm gebacken hätte. Er könne die Feuerstelle noch zeigen. Aber niemand glaubte ihm. Die Zigeuner wissen viele Feuerstellen, wenn's notwendig ist. Und wo er das Geld vergraben hätte? Schließlich kam er auf die Folter. Dabei war ich nicht, aber er habe lange, lange weiter geleugnet. Zigeuner empfinden ja weniger Schmerz als wir, so hat er's lange ausgehalten.«

»Woher weißt du denn, daß Zigeuner weniger Schmerz spüren als wir?« fragte Konrad Mutzhaaß.

»Das weiß doch jeder!« schrie einer. »Weitererzählen!«

»So ging es einige Tage, bis es hieß: Der Zigeuner wird gehenkt. Dem Zigeuner müssen schon alle Gelenke ausgerenkt gewesen sein, da hat er gestanden. Zuerst hat er noch lügen wollen, er habe den Löwenwirt erstochen, dann hat er die Wahrheit gesagt: Er habe ihn mit einem Fäustel erschlagen. Beharrlich weitergelogen hat er wegen des Geldes, er habe es im Wald an der und der Stelle vergraben; gefunden hat man aber nichts, so daß alle glaubten, er habe es irgendwelchen Kumpanen gegeben. Den Fäustel soll er im Wald weggeworfen haben. Als er gehenkt wurde, habe ich zugeschaut, das läßt man sich ja nicht entgehen. Auf dem ganzen Weg hat er gebrüllt, daß er's nicht war, obwohl er doch gestanden hatte. Ich höre ihn heute noch schreien. Allen Leuten hat's gegraust, manche konnten es nicht aushalten und sind weggelaufen. Aber gehenkt wurde er doch.«

»Das hätte man nicht sollen!« Alle schauten Konrad an. »Die Folter ist nur dazu da, jemanden zum Geständnis zu bringen, der klar überführt, aber verstockt ist, denn ohne Geständnis darf niemand hingerichtet werden.«

»Hört euch den Klugschwätzer an!«

»Es stimmt aber: Die Folter dient nicht dazu, die Wahrheit zu finden, sondern sie festzustellen!«

»Das ist doch dasselbe!«

»Nein«, meinte Konrad, »in unserem Falle war die Wahrheit noch gar nicht gefunden: Wie war der Löwenwirt ums Leben gekommen?«

»Mit dem Fäustel erschlagen, du hast's doch gehört!«

»Könnte er nicht auch vom Heuboden gestürzt sein? Ist es denn wahrscheinlich, daß der Zigeuner die Geldkatze einem Kumpan gegeben hat? Woher hätte er denn den auf der Flucht nehmen sollen? Und welchen Sinn sollte das haben?«

»Aber er hat's doch selbst gesagt!«

»Ja, auf der Folter vor Schmerzen, obwohl er doch so schmerzunempfindlich sein sollte. Vor Schmerzen kann man manches erfinden. Das Geständnis sollte doch nur die Qualen der Folter beenden!«

»Da kann er sogar recht haben!«

»Was gilt's«, fuhr Konrad fort, »das Geld ist später gefunden worden, und zwar nicht im Wald, sondern in einer Kammer im Haus, wo es der Löwenwirt hingetan hat. Es gibt sogar noch eine schlimmere Erklärung! Dafür aber ist der Fäustel nie gefunden worden!«

Alle schauten Jos an: »Mutzhaaß, ich weiß zwar nicht, wie du das machst, hoffentlich hilft dir nicht einer, den ich nicht nennen will«, er bekreuzigte sich und einige mit ihm, »aber recht hast du, das muß ich zugeben. Die Geldkatze ist tatsächlich einige Wochen später gefunden worden – im Haus, hier hatte der Wirt sie wohl kurz abgelegt, als er in den Heuboden steigen wollte.«

»Und die Löwenwirtin hat sie versteckt gehalten?« fragte Konrad.

»Möglicherweise richtig, mit dem Zigeuner hatte sie immer schon Ärger gehabt, und so hat sie ihn loswerden können; niemand hätte es ihr verdenken können.«

»Doch«, meinte Konrad, »immerhin ein Menschenleben.«

»Ach was, nur ein Zigeuner, davon gibt's viele, und wert sind die sowieso nichts, alles Gesindel!« Die anderen nickten.

»Ist die Löwenwirtin nie verdächtigt worden, daß sie ihren Mann umgebracht hat?«

»Nein, man hat wohl angenommen, daß er tatsächlich vom Heuboden gefallen ist. Auch hat es der Löwenwirtin niemand zugetraut – so einer stattlichen, reichen Frau. Aber ganz geheuer war es dann nicht mehr: Wochenlang hat ein schwarzer Hund mit glühenden Augen um den Turm geheult; ich habe ihn selbst gesehen. Einmal, als ich mit einigen Mitgesellen im Löwen war und nach Hause ging, saß er im Mondschein mitten auf der Straße vor mir. Erst hat er geheult, dann winselte er leise vor sich hin wie ein Mensch. Vor Angst konnte ich keinen Schritt mehr machen.«

»Könnte es nicht der Hund des Zigeuners gewesen sein, der um seinen Herrn trauerte?« fragte Konrad. »Und ihr habt nur mit eurem schlechten Gewissen ein Gespenst daraus gemacht!«

»Nichts da, was ich gesehen habe, habe ich gesehen, Klugschwätzer!«

Auch die anderen meinten jetzt: »Das ist doch klar, daß der Zigeuner im Grabe unterm Galgen keine Ruhe finden konnte.«

»Man kann kaum mehr zuhören!« rief Konrad Mutzhaaß dazwischen.

»Dann hör halt weg, wenn du's nicht aushältst!«

»Es ist nicht deshalb«, hörte Ulrich den Konrad murmeln.

Schließlich sagte einer: »Ich halt's so: Zigeuner, Zigeuner, besser ein gehenkter als ein geschenkter!«

»Ja, es ist aber auch gefährlich, wenn jemand fälschlicherweise beschuldigt und umgebracht wird. Das steht schon in der Bibel, wie ich einmal einen Mönch erzählen hörte.« Ein Geselle namens Humpelhenne hatte das Wort ergriffen. Eigentlich hieß er Heinrich, aber seit er beim Aufschlagen eines Daches einmal das Bein gebrochen hatte und nun zeitlebens hinken mußte, nannte man ihn Humpelhenne.

»Erzähl, Humpelhenne, so etwas steht in der Bibel?«

»Ja, ein Mann namens Naboth hatte einen Weinberg, den der König Ahab haben wollte, um dort, ich weiß nicht was, ich glaube, Kohl anbauen zu können.«

»Ein König ist doch kein Kohlbauer!«

»Ich weiß nicht, was es war, aber so etwas Ähnliches hat der Mönch wohl gesagt. Jedenfalls, als Naboth den Weinberg nicht verkaufen wollte, weil er ein altes Erbstück war, wurde König Ahab schwer krank, lag in seiner Kammer und wollte nicht mehr regieren, sondern starrte nur die Wand an.«

»So einen König gibt's doch gar nicht, der nicht regieren will, hör mal, wegen eines Krautackers!«

»Vielleicht ging es ihm gar nicht um den Krautacker, sondern darum, daß er seinen Willen nicht haben konnte – das geht einem König vielleicht schon an die Nieren«, meinte Konrad Mutzhaaß.

»Sei endlich ruhig!«

»Die Geschichte geht weiter: Der König hatte eine Frau namens Izebel, die gab sich nicht so schnell zufrieden. Sie ließ ein großes Fest machen und setzte den Naboth ganz oben hin auf den Ehrenplatz. Und wie er da so saß, stiftete die Königin zwei Männer an zu behaupten, sie hätten gehört, wie Naboth Gott gelästert habe. Nun muß man wissen, daß man bei den alten Juden nicht zimperlich war: Wer Gott lästerte, wurde gesteinigt, so war das Gesetz!«

»Und Naboth wurde gesteinigt, nur weil einige Blödiane einen Blödsinn behauptet hatten?«

»Und König Ahab hatte seinen Krautacker!«

»Wer weiß, ob du richtig zugehört hast, wer glaubt denn einfach so einem Geschwätz?«

»Nicht wahr, denn Naboth war ja nicht irgendein Zigeuner!« sagte Konrad lächelnd. Und lauter fügte er hinzu: »Was glaubt ihr denn, warum Izebel dafür gesorgt hatte, daß Naboth auf dem Ehrenplatz saß, Neid vermag viel.«

»Ja, das weiß ich nicht«, sagte Humpelhenne langsam.

Niemand hatte Konrad zugehört.

»Wie ist die Geschichte denn weitergegangen?«

»Naboth wurde gesteinigt, wie gesagt«, fuhr Humpelhenne fort, »und Ahab hatte seinen Acker. Aber alle endeten schlimm: Ahab, sein Sohn und vor allem Izebel. Sie wurde aus dem Fenster gestürzt von einem Rivalen des Königs und von den Hunden gefressen.«

»So gehört es sich auch!« riefen mehrere. »So ist's recht!« – »So mußte sie wenigstens nicht als Gespenst erscheinen!« – »Eigentlich hätte aber doch nun der Naboth als Gespenst erscheinen müssen?«

»Davon hat der Mönch nichts erzählt.«

»Eine Gespenstergeschichte habe ich schon selber erlebt«, tönte Schwarzanton.

»Selbst erlebt, das glaubt doch keiner!«

»Es stimmt aber. Als ich vor drei, vier Jahren noch gewandert bin, kam ich einmal mit einem Freund abends, als es schon dämmerig wurde, zu einer einsamen Steinhütte. Es war kalt und begann leicht zu regnen, so waren wir froh, daß die Türe nicht abgeschlossen war. Innen war es schon fast dunkel. Es gab keine Fenster, nur durch die Türe fiel etwas Licht, aber genug, daß wir sehen konnten, daß es einen zweiten Raum in der Hütte geben mußte: Da war eine Türe, die aber durch ein Vorlegeschloß gesichert und fest abgeschlossen war. Müde, wie wir waren, legten wir uns sofort auf den Boden, deckten uns mit den Mänteln zu und schliefen ein. In der Nacht erwachte ich und wußte lange nicht, wo ich war: Über mir sah ich die Sparren und Latten, auch das Stroh des Hüttendaches, ihr versteht:

In dem dunklen Raum erkannte ich jedes Hälmchen ganz deutlich. Es dauerte eine Zeitlang, bis ich begriffen hatte, daß das nicht sein konnte!«

Er machte eine Pause und trank einen Schluck.

»Dann bemerkte ich, daß das Licht aus der Türe zum Nebenraum kam, die doch, als wir abends angekommen waren, fest verschlossen, ja sogar durch ein Vorhängeschloß, groß und rostig und ohne Schlüssel, gesichert gewesen war. Ich brauchte lange, bis ich alles begriffen hatte: Von außen konnte niemand in die Hütte hereingekommen sein, denn wir lagen in dem kleinen Raum quer vor Hüttentüre: Er hätte uns wegschieben müssen. Die Türe zum Nebenraum stand jetzt weit offen, und aus ihr kam das Licht. Durch die Türöffnung ins Nachbarzimmer sehen konnte ich nicht, weil die Tür gegen uns aufgegangen war und die Sicht versperrte.«

Er blickte auf und sah die Lehrlinge an, die ihn anstarrten. »Mein Kamerad schlief, und ich weckte ihn. Auch bei ihm helles Entsetzen. Das Vorhängeschloß hing ja außen an der Tür, niemand konnte es von innen aufgemacht haben; jetzt baumelte es offen in der Lasche! Wir nahmen allen Mut zusammen, standen leise auf, um auf die andere Seite der offenstehenden Tür zu gelangen und in den Nachbarraum sehen zu können. Obwohl mir schlecht war vor Herzklopfen und ich kaum Luft bekam vor Angst.«

Wieder machte er eine Pause, als wäre selbst die Erinnerung noch grausig.

»Wir schlichen auf die Türe zu, und jetzt kommt das Schrecklichste, wie wir näher kamen, bewegte sich die Türe wie von Geisterhand geschoben oder gezogen und ging zu! Sie ging langsam zu, und je weiter sie sich schloß, desto dunkler wurde es. Und als wir sie abtasteten, lag das Vorhängeschloß kalt und schwer an der alten Stelle und war nicht zu bewegen. Mich fror heftig. Aber beide waren wir bei aller Angst doch auch recht neugierig. So gingen wir leise in die kalte Nacht hinaus und schlichen um die Hütte.«

Totenstille; viele hockten mit offenem Munde da; einer hatte sich Wasser eingegossen und goß immer noch, so daß der Becher überlief und eine große Pfütze auf dem Tisch entstand.

»Hinter der Hütte war alles still, keine Ritze, kein Lichtschimmer von innen, wir schlichen uns wieder nach vorne. Durch die offene Tür fiel ein langer Lichtschein hinaus in die Nacht, und wir sahen es deutlich: Die innere Tür stand wieder offen; jetzt aber konnten wir durch den Türspalt etwas erkennen. Eine Gestalt lag unter einer Felldecke, und eine Kerze stand daneben und brannte. Wir schlichen näher: Die Tür ging zu, der Lichtstreifen wurde schmäler, dann war es dunkel wie vorher, das Vorhängeschloß an der alten Stelle! Wir blieben nicht länger. Kaum daß wir unsere Sachen noch holten, rannten wir durch Nacht und Regen. Am Tag darauf hörten wir in einem Dorf, in dieser Hütte sei es nicht geheuer: Dort sei einmal ein Hirte umgebracht worden.«

Das Schweigen löste sich nur langsam. Zwar konnte man auch hören: »Wer's glaubt!« aber die meisten Zuhörer waren beeindruckt.

»Das kann ohne weiteres so gewesen sein.«

»Was wissen wir schon über solche Dinge!«

»Man weiß überhaupt nichts, man sollte viel vorsichtiger sein; immer und überall kann es Gespenster geben!«

»Ich habe ein Amulett«, sagte einer.

Schwarzanton, sichtlich zufrieden mit der Wirkung seiner gespenstischen Erzählung, aber meinte: »Ja, so halte ich's auch, überall gibt es Gespenster, wer weiß«, er flüsterte und schaute sich beschwörend um, »vielleicht hat heute nacht ein Gespenst den Nagel in den Stamm geschlagen!«

»Wissen kann man das nicht«, riefen einige durcheinander,

»na, Mutzhäßle, das wär's doch, dann wärst du aus dem Schneider. Oder ein Zauberer oder eine Hexe hat ihn hineingehext!«

»Zauberer und Hexen gehören verbrannt!«

»Ich habe von dem Buch eines Mönchs gehört. Das heißt der Hexenhammer. Da steht genau darin, wie sie's machen – und auch, daß man sie verbrennen müsse.«

»Die nagelnde Hexe müßte sich doch finden lassen!«

»Au ja, die suchen wir, das wird ein Spaß, wenn sie eine Hexe verbrennen, ich hab da schon eine Idee!«

Da sagte Konrad Mutzhaaß fest: »Ich habe den Nagel hineingehauen!« Er blickte Ulrich durchdringend an. »Ich allein ohne irgendeine Hexe!«

Augenblicklich war es still im Raum, und jeder sah Konrad Mutzhaaß an wie eine Erscheinung.

»Was schaut ihr so blöd, ja, ich war's!«

Da konnte Ulrich nicht mehr an sich halten, etwas quoll in ihm hoch, daß er nach Luft ringen mußte: »Was, du Dreckskerl, und da stellst du dich hin mit der größten Unschuldsmiene, du Lügner!« Und er holte besinnungslos vor Wut aus und schlug aus Leibeskräften zu, er traf Konrad voll ins Gesicht – sofort schoß das Blut herab. Konrad schaute Ulrich lange an, sagte aber nichts.

Im Raum lärmendes Durcheinander: »Man muß den Meister holen!«

»Nein, sonst gibt es Schlimmes!«

»Blutvergießen in der Zunft!«

»So schlimm ist es ja nicht!«

»Sagt nichts, sonst fliegt der Ulrich aus der Zunft!«

»Das wäre ja noch schöner, daß einer wegen dem Mutzhaaß aus der Zunft fliegt.«

Ulrich war wie gelähmt, er sah das Blut, er sah das bleiche Gesicht des Konrad Mutzhaaß, er sah die aufgeregten Gesellen um ihn her. Er konnte kein Wort herausbringen. Da war diese ohnmächtige Wut, das Gefühl, als hätte er etwas Böses getan und wäre doch im Recht.

Schließlich einigten sich die Gesellen: Man sagte dem Meister nichts, aber Konrad sollte seine unterbrochene Wanderung fortsetzen.

Ulrich zitterte noch, als er heimging: dieser Mutzhaaß! Diese Frechheit, und dann hinzustehen und in aller Unschuld geradezu triumphierend zu sagen: Ich war's! Sich über alle lustig zu machen. Aber auch der Schlag zitterte nach: Hatte er sich hinreißen lassen? Machte man sich an so einem nicht die Finger schmutzig? Es war aber auch befreiend gewesen. Er fühlte sich seltsam erleichtert und schmutzig zugleich. Aber irgendwie war ihm, als hätte er etwas übersehen.

Wegen der Zunft machte er sich keine Sorgen, sollte es der Meister erfahren! Sicher, die Strafe wäre streng, aber der Meister mochte ihn, und schließlich: Schlägereien unter Gesellen, wenn auch nicht gerade in der Zunftstube, waren häufig – ausgeschlossen worden war wegen eines Schlags auf die Nase noch niemand, soviel wußte er schon.

Da war noch etwas: Sollte er den Mutzhaaß nicht doch dem Meister anzeigen? Er wußte, daß der Meister den Mutzhaaß verdächtigte, aber argwöhnisch wie der Meister war, konnte er sicher auch einen Verdacht auf Ulrich nicht ganz ablegen, er habe den Stamm nicht gründlich genug abgesucht. Zeigte er das Geständnis des Mutzhaaß an, dann war Ulrich glänzend gereinigt. Ja, vielleicht war der Meister, der den Mutzhaaß nicht leiden konnte, Ulrich sogar dankbar. Ulrich dachte an die Geschichte mit den Streilinger Bauern: Nein, er konnte gar nichts Besseres tun, als den Mutzhaaß anzuzeigen!

Dennoch stand ihm der seltsame Blick aus dem blutigen Gesicht ständig und fast unabweisbar vor Augen, mit dem ihn der Mutzhaaß zum Schluß angesehen hatte: prüfend, zweifelnd, und, wie es ihm vorkam, gleichzeitig höhnisch und überlegen.

Wohin war er gelaufen? Er bemerkte, daß er nicht zum Hause seines Meisters gekommen war, das viel näher lag, sondern er stand auf einmal vor dem Häuschen seiner Eltern an der Stadtmauer. Mit dem Vater reden? Aber das ganze Haus sah so fremd aus in der kalten Nacht, wie er es noch nie gesehen hatte, und war dunkel. Er wußte: Die Eltern schliefen längst.

Als Ulrich nach einem Weg durch die halbe Stadt endlich todmüde am Haus des Meisters angekommen war, wo er mit Merte und Hans zusammen wohnte, brannte in der Stube des Meisters noch Licht. Er schlich sich vorbei auf seine Kammer, wo Hans und Merte schon schliefen.

Er lag lange wach. Er wollte über den Nagel und Konrad Mutzhaaß nachdenken. So viel war neu gewesen. Es fiel ihm aber immer nur der Meister ein und dessen Lüge im Streilinger Forst. Zum Schlafen war es viel zu kalt. Von irgendwo schien der Mond in seine Dachkammer; Hans oder vielleicht Merte sagte etwas im Schlaf, was man nicht verstehen konnte.

In dieser Nacht hatte Ulrich einen Traum:

Er saß oben auf dem Dach eines Hauses, das bereits aufgeschlagen war: ein stattliches Haus, das die Jahrhunderte überdauern sollte, und das nach allen Regeln der Zunft von ihm allein zusammengesetzt worden war. Ulrich wollte auf die Dachsparren zualleroberst den Baum für das Richtfest setzen und saß oben wie ein König. Dann blickte er in die Tiefe und sah durch das Haus wie durch das Skelett eines Tieres. Er blickte hinab durch die Rippen der Wände, die Grate der Rähme und Ständer, die Käfige der Räume und immer weiter bis hinunter in die Tiefe der Fundamente zu den Gelenken der Schwellen und Ständer. Keine Fußbodendielen, die ja zu einem aufgeschlagenen Haus gehören, behinderten den Blick durch die Holzgerüste; es war, als hätte sie ein Riese weggenommen, um ihm, Ulrich Georg Wennagel, den Blick durch das ganze fleischlose Knochengerüst des Hauses freizugeben.

Jetzt sah er aber, daß in den nach allen Seiten leeren und hohlen Räumen, durch die ein kalter Wind pfiff, schon die Türblätter eingesetzt waren: Sie schlugen ständig auf und zu, auf und zu, und er bemerkte niemand, der sie bewegt hätte. Er fror. Da trat plötzlich unten Konrad Mutzhaaß aus einer offenen Türe des Hauses und rief hinauf: »Dein Haus ist schlecht gebaut, siehst du, es kann nicht stehen!« Er zeigte auf einen Balken. Da sah Ulrich, daß dieser Balken voller Würmer war, das Mehl rieselte heraus, der Balken war von Löchern durchzogen wie ein Schwamm und bröselte auseinander. Konrad zeigte auf einen anderen Balken, auch dieser zerbröselte vor den Augen Ulrichs, und weiter ein dritter, ein vierter. Hör auf! wollte Ulrich schreien, aber er bekam keinen Ton heraus. Konrad zeigte weiter – das Haus wankte.

Plötzlich hörte er Konrads Stimme ganz nah: »Du mußt noch viel lernen, deine Häuser bleiben nicht stehen!« Jetzt waren alle Balken zerstört. Ulrich wollte sich retten, er wollte herabsteigen, konnte aber kein Glied rühren, die Kälte nahm zu. Da knisterte es stärker, alles um ihn her versank, und Ulrich stürzte ins Bodenlose.

Ulrich zeigte Konrad Mutzhaaß am nächsten Morgen nicht an.

DAS RICHTIGE HAUS

Es war für Ulrich ein spannender Augenblick, als das erste Haus, das sie im Winter vorbereitet hatten, im Frühjahr aufgerichtet wurde. Ulrich hatte zu diesem Haus nur Stämme zu Balken gebeilt, und mancher Hautfetzen und viele Blutstropfen von ihm klebten an den sorgfältig behauenen Balken, denen man nicht mehr ansah, daß sie einmal als Bäume im Wald gestanden hatten. Deshalb war es ihm, als wäre es sein Haus, das aufgerichtet wurde.

Als das Bauholz abgeladen war, standen der Meister und die Gesellen um das steinerne Viereck, das die Maurer als Fundament gelegt hatten. Langsam ging der Meister zum ersten Balken, der als Grundschwelle auf das Fundament gelegt werden sollte, und machte mit der flachen Axt ein kreuzförmiges Zeichen auf das Holz.

»Daß der Teufel nicht mitbauen kann an diesem Haus, denn dann bleibt es nicht stehen«, sagte er. Damit war der Bau begonnen.

Ulrich wußte noch von weiteren Mitteln, die das Haus dauerhaft machen sollten. So war unter das Fundament von den Maurern ein toter Hund gelegt worden. Gesellen hatten gesagt, vor vielen hundert Jahren habe man Neugeborene lebendig eingemauert.

Später, als der erste Eckständer aufgerichtet wurde, mußte

die Hausfrau herantreten. Das Loch in der Schwelle war sorgfältig vorbereitet worden. Der Meister nahm einen Zipfel ihrer Schürze und steckte ihn in das Zapfenloch, dort wurde er abgeschnitten. Dann sagte er zu der Hausfrau, die ihre Schürze glattstrich: »Damit immer jemand im Hause wohnt, damit nie die Hausfrau fehlt und das Glück des Hauses dauert.«

»So soll das Haus immer stehen bleiben«, sagte der Meister zum Schluß sehr feierlich, dann fuhr er an die Lehrlinge Ulrich, Merte und Hans gerichtet fort: »Ein Haus ist nicht irgendeine gewöhnliche Ware. Es ist die wichtigste Grundlage des menschlichen Lebens! Merkt es euch.«

Der erste Holznagel, der den Türpfosten mit der Schwelle verbinden würde, wurde mit bunten Bändern umwickelt, und der künftige Hausherr selbst schlug ihn hinein. Auch davon versprach man sich, daß das Haus stehen blieb.

Ein Haus, das bewohnt wird, ist wie ein Lebewesen. Vom Keller bis zum Dachboden ist nichts Zufälliges, alles ist eine einzige große Organisation. Werkstätten, Stuben, Küchen, Kammern, Speicherräume, Flure, Treppen, Wände, Decken, Türen, alles ist ein Abbild des täglichen Lebens der Menschen.

Ulrich lernte in den folgenden Jahren, wie man nach den Regeln der Zunft Häuser baute. Er klemmte den Daumen ein, wenn sie die Schwellen über die Fundamente legten, er quetschte sich die Finger beim Aufrichten der Eckständer auf der Grundschwelle. Das Kreuz tat ihm weh, wenn sie die Rähmbalken auf die Ständer wuchteten. Einmal renkte er sich die Schulter aus, als er mit zwei anderen Gesellen die Sparrenfüße in die Pfette einsenkte. Abends war er zum Umfallen müde und spürte jeden Knochen.

Aber er sah, daß ein Haus nicht nur eine Fachwerkfassade hatte, das ganze Haus war durch und durch aus Fachwerk – das hatte er schon gewußt – aber jetzt erkannte er, wie alles zusammengehörte und sich gegenseitig trug. Und er sah, wie die Häuser, die sie im Winter vorbereitet hatten, im Sommer in die Höhe wuchsen.

Rittlings saß er auf dem Rähmbalken, der die Wand nach oben abschloß, und half mit Seilen, die Balken für das Gebälk, das auf die Rähmbalken gelegt wurde, hochzuziehen. Darauf legten sie die dicken Dielen und darauf die Schwelle für das nächste Geschoß. Millimetergenau mußten die Kopf- und Brustriegel zwischen die Ständer gespannt werden. Sie waren wichtig, weil die Ständer so weit auseinanderstanden, wie es bei allen Häusern in der Stadt gehalten wurde. Zwischen Ständer und Schwelle und zwischen Schwelle und den Bundpfosten, die jeweils die Wände nach außen abschlossen, wurden schräg die Bänder geblattet.

Im Winter mußte er die unzähligen Holzverbindungen lernen, die es bei einem Fachwerkhaus gab: Hälsen, Zapfen, Dübeln, Stoßen, Nuten, Kämmen, Verblatten waren nur einige.

»Verblatten ist nicht einfach«, seufzte Ulrich, »du mußt erst aus dem Ständer eine Vertiefung, die Blattsasse, herausarbeiten, in deren Umriß und Tiefe das als Blatt bearbeitete Ende eines Bandes genau hineinpaßt. Und genau heißt, daß bei der geringsten Ritze, die da etwa klafft, mein Meister einen Tobsuchtsanfall bekommt.«

»Aber Genauigkeit verlangt der Meister überall, sonst seufzt und stöhnt ein Haus, knackt in allen Fugen und wird bald schief und krumm«, ergänzte Humpelhenne.

»Wir wollen auch nicht die Fenster vergessen wie die Schildbürger«, lachte Ulrich, »zwischen Kopf- und Brustriegel werden die Fenster eingepaßt, eingespannt, wie wir sagen.«

»Und das Haus erhält Treppen und Türen ...«

»Ja, Henne, aber ein Dach wollen wir auch darauf setzen mit

den Dachsparren, die auf zwei Schwellen, der Pfette und der Mittelpfette, aufsitzen und die am oberen Ende mit Holznägeln zum Dachfirst zusammengefügt sind.«

»Und auf dem Dach liegen die Dachziegel mit ihrer ungeheuren Last. Und die Wände im Haus, die Steinplatten, die Dielen, jeder einzelne Querbalken, die Truhen, Tische, Stühle, Schränke, Betten, der Ofen, der Herd und viele tausend andere Dinge, schließlich die Menschen selbst vermehren diese unvorstellbaren Lasten. Und es soll Jahrhunderte halten, soll nicht oder nur wenig aus dem Lot geraten, soll sogar Erdbeben standhalten oder Überschwemmungen und soll immer Schutz und Wärme geben. Und es soll kein Holz zuviel verbaut sein, sonst wird es zu teuer, und keines zuwenig, sonst wird es schief oder fällt ein.«

»Und kein Nagel aus Eisen, keine Klammer aus Stahl ist im ganzen Haus und kein Leim, denn leimen tun nur die Schreiner. Wir Zimmerleute aber machen alles, alles aus Holz.«

»Ein Kunstwerk, so ein Haus!« lobte der Obermeister. Und damit hatte er recht.

Mit seinen Häusern wuchs auch Ulrich. Er wurde noch länger, aber auch seine Arme, die so schlaksig herumgeschlenkert waren, wurden dabei fester, seine Muskeln wurden dick und hart, die Adern traten hervor. Seine Brust wurde breiter, dennoch war er insgesamt ein langes, knochiges Gestell, wie Humpelhenne einmal zu ihm sagte. Da er recht groß geworden war, wirkte er trotz seiner Muskeln eher schmal.

Schmal und lang war auch sein Gesicht. Seine Haare schienen noch strohiger geworden zu sein. Seine Augen waren hell, und er hatte ein gutes Augenmaß, wie sich herausstellte, so daß der Meister lobend nickte, wenn er sich ein Werkstück Ulrichs anschaute. Er hatte eine sichere Hand und konnte jedes Werkzeug auf den Punkt genau einsetzen. Dabei war er ausdauernd und gab sich erst zufrieden, wenn etwas genau so wurde, wie er es sich vorgestellt hatte.

Nur geriet er leicht in Zorn, wenn er sich ungerecht behandelt fühlte. Seinem Zorn gegenüber war er fast ohnmächtig. Er fühlte ihn aufsteigen in sich wie eine Flut, manchmal schloß sich etwas Unüberlegtes an, das ihm später leid tat.

Träumen konnte er immer noch. Er sah sich gern als Meister. Er sah sich, wie er die Arbeit verbesserte, wie er das Holz auswählte und den Gesellen zuteilte. Schon bald hatte sich bei ihm ein besonderes räumliches Vorstellungsvermögen gezeigt, das man brauchte, um Winkel an den Stellen zu ermitteln, wo zwei verschiedene Bauebenen zusammenstießen – eine Arbeit, die so wichtig und schwer war, daß sie nur der Meister machen durfte.

Er stellte sich vor, er wäre wirklich Meister, so daß er sich oft rauh in die Gegenwart zurückzwingen mußte: Schlag dir das aus dem Kopf; Meister zu werden ist für dich unmöglich! Woher sollte er das Geld für eine Werkstatt nehmen?

Oft schaute er sich bei der Arbeit bewundernd zu, als stünde er neben sich, und beobachtete stolz, wie er gekonnt Beil, Säge und Klopfholz führte. Er betrachtete bewundernd die scharfen Kanten, die er aushauen konnte, die geraden Linien, die klaren Umrisse und freute sich an der Genauigkeit, mit der er zwei Werkstücke ineinanderfügte.

»Paß doch auf, wo du hinschlägst, so hält man doch keine Stoßaxt.« Immer nörgelte der Meister an einem herum. »Nicht so weit ausholen beim Beilen!« Er konnte nicht ein einziges Mal an einem vorbeigehen, ohne irgend etwas zu verbessern.

Seit dem Erlebnis im Streilinger Wald wurde er gegen den Meister, den er zuerst bewundert hatte, immer mißtrauischer und entwickelte einen Widerwillen, der mit den Jahren wuchs.

Dieser Meister mit seinem ständigen: Die Zunft hat immer

recht! Immer war er salbungsvoll, immer stellte er sich hin und belehrte einen.

Diese ständige Rechthaberei! »Du kannst mir glauben, ich habe mehr Erfahrung als du. Es ist die uralte Erfahrung der Zunft, und daran wollen wir doch nichts ändern, oder?«

Am schlimmsten waren die Moralpredigten: »Ein Zimmermann hat eine hohe Aufgabe zu erfüllen, da ist das wichtigste der Lebenswandel: Ordnung, Sauberkeit, Ehrlichkeit!«

In Ulrich zog sich alles zusammen, wenn er das hörte. Und was ist mit den Lügen im Streilinger Forst? Was denken wohl die Streilinger Bauern über die Zunft?

Aber dem Meister zu widersprechen war für einen Lehrjungen unmöglich. Dabei wurde Ulrich vom Meister mehr gelobt als jeder andere. Aber es gab kein Lob, das nicht sofort durch einen Tadel ausgeglichen worden wäre:

»Schön deine Blattsasse, aber wie du wieder dein Stemmeisen verkantest!«

Ja, Meister! Danke Meister! war das einzige, was ein Lehrjunge zum Meister sagen durfte. Auch konnte man vom Meister wirklich sehr viel lernen. Das war fast das schlimmste, daß man dankbar sein mußte, aber manchmal am liebsten weggelaufen wäre!

Ulrich hatte Hans und Merte, die anderen beiden Lehrlinge, an Kunstfertigkeit weit überflügelt. Und er schaute sich schadenfroh die welligen Kanten an, die splittrigen Fugen und die unregelmäßigen Nähte, die sie hinterließen.

Einmal hatten sie eine Wette gemacht, wer zwei Hölzer am schnellsten verzapfen könnte: also den Zapfen aushauen, das Zapfenloch ausstemmen und beides ineinanderpassen.

Hans und Merte arbeiteten wie besessen. Sie hieben, klopften und hämmerten, raspelten und glätteten. Hans hatte wie immer bei der Arbeit die Zunge zwischen den Zähnen und schnaubte durch die Nase. Von Merte hörte man von Zeit zu Zeit ein lautes Grunzen. Beide vergaßen schier das Schnaufen und keuchten dann plötzlich laut los. Sie waren viel schneller als Ulrich, der mit seinen langen Händen gleichmäßig und geduldig arbeitete.

Der war dann noch lange nicht fertig und besah sich grinsend, was ihm die beiden triumphierend unter die Nase hielten – Merte hatte seine Holzstücke etwas früher ineinandergesteckt als Hans und betrachtete sich deshalb als Sieger. Dann brachte Ulrich in aller Ruhe seine Arbeit zu Ende und zeigte unter dem Protest der beiden anderen alles dem Meister. Daß er dabei die Mundwinkel unmerklich verzog, sah niemand.

»Weshalb drei? Ich sehe nur eins!« sagte der, indem er verächtlich auf die Werkstücke der beiden anderen Lehrjungen blickte. Dann lobte er Ulrich, so daß der langsamste, wie Ulrich vorausgesehen hatte, die Wette gewann. Die Zapfen fielen aus den Werkstücken der beiden anderen heraus, wenn man sie zur Erde hielt und etwas anklopfte. Ulrichs Zapfen saß fest und fugenlos.

In solchen Fällen sonnte sich Ulrich in einem Gefühl der Überlegenheit, und er hätte sich sehr unbeliebt gemacht, wenn er bei allem Stolz nicht auch hilfsbereit gewesen wäre. Aber auch rechthaberisch war er, wie er auf die anderen herabblickte, so daß sogar die Gesellen manchmal über ihn herfielen: »Du schwätzt ja schon daher wie der Mutzhaaß.«

Konrad Mutzhaaß war gegen Ende der Lehrzeit Ulrichs aus seiner unfreiwilligen zweiten Wanderung heimgekehrt und hatte bei einem anderen Meister die Arbeit wieder aufgenommen, so daß Ulrich den alten Gegner kaum mehr sah. Er hörte aber von ihm, immer noch sei Konrad der alte rechthaberische Dickkopf, aber immer noch höre niemand auf ihn. Wenn er Ulrich sah, so grinste er jedesmal unverschämt und überhaupt nicht schuldbewußt. Sonst hätte Ulrich ihn schon angesprochen, denn Konrad konnte den Obermeister ebenfalls nicht leiden.

Einmal traf es sich, daß sie vom Zimmerplatz gemeinsam zur Stadt zurückkehrten. Der viel kleinere Konrad war zuerst gegangen und wartete auf Ulrich, so daß der nicht ausweichen konnte.

Konrad war ähnlich angezogen wie Ulrich, aber man sah sofort, daß er aus einem reichen Hause kam: Die Leinen- und Wollstoffe waren feiner, die Farben leuchtender und aufeinander abgestimmt. Er hatte kurze Stulpenstiefel an und trug statt der Kapuze ein Barett, wie es bei den Gesellen mehr und mehr zu sehen war.

»Was machen die Nägel?« begann Konrad zum Ärger von Ulrich und schaute ihn unter den wirren Haaren auf seiner Stirn spöttisch an, »findest du sie immer noch in den Stämmen stecken?«

»Seit du fort warst, habe ich keinen mehr gefunden!« Er schaute verächtlich hinab auf den Haarschopf neben ihm.

»Das wundert mich nicht«, grinste Konrad hoch.

»Mich auch nicht!« sagte Ulrich etwas patzig und ging rascher. Was wollte denn der mit der alten Geschichte? Wäre es nicht besser, er würde sein Maul halten?

Aber Konrad ging ebenfalls schneller und sagte: »Ich würde dir gerne eine Geschichte erzählen; mal sehen, ob du errätst, was damit gemeint ist.«

»Ich bin doch nicht dazu da, deine Rätsel zu raten.«

»Vielleicht doch; Rätsel gibt es überall; man kann gar nicht früh genug damit anfangen sie zu lösen. Auf meiner Wanderschaft …«

»Auf welcher?« fragte Ulrich boshaft. »Soviel ich weiß, warst du auf zweien!«

Konrad blieb geduldig. »Auf einer von zweien kam ich eines

Tages in ein kleines Nest. Ich sprach den einzigen Zimmermann am Ort um Arbeit an. Er hatte aber keine für mich, so daß ich am anderen Tag weiter mußte. In der Nacht, ich hatte mich im Haus des Meisters todmüde schlafen gelegt, da war plötzlich ein Lärm und ein Gerenne. Im Ort brannte es, und zwar brannte das Haus des Pfründherren. Dicker roter Rauch quoll auf, die Flammen prasselten, die Balken krachten; man kennt das. Es ist schaurig, aber wenn man ehrlich ist, ist es auch schön, zumindest für die, deren Haus nicht bedroht ist. Alles rannte mit Eimern, um zu löschen. Und gleichzeitig rannte alles, um zu gaffen. Aber wie das meistens so ist, wenn es einmal richtig brennt: Das Haus war nicht mehr zu retten, nur das Vieh, einige Betten und Truhen. Obwohl sie, um es zu retten, feierlich noch ein Ei in das Feuer geworfen haben, das am Gründonnerstag gelegt worden sei.« Konrad tippte sich an die Stirn. »Angebaut an dieses Haus war das kleine Häuschen eines Küfergesellen, der im Ort nicht sehr beliebt war. Weshalb, weiß ich nicht, wohl irgendeine Erbschaftssache; wie das so ist, waren alle im Nest miteinander verwandt. Am anderen Morgen war schon der ganze Ort davon voll, der Küfergeselle habe das Feuer gelegt.«

»Das ist doch Blödsinn«, entfuhr es Ulrich, »da hätte er ja sein eigenes Haus angezündet!«

»Siehst du, wie gut du Rätsel raten kannst!«

»Weiter! Wer hat nun das Feuer gelegt?«

»Weiter weiß ich nicht, du bist doch so gescheit! Am anderen Morgen mußte ich weiter. Ich weiß nur zwei Dinge: Sehr unbeliebt war auch der Pfründherr. Das ist das eine. Das andere ist: Zwei Wochen später traf ich den unbeliebten Küfergesellen in der Nachbarstadt, wo wir beide Arbeit gefunden hatten. Er erzählte mir, wie er beinahe auf die Folter gekommen wäre, aber ein Geselle aus dem Nachbarort, bei dem er am Abend zuvor gewesen sei, habe noch für ihn ausgesagt. Das habe ihn gerettet, aber den Ort habe er dennoch verlassen müssen.«

»Und? Weshalb erzählst du mir das?« Ulrich schritt mit seinen langen Beinen immer schneller aus.

»Kannst du dir das nicht denken?« Konrad blieb plötzlich stehen. Ulrich hielt gegen seinen Willen ebenfalls an.

»Du mußt lernen, Schein und Sein zu unterscheiden. Nicht alles ist so, wie es scheint.«

»Du bist noch immer der alte Klugscheißer«, Ulrich spuckte aus, »als ob ich das nicht selbst wüßte, was du mir da verkündest, als wäre es der Stein der Weisen.«

»Der Stein der Weisen!« Fuhr da Konrad fort. »Kennst du die Geschichte vom Goldmachen?«

»Nein, und ich will sie auch gar nicht hören!«

Aber Konrad gab nicht auf: »Zum Kurfürsten von Sachsen kamen einmal zwei Männer, die behaupteten, Gold machen zu können. Sie hätten den Stein der Weisen gefunden und könnten Blei in Gold verwandeln. Ein Ofen wurde angeschürt, und in einen Tiegel neben geheimnisvolle Zutaten zerhacktes Blei gelegt, das vor den Augen des Kurfürsten und der beiden Zauberer zerschmolz und als blasige graue Masse im Tiegel schwamm. Formeln in einer unbekannten Sprache wurden gesprochen, seltsame Gebärden wurden gemacht, die Hände durchschnitten die Luft in bedeutsamen Linien. Dies geschah lange Zeit, bis die Spannung unerträglich wurde. Aber beim Goldmachen braucht man Geduld, wie einer der beiden Zauberer dem Kurfürsten, der kaum zu atmen wagte, zuflüsterte. Jetzt trat der Stein der Weisen in Aktion. Unter geheimnisvollen Zeichen und vielem unverständlichen Gemurmel wurde er von einem Tuch verhüllt über den Tiegel gehalten. Dann gab man ein Stückchen von ihm in das Blei. Ein gewaltiger Blitz zuckte auf, ein Zischen und Rauschen erfüllte den Raum, überall war Dampf und Rauch und Gestank nach Schwefel und

Hölle, als wäre der Teufel selbst anwesend. Als sich der Rauch verzogen hatte, war das Blei verschwunden, statt dessen lag ein großer unregelmäßiger Klumpen Gold in dem Tiegel, noch so heiß, daß man ihn kaum anfassen konnte.«

Konrad war langsamer weitergegangen, Ulrich ging mit offenem Mund neben ihm her und horchte.

»Der Kurfürst schwamm im Glück, die beiden Helden wurden sofort zu kurfürstlichen Alchimisten ernannt, erhielten jede Menge Geld, viel mehr als das Gold, das in dem Tiegel lag, wert gewesen war, und durften nach Herzenslust zaubern und Gold machen, soviel sie wollten. Aber es wuchs kein Gold mehr: Auf geheimnisvolle Weise war der Stein der Weisen unwirksam geworden. Eine böse Macht nahm ihm die Kraft, Gold zu machen. Mit ernsten Mienen wandelten die Zauberer am kurfürstlichen Hofe, von allen scheu betrachtet, jeder ging ihnen aus dem Weg, wie sie mit ihren schwarzen Talaren und ernsten Gesichtern in den Gängen des Hofes zu Meißen auf und ab schritten. In der Zwischenzeit lebten sie recht gut vom Geld des Kurfürsten, ließen sich das Beste an Essen und Trinken, was die kurfürstliche Küche nur hergab, auf ihr Zimmer im Schloß bringen und ließen den Kurfürsten einen guten Mann sein.«

Sie waren stehengeblieben.

»Eines Tages …«

»… waren sie verschwunden!«

»Nein, wo denkst du hin, sie ließen eine alte Frau, die in der Nähe des Schlosses wohnte – nämlich unten im Graben in einem winzigen Häuschen, und davon lebte, daß sie Kaninchen züchtete und Wunden heilen konnte mit Kräutern, die sie selbst sammelte – kurzum diese alte Frau ließen sie verhaften. Sie verhexe den Stein der Weisen, so daß kein Gold mehr entstehe in dem geheimnisvollen Tiegel. Die Alte wurde verhaftet und der Hexerei beschuldigt, lange wurde ihr Prozeß vorbereitet, denn die anklagenden Hofalchimisten mußten umfangreiche Studien in dicken Folianten machen. Auch in dieser Zeit ging es ihnen sehr gut im kurfürstlichen Palast. Dann blieb die alte Frau auf der Folter lange standhaft und weigerte sich zu gestehen, daß sie mit dem Teufel im Bunde sei. Schließlich, als sie nicht gestehen wollte, verschwanden die beiden Zauberer, ohne den Stein der Weisen zurückzulassen oder wenigstens einige fette Goldbarren. In der Nacht, als sie verschwanden, brannte das Häuschen der Alten im Graben nieder, offenbar vom Teufel angezündet. Niemand rührte auch nur einen Finger, um zu löschen. Hat man jetzt die Alte freigelassen? Nein, sie wurde so lange gefoltert, bis sie gestand, dann hat man sie verbrannt! An der Stelle aber, an der sie gelebt hatte im Häuschen im Stadtgraben, erscheint den Meißenern jetzt nachts ein weißes Weibchen, so groß wie ein vierjähriges Kind, eine Laterne in der Hand, das, ohne einen Laut von sich zu geben, suchend um die Brandstelle läuft und wieder verschwindet, immer um Mitternacht.« Konrad grinste.

»Und die Zauberer?«

»Die haben wohl woanders den Stein der Weisen wiedergefunden.«

»Und warum erzählst du mir das?« fragte Ulrich, dem seltsam zumute war.

Konrad aber verzog keine Miene: »Damit du endlich lernst, wie man zwei und zwei zusammenzählt! Schade um dich, du wirst der beste Zimmermann in der ganzen Stadt und kannst nicht einmal zwei und zwei zusammenzählen!« Dabei lachte er auf und rannte blitzschnell davon.

Ulrich war wie vor den Kopf gestoßen. Er blieb lange stehen und dachte über die beiden Geschichten nach, aber er fand die Lösung nicht.

Nach über vier Jahren machte Ulrich Georg Wennagel sein Gesellenstück: Er arbeitete einen Dachbund, ein tragendes Dreieck des Dachstuhles, völlig selbständig. Die beiden Sparren längte er sorgfältig auf das gleiche Maß, er glättete sie mit der Axt und fügte sie am oberen Ende zusammen, indem er sie genau und fugenlos verblattete und verdübelte. Mit der Axt und der Holzraspel formte er die beiden Sparrenfüße, die auf der unteren Pfette des Daches aufstanden und in sie eingesenkt wurden. Er kehlte die Auflagen für die Mittelpfetten in die Sparren ein; er verblattete den Hahnenbalken in beiden Sparren und befestigte ihn mit Holznägeln. Er setzte die Sparren auf zwei senkrechte Balken, die er in die Pfette einzapfte und mit Kopfbändern sicherte. Dann leitete Ulrich das Aufrichten des ganzen Daches mit allen Sparren, Stühlen, Kehlbalken, Hahnenbalken, Pfetten und dem Aufschiebling.

Schließlich war er stolz, als das Dach verlattet und damit für den Dachdecker vorbereitet war. Der Obermeister legte ihm die Hand auf die Schulter, was ihm sonst sehr unangenehm gewesen wäre, und hielt beim Richtfest eine kleine Rede, in der er Ulrichs handwerkliches Geschick lobte, das er, der Meister, in den vier Jahren ausgebildet habe. Er redete davon, daß Ulrich sich nie beirren lassen sollte: Die Zunft habe ihn das gelehrt, was er heute könne, nach alter Väter Sitte. Hier hob er die Stimme, er wiederhole es: »Die Zunft hat immer recht!«

Ulrich schaute stolz um sich: Was die Zunft lehrte, das konnte er jetzt alles! Und er konnte es besser als Hans und Merte.

»Wenn man es an anderen Orten nicht so gut macht, dies hier ist der einzige Weg, ein Haus richtig zu bauen, das richtige Haus! Von diesem Weg sollst du nie abgehen, dann wirst du glücklich sein und deinen Wohlstand begründen.« Und er schloß seine Rede salbungsvoll: »Bau weiter so, wie es dich die Zunft gelehrt hat, dann werden deine Häuser Bestand haben bis in die fernsten Generationen!«

Nach seiner Lossprechung im Herbst 1522 schickte der Pate nach ihm. Ulrich hatte ihn kaum gesehen während seiner Lehrzeit, und dann war er ihm eher kühl vorgekommen. Eben doch ein großer Herr, der sich wenig um die kleinen Leute kümmern konnte, hatte er sich gesagt.

Jetzt war er fast so beklommen wie beim ersten Mal, als er durch das große Tor in das vornehme Haus eintrat: die weitläufige Halle, die Treppe, die Engel, die Magd, der hohe Spiegel, in dem er dieses Mal einen kräftigen, wenn auch etwas schlaksigen jungen Mann erblickte, mit scheinbar zu langen Armen, aber immer noch mit denselben strohigen Haaren und den wasserblauen Augen.

»Tritt näher, Ulrich«, der Pate saß in einem hohen Lehnstuhl und hatte zwei Silberbecher mit Rotwein auf einem geschnitzten Tischchen vor sich stehen. »Setz dich her, du bist ja mächtig gewachsen in den vergangenen Jahren!«

Ulrich wurde etwas verlegen.

Dann fragte der Pate freundlich, wohin Ulrich wandern wolle.

»Wandere, so weit du überhaupt kannst«, empfahl er ihm, nachdem er ihm mit dem Silberbecher zugetrunken hatte.

Ulrich hatte bis jetzt noch wenig Wein zu schmecken bekommen. Einen Wein wie diesen hatte er noch nie getrunken: Er war sehr stark und sah auf dem Grunde des Silberbechers fast schwarz aus; er mußte mit Gewürzen versetzt sein, und wahrscheinlich war auch etwas Honig darin gelöst.

»Je weiter du wanderst, desto erfahrener wirst du, denn das meint ja das Wort ›erfahren‹. Was du nicht erfährst, wirst du auch nie richtig können.«

Wiederum war es Ulrich, als würde der Pate von ganz anderen Dingen reden.

»Vielleicht erfährst du sogar das Allerwichtigste!« Der Pate legte seine Hand auf Ulrichs braungebrannte Faust.

»Das Wichtigste ist etwas, das du nur selber finden kannst, niemand kann es dich lehren; dieses Wichtigste ist es aber, das den Häusern Dauer gibt, ohne dieses Wichtigste haben sie keinen Bestand.«

Ulrich fühlte sich wieder in einem eigenartigen Schwebezustand wie damals, als er zum ersten Mal beim Paten gewesen war. Was er wohl meint? dachte er.

»Was ist dieses Wichtigste, bei dem die Häuser stehen bleiben?«

»Du kannst es nur selbst finden, aber in unserer Zeit, meine ich, ist es leider nicht besonders leicht zu finden. Und nicht nur du solltest es finden.«

Die Stimme des Paten wurde eigenartig feierlich: »Geh auf die Wanderschaft. Wenn du meine Probe bestehst, mache ich dich zum Meister!«

Ulrich blickte dem Paten gerade in die seltsam leuchtenden Augen.

»Deine Probe aber ist die Antwort auf die Frage: Wie baut man das richtige Haus? Zuerst mußt du es dreifach bauen lernen, soll es aber stehen bleiben, dann mußt du diese Frage beantworten können.«

»Wie baut man das richtige Haus?« wiederholte Ulrich für sich.

»Du wirst die richtige Antwort durch Nachdenken allein kaum finden, aber ich glaube, du kannst sie erfahren, nicht indem du jemanden fragst, das wird dir wenig nützen, sondern indem du wanderst und aufmerksam um dich schaust: auf Häuser und Menschen.« Der Pate lächelte: »Wenn deine Wanderschaft zu Ende ist und du meinst, die richtige Antwort gefunden zu haben, kommst du zu mir. Ist deine Antwort gut, so richte ich dir eine Meisterwerkstatt ein, schenke dir das Haus dazu und sorge dafür, daß dich die Zunft als Meister in unserer Stadt aufnimmt. Denn daß du die Meisterprüfung bestehen wirst, daran zweifle ich nicht. Ich habe mir dein Gesellenstück angeschaut!«

Ulrich wurde es schwindelig. Meister zu werden, sein alter Traum, war für die allermeisten Gesellen völlig unmöglich. Kaum einer konnte sich das Geld zu einer Werkstatt zusammensparen, wenn er nicht einen reichen Vater hatte oder die Werkstatt seines Vaters übernehmen konnte. Und jetzt sollte er das möglicherweise alles sogar geschenkt bekommen! Sein Traum auf den Baustellen sollte wahr werden. Er wußte sofort: Meister mußte er werden. Er mußte es einfach!

»Es wird sich nicht nur deshalb lohnen«, sagte der Pate.

Sie redeten noch über vieles, über die bösen Zeiten, die Menschen, die immer schlimmer wurden, den neuen Glauben, der mehr und mehr aufkam und der in Ulrichs Vaterstadt heimliche Anhänger hatte, wie man wußte.

»Sie werden sich auch noch wegen der Liebe Gottes gegenseitig umbringen!« befürchtete der Pate.

Seltsamerweise erkundigte er sich mit mehreren Fragen ausgerechnet nach Konrad Mutzhaaß, mit dem Ulrich aber nach dem gemeinsamen Nachhauseweg kaum mehr gesprochen hatte, obwohl Konrad immer noch auf eine Antwort zu warten schien.

Auf dem Heimweg, die Giebel waren schon schwarz, grübelte Ulrich, konnte aber schon die Frage selbst nicht verstehen, die seine Probe sein sollte: »Wie baut man das richtige Haus?« Die Antwort, welche die Zunft darauf gab, konnte ja wohl nicht gemeint sein. Gerade diese Häuser sollten ja keinen Bestand haben, hatte der Pate gesagt, wenn er ihn richtig verstand. So stand er in Gedanken verloren vor dem Liebfrauenmünster, aus dem man gedämpft die Orgel hören konnte und Kerzen schimmerten.

Da sah er vor sich auf der dunklen Kirchentreppe den alten Hieronymus sitzen, der ein Weber gewesen war und jetzt sein Leben als Stadtbettler hinbringen mußte. Er war sehr zerlumpt und sah krank und elend aus. Seine Haare hingen wirr um den Kopf. Die Hand, die er Ulrich hinstreckte, ohne ihn zu erkennen, war von der Gicht zu einer Klaue verkrümmt. Ulrich legte einen Heller hinein: Nur nicht arm werden! Er fühlte es deutlich, nur niemals so werden wie der alte Hieronymus!

Meister werden! Wenn es einer verdient hätte, dann er, sagte er sich. Wer hatte denn die anderen Lehrlinge weit überflügelt? Es wäre nur gerecht. Aber die Welt war oft ungerecht. Sie gab einem nicht das, was einem zustand. Ja, es stand ihm zu, Meister zu werden. Wem denn sonst? Er dachte voll Neid an die glücklichen Gesellen und Lehrlinge, deren Väter Meister waren und die seine Werkstatt erben würden und die viel schlechter arbeiteten als er. Er dachte auch an die vielen Pläne, die ihm während seiner Lehrzeit gekommen waren: Verbesserungen, die sich sein Meister aber nicht einmal angehört hatte. Wenn ich Meister bin, ist das anders!

Eigenartigerweise fiel ihm da der längst vergessene Traum ein: das zerfallende Hausskelett und Konrad, der ihm zurief: Deine Häuser bleiben nicht stehen! Dann dachte er an seinen Obermeister, sagte der nicht immer: Die Zunft hat immer recht?

Am Abend saß er mit seinem Vater in der Stube. Die Mutter war in die Küche gegangen, voller Freude über den frischgebackenen Gesellen, den sie jetzt im Hause hatte, denn er würde bis zum Beginn seiner Wanderschaft im Frühjahr wieder bei seinen Eltern wohnen.

Der Vater, der barfuß in der abendlich dämmrigen Stube saß, wollte Ulrich nicht recht gefallen: Seine Gestalt schien bei dem qualmenden Talglicht noch verkrümmter, seine Brust sah eingefallen aus, sein Gesicht gelb, die Haare waren viel dünner, als er sie in Erinnerung hatte. Sein Vater war alt geworden.

»So bist du nun also Geselle und gehst auf Wanderschaft«, der Vater drückte Ulrich die Hand. »Weißt du, es fällt mir schwer, dich gehen zu lassen. Du darfst es mir nicht übelnehmen: Ich freue mich sehr, daß du nun das erreicht hast, was du immer wolltest. Und dein Meister sagte mir, daß du ein guter Geselle bist, wie er noch wenige hatte! Aber ich muß es dir sagen: Ich merke deutlich, wenn du in drei Jahren zurückkommst, werde ich nicht mehr arbeiten können, wenn ich überhaupt noch lebe!«

Ein schwerer Hustenanfall unterbrach ihn. »Das ist der Fluch der Weberei, der tägliche Staub, das krumme Sitzen, du wirst es einmal besser haben.«

»Ihr dürft nicht so reden, Vater.« Ulrich sah plötzlich den Staub im Gesicht seines Vaters, er war ihm noch nie aufgefallen.

»Wie sonst? Was soll aus mir und Mutter werden? Du wirst uns als Geselle nicht mitverhalten können. Du weißt es genau, du kannst auch nicht heiraten und einen eigenen Hausstand gründen!«

Ulrich wußte es: Gesellen verdienten selten genug Geld, um heiraten zu können. Nur wenn von den Eltern kräftig zugeschossen wurde, konnte es reichen.

»Wenn deine Geschwister am Leben geblieben wären, hättet ihr alle zusammen Mutter und mich im Alter versorgen können. Du allein wirst das nicht schaffen.«

»Ich hätte doch Webermeister werden sollen.« Er sagte es, ohne sich das überhaupt vorstellen zu können.

»Dann hättest du vielleicht heiraten können, es hätte aber auch so nur zu einem ärmlichen Leben gereicht, du siehst es an mir: Das ganze Leben hart gearbeitet, und im Alter werden Mutter und ich womöglich betteln müssen wie der alte Hieronymus«, er mußte wieder husten, »das ist bitter!«

»Die Weberzunft ...«

»Die Weberzunft«, der Vater lächelte trübe, »die Weberzunft hat kein Geld. Es gibt so viele Kranke, viel mehr als in anderen Berufen. Da ist wenig Hilfe möglich.«

»Aber Vater ...«

»Wenn wir überhaupt die Miete für das Häuschen werden aufbringen können, sonst wirft man uns hier auch noch hinaus! Dann liegen wir erst recht bei dem Gesindel auf der Straße, und das überlebe ich nicht. Ob die Stadt helfen kann oder will, ist eine unsichere Sache.«

Ulrich überlegte: Wenn er Meister wurde, dann wäre alles gut; als Meister könnte er die alten Eltern ohne weiteres zu sich nehmen und ihnen ein angenehmes Alter ermöglichen.

Sollte er von der Probe seines Paten erzählen?

»Heiraten müßtest du, die Witwe eines Meisters, dann könntest du Meister werden. Das ist die einzige Möglichkeit. Die ist aber meist auch nicht sehr verlockend.«

»Und selten genug, darauf kann man sich nicht verlassen. Vielleicht gibt es noch einen anderen Weg.« Ulrich berichtete nun doch von der Probe, die ihm sein Pate aufgegeben hatte. »Ich wäre so gerne Meister, nicht nur wegen des Geldes, ich hätte so viele Ideen, und ich kann mehr als die anderen!«

»Ein hochherziges Angebot, das muß ich sagen. Dein Pate war schon immer etwas Besonderes in unserer Stadt!«

»Das ist schon recht, aber werde ich die Aufgabe lösen können? Wie baut man das richtige Haus? Ich muß, ich muß, ich muß das herausfinden!«

Der Vater sah ihn voll Zuversicht an und legte ihm die Hand auf den Arm. Jedenfalls gab es ein klein wenig Hoffnung in der jetzt ganz dunklen Stube.

DER KOPF DES BISCHOFS

»Ich aber sage euch: Et ascendit fumus putei ut fumus fornacis! Es wird ein Rauch aufgehen vom Land wie das Feuer aus einem Ofen!«

Ein etwas verkommen aussehender Mann mit aufgedunsenem Gesicht stand in der kleinen Wirtsstube und brüllte immer wieder: »Es – es wird ein Rauch aufgehen vom Land … ut fumus fornacis!« Dabei fuchtelte er mit fahrigen Händen in der Luft herum. Das Gesicht war rot und verquollen, die Augen waren weit aufgerissen.

Ulrich war im ersten Jahr seiner Wanderschaft schon seit vielen Wochen unterwegs nach Norden, wie es ihm der Pate empfohlen hatte.

»Es wird ein Rauch – Rauch aufgehen vom Land … ut fumus fornacis!« hörte er wieder, der Mann lallte mit schwerer Zunge und schwankte leicht.

»Es wird ein Rauch … sage ich euch …« Wieder schwankte der Mann.

»Schau ihn dir genau an, das ist ein entlaufener Mönch«, sagte ein dicker Bauer in lederner Kleidung auf der Bank neben Ulrich, »du kannst die Tonsur noch deutlich erkennen. Dem sollte man das Maul stopfen!«

Der entlaufene Mönch war offenbar schwer betrunken, seine Augen waren glasig und stierten ins Leere.

»Ja, ja, davongelaufen, alles aufgegeben, an was er bisher geglaubt hat – jetzt bleiben ihm nur noch Schnaps und Bier!«

Ein anderer neben ihm in besonders guter Kleidung, einer weiten Schaube, ähnlich wie der Pate sie trug, offenbar ein Bürger, grinste hämisch: »Man sollte sie alle arbeiten lassen oder totschlagen.«

»Haben ja sowieso ihr ganzes Leben lang nichts gearbeitet, die Tagediebe!« rief ein dritter, ein hagerer Mensch mit gelbem Gesicht und gelblichen Haaren, mit schwarzem Rock und einer schwarzen Mütze, die beide Ohren bedeckte.

Der Mönch hatte sich jetzt hoch aufgerichtet: »Und ich sage euch … es wird ein Rauch … ut – ut fornacis!« Er hatte die Hände erhoben wie ein Prediger auf einer Kanzel: »…alles wird … ein Rauch … ein Ofen …« Dann kippte er hintenüber und stürzte über einen Tisch; das Geschirr klirrte in Scherben umher, eine Zinnkanne voll Wein fiel um, ein Bach wie Blut schoß quer über den Tisch.

»Da soll doch gleich der Teufel dreinschlagen!« schrie der lederne Bauer. Alle waren aufgesprungen und schrien durcheinander: »Schlagt es doch zusammen, das besoffene Schwein!«

»Draufhauen, fertigmachen, rausschmeißen das Pack!«

»Laßt ihn in Ruhe«, mahnte einer. »Ihr kommt bloß in etwas hinein«, warnten mehrere Stimmen.

»Was, in etwas hineinkommen, ihr seid doch dasselbe papistische Gesindel!« schrie der dürre schwarze Herr, und sein Gesicht wurde noch gelber.

Der Ledermann richtete sich auf und hieb mit der Faust auf den Tisch: »Was, dir geb ich dein papistisches Gesindel, du lutherische Ratte!«

Der Mönch, der lang ausgestreckt über den Tisch gesunken war, stöhnte.

»Hört ihr, wie das Schwein grunzt!« brüllte einer.

Irgendwo blitzte ein Messer, ein fürchterliches Durcheinander in der engen Stube. Da griff der Wirt, ein Mann von hünenhafter Gestalt, ein: »In meiner Wirtsstube wird nicht gerauft und nicht gestochen!« übertönte er den Lärm. »Und meine Gäste, wer sie auch seien, werden weder behelligt noch beleidigt!« Er war, alle überragend, mitten in das Knäuel schimpfender Männer getreten, sie fast mühelos beiseite schiebend. »Ihr könnt mit meiner Faust Bekanntschaft machen, wenn ihr wollt, oder die Stadtschergen werfen euch in den Turm ...!«

Schlagartig war es still geworden in der Wirtsstube.

»Da könnt Ihr einen Zapfen hineinschlagen«, quiekte ein dünnes Männchen in grauem Rock und grauer Hose, das die ganze Zeit sitzen geblieben war, »da könnt Ihr noch ein ganzes Fäßchen mit Branntwein füllen, so besoffen wie der ist!«

»Ja, und dich nehm ich als Zapfen«, brummte der Wirt. Alle lachten.

Der ehemalige Mönch wurde auf eine Bank gelegt.

»Es laufen jetzt viele Mönche aus ihren Klöstern weg«, sagte der Bauer neben Ulrich; alle hatten sich wieder gesetzt.

»Ja, seitdem es der Martin Luther vorgemacht hat, ich kann auch nicht von meinem Acker weglaufen«, brummte ein Bauer.

»Tätest es aber gerne«, quiekte das Männchen wieder, »oder vor deinem Weib!« Gelächter.

Der gutgekleidete Bürger lachte nicht: »Wo kämen wir hin, wenn alle davonlaufen würden, das wichtigste überhaupt ist die Ordnung. Jeder gehört an seinen Platz, nichts darf verändert werden; sonst zerfällt alles und geht unter wie bei diesem Säufer da!«

»Der Martin Luther säuft nicht«, sagte ein behäbiger Bauer, »und es kann nicht immer alles bleiben, wie es ist: Die Edelleute piesacken uns, genauso die Klöster und Bischöfe, da darf sich schon einmal etwas ändern!«

»Aber nicht am Glauben«, erwiderte ein spindeldürrer,

trocken aussehender Mensch, es war unklar, ob es ein Bürger oder Bauer war.

»Gerade da«, dröhnte der behäbige Bauer.

»Ruhe jetzt!« Das war der hünenhafte Wirt, der einen neuen Streit fürchtete.

Es wurde über andere Dinge geredet, wie teuer alles geworden sei, daß man einen Kometen gesehen und ein Erdbeben gespürt habe, daß die Türken wieder die Christenheit bedrohten und daß die nahe gelegene Stadt Bischofswerth mit ihrem Bischof im Streit liege, da sie seine alten Rechte in der Stadt nicht mehr anerkennen wolle, daß aber der Bischof die reichsten Kaufleute in der Stadt durch Großaufträge an sich gebunden habe, so daß der Rat nun geteilt sei.

Die meisten Handwerker und Bauern in der Stadt würden ohnehin der neuen Lehre nachgehen, wenn der Bischof sie nur ließe. Die ganze Stadt sei zerrissen: Die kleinen Bürger wollten die Schulden des Bischofs nicht bezahlen, er müsse nämlich die Steuern erhöhen, um die Kaufleute für ihre Großaufträge zu befriedigen.

»Seine Hofhaltung wird aber auch immer aufwendiger«, hörte man murren.

»Ja, das sind aber nur seine Hofschranzen! Er selbst ist ja schon uralt und verbraucht fast nichts mehr für sich.«

»Warum schmeißt er sie dann nicht raus?«

Andere Bürger wollten das Joch des Bischofs überhaupt abschütteln und lieber als freie Reichsstadt dem Kaiser gehören.

Das Männlein allerdings meckerte: »Da kämen wir vom Regen in die Traufe.«

»Aber beim Kaiser wäre wenigstens das Wort Gottes frei«, gab einer zu bedenken.

»Wenn's sicher ist«, kam es zurück. »Ach was, der Kaiser ist weit! Der Bischof ist nah!«

Überall höre man von der Unzufriedenheit der Bauern: Sie wollten vor allem der neuen Lehre anhängen und ihre alten dörflichen Gerichtsbarkeiten wiederherstellen und vieles andere. Jetzt sprächen die Räte des Bischofs lateinisches Recht, und das sei meistens unrecht. Hier wäre beinahe wieder Streit ausgebrochen, und der Lärm wurde wieder lauter. Manche meinten es ernst mit dem Papst, manchen sei es ernst mit Luther, viele, vielleicht die meisten, wollten aber jeweils nur ihr Süpplein kochen. »Und manche wollen ihr Mütlein kühlen!« quiekte das Männlein. »Und wir alle müssen Angst davor haben, daß die Suppe nicht überhaupt verbrennt, denn der kleine Mann muß sie natürlich auslöffeln.«

»Na, klein genug bist du ja dafür.« Das war der gutgekleidete Bürger. Wieder erhob sich der Lärm. In allen Wirtshäusern werde gestritten, überall gebe es Messerstechereien und Tote!

»Bei mir nicht!« dröhnte der Wirt dazwischen.

Da ging Ulrich bereits zur Tür hinaus in einen windigen Apriltag.

Schon einige Zeit war Ulrich ein riesiger Schwarm Krähen aufgefallen, der in der Ferne immer um dieselbe Stelle kreiste und dem er auf der Straße nach Bischofswerth immer näher kam. Bald hörten sich ihre heiseren Stimmen fast wie menschlich an. Jetzt sah er, worum sie, wenige Steinwürfe von der Straße entfernt, kreisten, krächzten und sich stritten: Galgen und Rad kündeten die Nähe der Stadt an.

Der Betrieb auf der ausgefahrenen Straße hatte zugenommen. Frauen balancierten Lasten aus Käse, Milch, Speck, Eiern und vielen anderen Dingen auf dem Kopf. Immer wieder gab es große Steinbänke neben der Straße, auf denen man aber nicht sitzen konnte, sondern die mehr als brusthoch waren, um darauf die Lasten vom Kopf abstellen zu können. Vor steinernen Bildstöcken bekreuzigten sich viele. Ulrich sah einen Bauern, der davor ausspuckte. Ein Kaufmannszug mit mehreren Planwagen, jeder von vier Pferden gezogen, kam ihm entgegen, vorne und hinten von jeweils vier gepanzerten Soldaten bewacht, von Hunden umbellt. Immer mehr Bauernfuhrwerke überholten Ulrich. Von vier Pferden gezogen, schwankte jetzt ein vornehmer Reisewagen heran, ein rotgestrichener Holzkasten mit Schnitzereien, der über vier Rädern in einem Gestell an Lederschlaufen hing. Einige Reiter überholten ihn, im Galopp preschte ihm ein Meldereiter entgegen. Die Felder links und rechts wichen mehr und mehr Wiesen, hie und da mit Obstbäumen. Sie zeigten schon einen grünen Schimmer.

Nun trat hinter einer kleinen Anhöhe und einem Wäldchen langsam die Stadt hervor. Schwarze Wolken türmten sich über ihr auf. Vielzählig stachen Türme hoch, mächtig überragten Dom und Bischofspalast die Stadt. Darunter, grell beleuchtet, die roten, schwarzen und gelben Dächer der Häuser. Gelblicher Rauch stieg aus Schornsteinen und Eulenlöchern und wurde vom Aprilwind zerrissen. Licht wechselte mit Wolken, die über die Gegend jagten. Jetzt prasselte ein Graupelschauer vom Himmel.

Dann war er schon vor dem Torturm. Bildstöcke erhoben sich links und rechts der Straße, Leute wimmelten ein und aus; Ulrich sah seitlich die Wehren, mächtige Gestelle aus dicken Balken, die mit Dornen umwunden waren und die vor den Toren über die Straße gezogen werden konnten. Der Stadtgraben tat sich auf, er schritt über die hölzerne Zugbrücke, blickte hoch zu dem Stadtwappen mit der Bischofsmütze und den gekrümmten Bischofsstäben; der dunkle Torweg, in dem sich die Leute drängten, Fuhrleute schrien, Peitschen knallten. Schließlich der Zwinger, düster, lärmerfüllt und bedrohlich, ein zweiter Turm, Ulrich wurde vom Gewimmel fast mitgerissen; das Halbdunkel des zweiten Tores, so betrat Ulrich Georg Wennagel die Stadt Bischofswerth.

Als er aus dem Dunkel des Torwegs auftauchte, war er eingekeilt in eine Menschenmenge, die ihn immer weiter schob und von der er sich ohne Widerstand einfach mitnehmen ließ.

Wie eine Schlucht war die Gasse, denn die Häuser ragten links und rechts sehr hoch, sie war schwarz von Menschen und erfüllt von einem ohrenbetäubenden Lärm, der anschwoll, je weiter er vorwärtskam. Überall standen Leute, die etwas verkaufen wollten und ihre Waren in den höchsten Tönen anpriesen. Da gab es Näher und Stricker, Schwertfeger und Schäfter, Schneider und Bügler, Holzdreher und Paternosterer, Spielzeugmacher und Töpfer, Kannengießer, Schuhmacher und Schuhflicker, Nadelmacher und Nagelschmiede. Bilder von Heiligen wurden zusammen mit Kalendern verkauft, daneben gab es Bier und Wein, Holzgeschirr und Zinnkannen.

Ein Kuchenbäcker hatte ein Brett voller Kuchen auf dem Kopf und balancierte es schwankend durch die Menge, so daß Ulrich alle Augenblicke hoffte, jetzt fällt es herab. Denn die Kuchen sahen lecker aus, und er hätte bestimmt einen erwischt. Aber der Bäcker dachte nicht daran, einen zu verlieren.

Das Gedränge nahm zu, die Gasse wurde steiler. Der Lärm war fast unerträglich, die Luft erfüllt von Rauch. An den Häusern waren die Klappläden hochgeschlagen, so daß man die Waren in den Gewölben sehen konnte. Kostbare Stoffe gab es da, auch Felle von Tieren, die er nicht kannte, waren ausgebreitet. Ganze Büschel, Kränze und Girlanden stark riechender Gewürze hingen an geschnitzten Türen. Seltsame Geräte gab es, die er noch nie gesehen hatte.

Arm in Arm kamen ihm Mädchen entgegen. Er hätte gern einen Blick aufgefangen, denn es waren sehr hübsche Gesichter unter den Häubchen, aber alle hielten die Augen sittsam niedergeschlagen.

Eine zerlumpte Alte drängte sich an ihn heran und griff nach seiner Hand, sie wollte ihm wahrsagen.

»Was ist das richtige Haus?« fragte er sie halb spöttisch.

Sie blickte ihn seltsam an und schüttelte den Kopf, dann ließ sie die Hand los und verschwand in der Menge.

Die Straße erweiterte sich zu einem Platz, hinter dem die Türme des Rathauses aufragten. Vor ihm balgten sich zwei kleine Kinder um eine schmutzige Katze. Die Katze wollte ihre eigenen Wege gehen, aber die Kinder waren anderer Meinung. Während die widerstrebende Katze nach allen Richtungen gezerrt wurde, rissen sich die Kinder schreiend an den Haaren, bis plötzlich ein dicker Mann mit einer Lederschürze aus einem Hauseingang kam, die beiden an den Ohren packte und hineinschleppte. Sie ließen aber die Katze nicht los.

Ulrich war größer als die meisten und konnte über die Köpfe sehen. Niemand hatte Zeit. Wie es schien, war er der einzige Müßiggänger.

»Platz im Namen des Bischofs!« Ein Gedränge entstand: Hier war einer, der hatte noch weniger Zeit als die anderen. Er saß mit steinernem Gesicht auf einem Pferd und ritt durch die auseinanderbrechende Menge wie durch einen Sumpf. Auf der Brust trug er dasselbe Wappen, das Ulrich über dem Stadttor gesehen hatte, vielleicht ein Offizier der Wache. Da flog ein Pferdeapfel durch die Luft, traf den Reiter aber nicht.

Plötzlich war da Feuer, es kam von einem grellbunten Mann, der es in einem Eisenbecken bei sich trug. Das Becken hatte er auf den Boden gestellt; offenbar wollte er Feuer verschlingen und dafür Geld einsammeln. Er riß eine brennende Fackel hoch – da scheute das Pferd des Wappenreiters hinter ihm und keilte aus. Ein Mann wurde von der flüchtenden Menge umgerissen und stieß eine Frau mit in den Straßendreck, die besser gekleidet war als die anderen, mit einem mächtigen Schlüsselbund und einer großen Geldkatze am Gürtel.

Der Reiter hatte sein Pferd schnell wieder in der Gewalt, auch den beiden war nichts Schlimmes geschehen, dennoch schrie die Frau, als würde sie gebraten. Sofort hatte die Menge den ahnungslosen Gaukler so dicht umstellt, daß er nach keiner Seite entkommen konnte. »Aufhängen das Gesindel!« – »Und einen Pferdeapfel hat er auch geworfen!« wurde geschrien. Der Wappenreiter saß lässig auf dem Pferd und schaute von oben herab zu, als ginge ihn alles nichts an. Die Frau wischte ihre Röcke ab, die sehr schmutzig geworden waren, brachte ihre verrutschte Haube in Ordnung und stand mit blaurotem Gesicht dicht bei Ulrich. Sie redete von Lumpenpack.

Dann hörte man es klirren und poltern, und mit Harnisch und Spießen kam eine Wache heranmarschiert, drei Mann, mit demselben Wappen wie der Reiter, die packten den Gaukler und nahmen ihn mit.

»Dir werden wir es zeigen, Unfrieden stiften, den Bischof beleidigen und harmlose Bürger belästigen!« Einige der Bürger drängten sich an die Wache heran, und Ulrich konnte hören, wie sie von dem Pferdeapfel redeten, den der Gaukler geworfen habe!

Der Gaukler wurde unter lautem Johlen, Lachen und Klatschen der Leute abgeführt.

Die Fackel schwelte auf dem Boden, das Kohlenbecken mit der Glut war halb umgestürzt, und die Glut verzischte auf dem nassen Pflaster. Ulrich hatte alles gesehen und wußte, daß der Gaukler zwar unvorsichtig, aber nicht böswillig gewesen war. Er wußte auch, daß der Gaukler den Pferdeapfel nicht geworfen hatte. Aber er sagte in der fremden Stadt nichts – es war ja nur Gesindel.

Ulrichs Gedanken wurden von dem gewaltigen Anblick der Stadt mit ihren Türmen und Dächern förmlich aufgesogen, als er zum ersten Mal zum Zimmerplatz ging. Er hatte plötzlich ein Gefühl der Einsamkeit: Er würde sehr lange keine Nachricht von zu Hause bekommen, wenn er nicht durch einen Zufall jemanden träfe, der von dort kam.

Aber schnell hatte er seine Gedanken wieder in der Gegenwart. Wie viele Dächer! Und unter allen wird gearbeitet.

Wie viele Leute bearbeiten Holz? Die Holzfäller, die Fuhrleute, die Sägemüller, die Flößer, die Zimmerleute. Da gibt es aber auch Schreiner, die Truhen, Schränke, Kästen und Kästchen, Tische, Stühle, Sessel machen; da gibt es Wagner und Stellmacher, sie machen Räder und Wagengestelle, Leitern, Schubkarren und Reisewägen; da sind die Küfer für die Fässer, Bottiche, Bütten und Holzeimer und für die Pflege des Weines; da gibt es Dreher für grobe und feine Arbeiten, sie machen Säulen, Pfosten, grobe Holzteller, aber auch Döschen samt Schraubdeckel; da sind die Schäfter, die Schäfte für Äxte, Beile, für Spieße und Hellebarden, für Armbrustbolzen und Pfeile machen; die Bogner, die Pfeilbögen schnitzen; da gibt es die Löffelschnitzer und die Formschneider, sie machen Backmodel und Druckstöcke für die Bilder in den Büchern; am angesehensten sind die Holzschnitzer, die Altäre und Holzfiguren schnitzen, oder die Instrumentenmacher für Lauten, Mandolinen, Blockflöten, Zinken, Fiedeln und andere Instrumente, die aus Holz gemacht werden. Schließlich die Sargmacher, die zum Schluß jeder braucht.

Andere bearbeiten Eisen oder Wachs, Leder, Kupfer, Zinn, Silber und Gold, Elfenbein, Juwelen.

Und Ulrich dachte daran, wie keiner aller dieser Berufe fehlen darf in einer Stadt, ohne daß ein Mangel entsteht. Er dachte daran, wie alle Städte im ganzen Reich, sogar auf der ganzen Welt, auf diese Weise einander brauchen und ergänzen, denn sicher gab es Dinge aus seiner Heimatstadt, die man in Bischofswerth nicht herstellte, die man aber hier kaufen konnte.

»Na, du träumst wohl im Stehen?« Ein Geselle klopfte ihm

im Vorübergehen auf den Rücken. Ulrich stieg den kleinen Abhang zum Zimmerplatz hinunter und dachte im Herabsteigen: Und wie viele Leute in der Stadt sind arm wie mein Vater und der alte Hieronymus? Wie viele sind reich?

Jedenfalls, arm darf ich nicht bleiben! Das darf einfach nicht sein. Ich bin besser als die anderen!

»Schaut mal, wie der daherschlappt!« Das war der Altgeselle, ein rundlicher Mann in mittleren Jahren, mit engstehenden Augen, schütterem Haar, einem etwas stechenden Blick und einer prahlerischen Reiherfeder im Barett, er wollte sich fast ausschütten vor Lachen, einige andere grinsten. »Und eine Gugel hat er an wie ein Hanswurst!«

Ulrich holte tief Luft, jetzt oder nie: »Es ist nicht wichtig, wie man angezogen ist, sondern wie man arbeitet, das zählt! Und ich kann auch noch ein paar andere Dinge, wenn's dir nicht paßt!« Er kreuzte seine Arme über der Brust und sah den viel kleineren, dicklichen Altgesellen herausfordernd an.

»Und wie der redet!«

Schwierigkeiten mit seinem Dialekt hatte er schon mehrfach gehabt, je weiter er nach Norden kam, aber bis jetzt war noch niemand so unverschämt gewesen, sich darüber lustig zu machen. Freilich, die meisten Leute trugen Goller und Gugel, die an den breiten Kragen angenähte Kapuze, nicht mehr, sie galten mehr und mehr als Narrenkleidung. Fast alle trugen jetzt Barette mit und ohne Feder. Aber Leute, die viel im Freien sein mußten, schätzten Goller und Gugel, wie Jäger, Bauern oder eben Handwerksburschen auf der Wanderschaft. Seine Kapuze war immer noch aus demselben für ihn unkleidsamen rostroten Wollstoff, von dem seine Mutter unerschöpfliche Mengen zu haben schien.

Mehrere legten sich ins Zeug: »Laß ihn doch in Ruhe, Bödes, er hat ja recht, was willst du eigentlich von ihm?«

»Na, was wird wohl sein? Den haben sie doch noch gar nicht lange aus der Lehre laufen lassen, weshalb unterbricht er denn jetzt im Frühjahr seine Wanderung?«

»Weil ich etwas lernen will!«

Freilich war es etwas ungewöhnlich jetzt im April, vor Beginn des schönsten Wanderwetters, in einer Stadt bei einem Meister um Arbeit nachzusprechen. Im Frühjahr war er zeitig nach Lichtmeß aufgebrochen und wollte nach fünf Wochen fast unentwegter Wanderung, die ihn weit über Würzburg hinaus nach Norden geführt hatte, möglichst viel Neues lernen.

»Nun, Arbeit gibt's genug«, hörte er hinter sich den Meister sagen, der in die Gesellenstube getreten war, »ich kann ihn gut gebrauchen, wenn er so gut arbeitet, wie er mir gesagt hat und wie es in seinem Wanderbuch steht! Kein Lärm also, und vor allem will ich keinen Streit!«

»Egal!« Bödes trat einen Schritt zurück, »wenn er wirklich arbeiten kann!«

»Nimm ihn mit«, wies ihn der Meister an, »hab acht auf ihn und weis ihn ein. Wir werden schnell sehen, ob man ihn brauchen kann.«

Daß er die Ausdrücke für Werkzeuge, Werkstücke und Arbeitsvorgänge nicht verstand, das war er schon gewohnt; das ließ sich nach kurzer Zeit beheben; jede Gegend hatte ihre eigenen Bezeichnungen, und was bei ihm zu Hause »Winkelband« hieß, nannte man hier »Knagge«. Das war nicht weiter schlimm. Nur Bödes gebärdete sich furchtbar, war voller Hohn und Spott, zeigte, daß er alles besser wußte, wollte um Rat gefragt werden, gab sich mitleidig und hilfsbereit, spöttisch und schadenfroh zugleich; und Ulrich, der die Wut in sich wachsen fühlte, mußte sich immer öfter zusammennehmen, um ihm nicht einfach eine reinzuhauen.

Doch bald zeigte sich, daß Ulrich »keine Ahnung vom Zimmerhandwerk« hatte, wie Bödes voller Genugtuung feststellte:

»Jetzt schaut euch das an! Das gibt's nicht noch mal – der baut ja Häuser wie mein Urgroßvater und nicht einmal das.«

Seine Unkenntnis war deutlich geworden, als Ulrich ein Schrägholz an einen – viel zu dünnen, wie er dachte – Ständer anblatten wollte und dazu die Blattsasse aushieb. Er meinte sauber und ordentlich zu arbeiten, gab sich viel Mühe, und die Blattsasse wurde akkurat und sehr schön, mit sauberen Kanten, einer tiefen glatten Auflagefläche und klaren Umrißlinien. Aber noch ehe er fertig war, riß ihm Bödes Schlegel und Stecheisen weg und tobte: »Den ganzen Ständer versaut, was soll denn dieser Mist! Wir machen doch keinen Pfusch!«

Er schrie so laut, daß der halbe Zimmerplatz zusammenlief. Vereinzelt hörte man Gelächter. Ulrich stieg das Blut in den Kopf, es würgte ihn im Hals, seine Nasenflügel weiteten sich.

»Gib sofort mein Werkzeug her!« sagte er scharf und richtete sich auf, dabei bekam er kaum Luft.

»Werkzeug! Lern erst richtig umgehen mit dem Werkzeug!«

»Was soll das blöde Geschwätz, ich kann so gut mit dem Werkzeug umgehen wie du!« Ulrich ballte die Fäuste.

»Vielleicht hackste dir in die Fingerchen mit dem Werkzeug. Man muß auch wissen, was man macht mit dem Werkzeug!«

»Das weiß ich genau, was ich mache, ist richtig, lern du erst mal einen Ständer richtig anzuschauen.« Er zwang sich mit aller Kraft zur Ruhe; es konnte doch nicht in der ersten Stunde seiner ersten Arbeit als Geselle schon Streit geben!

»Das ist doch kein Ständer, der ist ja versaut!«

»Dir geb ich, versaut, ich weiß genau, was ich mache, und was ich mach, ist richtig!« Ulrich war jetzt bleich, er preßte die Zähne aufeinander.

»Falsch ist es, Blödsinn ist es; schaut euch mal den an!« Bödes rief den anderen und begann zu schielen.

»Ich weiß es besser!« brüllte da Ulrich aus Leibeskräften, als hätte sich etwas in ihm gelöst, und fuhr auf Bödes los.

Da kam auch schon der Meister gerannt.

»Geht alle an eure Arbeit!« sagte er sehr scharf und noch schärfer zu Bödes: »Dich hätte ich für schlauer gehalten – als ob du nicht wüßtest, was los ist! Helfen sollst du deinem Mitgesellen, nicht an den Pranger stellen!«

Der Zurechtgewiesene warf noch einen wütenden Blick auf Ulrich, dann ging er zu seiner Arbeit zurück.

»Komm mit«, sagte der Meister zu Ulrich, nachdem er sich das »verpfuschte« Stück Holz genau angesehen hatte. »Deine Arbeit ist sehr ordentlich, ich habe noch selten eine so sauber herausgestemmte Blattsasse gesehen, das ist das wichtigste. Dennoch muß ich dir sagen: Die Blattsasse ist völlig unbrauchbar, und der Ständer ist, wie Bödes gesagt hat, nicht völlig, aber doch so verpfuscht, daß wir daraus höchstens noch kürzere Bänder schneiden können.«

Ein Windstoß riß ihm fast das Wort vom Mund, und ein Graupelschauer überfiel sie, als sie gerade die Werkhütte auf dem Zimmerplatz erreicht hatten. Ulrich war es, als hätte er einen Tritt in den Magen bekommen, er wußte nicht, was er denken sollte. Da waren sie auch schon aus der kalten Aprilluft in die warme Werkstube getreten.

Hier wurden die Häuser nach dem Wunsch des Bauherrn skizziert, Ausmaße und Proportionen festgelegt, der Holzbedarf ausgerechnet, Bauzeit und Gesamtkosten überschlagen. Skizziert wurde oft nur auf ein Holzbrett mit Kohle, und es kam dabei nicht so sehr auf Genauigkeit an. Wichtig waren gewisse Grundmaße, nach denen sich die Teile des Hauses richteten, und Gesetzmäßigkeiten, die den Gesellen bekannt waren. Die Winkel der Holzverbindungen wurden auf dem Schnürboden ermittelt, einem Bretterboden, den man auf dem Zimmerplatz auslegte.

»Genaue Baurisse, also Baupläne, wie sie für Kirchenbauten

oder Schlösser erforderlich sind, wo jeder Stein genau maßstäblich stimmen muß, gibt es im Zimmerhandwerk nicht. Die wichtigsten Abmessungen werden festgelegt, alles andere ergibt sich für den, der das Handwerk kennt, von selbst«, so hatte der Meister zu Hause Ulrich belehrt, und so war es auch hier.

Ulrich schien alles vertraut; als er aber Skizzen und Zeichnungen genauer anschaute, erschrak er furchtbar. Was er hier sah, wich von allem, was er jemals gelernt hatte, fast völlig ab: Verblattungen gab es überhaupt keine – Bödes hatte also recht, wenn er den Ständer als verpfuscht bezeichnete. Auch die gesamte Grundkonstruktion war anders. Er klemmte sich die Unterlippe zwischen Mittelfinger und Daumen und drückte sich mit dem Zeigefinger auf die Nase, die Augen hatte er weit aufgerissen.

»Jetzt schaust du aber«, schmunzelte der Meister, »du bist aber nicht der erste, und Bödes weiß das auch ganz genau, er hat sich wirklich schlecht benommen; es ist jedoch auch meine Schuld, ich hätte schon nach deiner Sprache darauf gefaßt sein müssen, daß du etwas anderes gelernt hast.«

Ulrich fielen die Worte seines Meisters, des Obermeisters ein: »Nur so kann man ein Haus bauen, wie es dich die Zunft gelehrt hat und wie die Häuser schon von den Vätern gebaut worden sind. Die Zunft hat immer recht.« Er versank schier in den Boden, der alte Widerwille gegen seinen Meister stieg in ihm hoch.

»Reg dich nicht auf«, sagte der Meister, »viel wichtiger als die Konstruktion ist, daß du sauber und werkgerecht arbeiten kannst. Jetzt wollen wir uns mal gemeinsam anschauen, was wir anders machen als bei dir zu Hause.«

Ulrich ärgerte sich über sich selbst. Da war er blind und dumm durch die Gegend gelaufen! Natürlich hatte er immer wieder in den letzten Wochen auf seiner Wanderung gesehen, daß die Häuser anders gebaut waren. Er hatte aber weder nachgedacht noch genauer hingesehen. So sicher war er gewesen, daß er das, was er sah, einfach nicht aufnahm. In größeren Städten hatte er nicht gearbeitet, so hatte er von oben herab auf diese »bäuerlichen« Häuser geschaut.

Währenddessen hatte der Meister auf einer Holztafel mit Kohle eine Zeichnung angefangen und erklärte: »Ihr habt eure Ständer weit auseinandergerückt, dazwischen Kopf- und Brustriegel gespannt, das Ganze auf eine Schwelle gestellt und nach oben mit einem doppelten Rähmbalken abgezimmert. Die Wände habt ihr mit verblatteten Schräghölzern ausgesteift. So habt ihr Stockwerk um Stockwerk als Einheit übereinandergesetzt. Eine sehr solide Arbeit, die stabil ist und untadelig. So ein Haus kann ohne weiteres drei-, vierhundert Jahre alt werden, sogar noch viel älter. Aber«, er schaute bedeutungsvoll auf, »ihr setzt die Ständer sehr weit auseinander, das verlangt, daß sie sehr dick sein müssen. Nun, wir stellen sie enger und können sie dünner machen«; einige Striche in der Zeichnung verdeutlichten dies. »Wenn wir die Ständer so eng stellen, brauchen wir auch statt zwei oder drei nur einen Rähmbalken und im Haus jeweils nur einen Balken für die Unterzüge. Ja, wir können sogar den Rähmbalken ganz weglassen und den oberen Wandabschlußbalken als Schwelle für den nächsten Stock nehmen. Wenn wir einen Überkrag wollen, so genügt auf jeden Fall ein sehr dünner Rähmbalken.«

Ulrich leuchtete es sofort ein: »Ihr braucht keine so großen Querschnitte beim Stammholz!«

»Ja, dünnere Bäume sind viel billiger! Sicher sind die dicken Stämme bei euch auch sehr selten und teuer geworden.«

Ulrich staunte, das hatte ja Konrad Mutzhaaß …

»Unser Bauen hat aber noch weitere Vorteile: Ihr habt eure Schräghölzer und oft auch die Riegel angeblattet, das machen wir längst nicht mehr – bei uns wird nur noch verzapft. Deshalb gibt es aber auch keine offenen Stellen mehr, an denen in die Ritzen Wasser und Fäulnis eindringen können.« Der Meister schaute Ulrich an.

»Dann braucht ihr ja auch viel weniger Eichenholz.«

»Richtig, du siehst, unser neues Bauen – so neu ist es übrigens gar nicht mehr, schon mein Meister hat es mich ähnlich gelehrt –, unser anderes Bauen hat beträchtliche Vorteile.«

Ulrich war es wie Schuppen von den Augen gefallen: Konrad Mutzhaaß! Genau das hatte er ja immer behauptet: mit nur ganz wenig Eichenholz bauen! Die Streilinger Bauern fielen ihm ein. Dann hätte es den ganzen Streit nicht geben müssen. Ein ungeheurer Verdacht stieg wie eine Welle in ihm hoch.

»Jetzt schaust du dich gründlich auf dem Zimmerplatz um, hilfst einige Wochen beim Aufschlagen, und dann kennst du unsere Bauerei so gut, als hättest du hier gelernt.«

»Wie baut man das richtige Haus?«

»Das richtige Haus«, fragte der Meister verwundert, »was meinst du damit?«

»Ich weiß es selbst nicht recht, und jetzt weiß ich es noch viel weniger. Mein Meister zu Hause hat ständig gesagt: Die Zunft hat immer recht! Und ich habe es geglaubt, und jetzt baut ihr die Häuser in Bischofswerth ganz anders als die Zunft bei uns.«

»Na, zunächst ist das wichtigste, daß wir so gut bauen, wie wir können, das ist dann das richtige Haus oder was immer du meinst mit dem richtigen Haus.«

Das möchte ich selbst gerne wissen!

Er trat aus der Werkhütte hinaus auf den Zimmerplatz. Da die Hütte etwas höher lag, konnte er auf den weiten Arbeitsbereich hinunterschauen: Wie Ameisen kamen ihm die vielen Menschen vor. Überall wimmelten sie durcheinander. Hier werde ich arbeiten, und meine Arbeit soll besser sein als die der anderen.

Aber die Wunde, die ihm Bödes beigebracht hatte, schmerzte und brannte immer noch. Dieser Bödes! Das Herz schlug ihm, er preßte die Lippen zusammen: Den stecke ich in die Tasche! Meint wohl, er sei etwas Besseres! Ulrich spuckte aus. Davon wurde die Wunde aber nicht kleiner.

Aber da gab es noch etwas, was sich erst langsam festsetzte: Konrad Mutzhaaß hatte recht behalten. Dessen ganzer Streit mit dem Meister und der Zunft war berechtigt gewesen! Er war kein Besserwisser, wie er immer beschimpft wurde. Der Obermeister, die ganze Zunft waren die Besserwisser gewesen! Sie hatten Konrad schlechtgemacht, wo es nur ging, und alle Gesellen hatten es ihnen nachgemacht, weil sie nichts wußten. Auch er hatte Konrad ausgelacht. Von wegen: Die Zunft hat immer recht!

Er trat unter ein kleines Vordach, denn soeben wurde der Himmel schwarz, und eine Windbö jagte einen Graupelschauer über den Zimmerplatz, so daß die Stadt, die sich gerade noch vor ihm mit allen Türmen, Dächern und Mauern in voller Größe erhoben hatte, wie hinter einem Vorhang aus weißem Rauch verschwand.

Nur eines war ihm nicht klar: Warum hatte Konrad ihm den Nagel in den Stamm gehauen? Damals, gleich zu Beginn seiner Lehrzeit. Er hatte ihn doch noch gar nicht gekannt. Weshalb gerade ihm? Er stand mit gerunzelter Stirne da, kaute auf einem Stück Holz, klemmte die Unterlippe mit den Fingern ein und drückte auf die Nase, daß sie weiß wurde. Er hörte Konrad reden in seiner bedächtigen und gleichzeitig schlauen Art: Denk doch nach, das ist doch nicht so schwer, du mußt doch nur zwei und zwei zusammenzählen. Du wirst der beste Zimmermann in der ganzen Stadt und kannst zwei und zwei nicht zusammenzählen!

Die beiden Geschichten fielen ihm ein, die ihm Konrad an jenem Abend kurz vor seiner Gesellenprüfung erzählt hatte.

Und da war alles plötzlich ganz einfach: Ja natürlich, nur so konnte es gewesen sein, anders war es gar nicht möglich. Aber warum hatte Konrad dann gestanden? Ja, es paßte alles genau! Da hatte er ihm bitter unrecht getan! Er schämte sich fast. Und der Obermeister? Na, warte, wenn ich erst nach Hause komme, dir werde ich etwas erzählen, das darf doch einfach nicht wahr sein, jetzt habe ich dich!

Eine andere Antwort gab es nicht, so verrückt einem der Gedanke auch erscheinen mußte. Konrad würde es sicher bestätigen, wenn er ihn wiedersah. Schade, daß er nicht hier war. Jetzt hätte man Versöhnung feiern können. Und: Zwei und zwei konnte er doch zusammenzählen!

Den Rest des Frühjahrs und den ganzen Sommer arbeitete Ulrich bei dem Meister in Bischofswerth und lernte, wie der es vorausgesagt hatte, die neue Bauweise schnell. Er arbeitete fleißig, gründlich, und alle seine Werkstücke waren sauber und exakt; so hatte der Meister seine Freude an ihm und hätte ihn eigentlich gern dabehalten.

Zu den anderen Gesellen aber hatte Ulrich wenig Kontakt. Alle waren etwas steif und meist spöttisch zu ihm, einen wirklichen Freund fand er nicht auf seiner ersten Gesellenstelle. Er merkte oft, daß hinter seinem Rücken gestichelt wurde. Waren sie neidisch, daß ihn der Meister lobte und oft vorzog? Oder lag es an ihm selbst?

Immer noch träumte er bei der Arbeit davon, Meister zu sein. Immer noch konnte er es nicht unterlassen, seine eigene Arbeit zu bewundern und heimlich mit der von anderen zu vergleichen.

Jetzt hatte er auch wirklich gute Vorschläge für die Konstruktion der Häuser. Wenn er zu Hause Meister war, dann sollte die Zunft aber etwas erleben! Er stellte sich lebhaft vor, wie ihm der Meister Abbitte tun sollte, ihm und Konrad Mutzhaaß!

Allerdings der Frage, was mit dem richtigen Haus gemeint war, kam Ulrich trotz allem Nachdenken kein bißchen näher. Kurze Zeit hatte er geglaubt, der Pate meine die Häuser in Bischofswerth. Aber das konnte nicht stimmen: Er konnte jetzt die Häuser zwar zweifach, aber noch nicht dreifach bauen, wie der Pate vorausgesetzt hatte. Er spürte jedoch, daß der Pate mit dem »richtigen Haus« mehr meinte als nur die andere Konstruktion einer anderen Zunft.

Die Frage stand vor ihm wie eine Wand, die er erklimmen mußte und die nirgends auch nur den geringsten Halt bot. Er kam sich vor wie einer der Käfer, den sie als Kinder manchmal auf den Rücken gelegt hatten, um zuzuschauen, wie er sich vergeblich abmühte, wieder auf die Beine zu kommen. Manchmal hatte ihm eines der Kinder ein Hölzchen hingehalten, an dem er sich wieder aufrichten konnte. Gab es auch hier ein solches Hölzchen, und er bemerkte es nicht? Oder spielte der Pate nur mit ihm, wie sie mit dem Käfer gespielt hatten, und es gab gar keine vernünftige Antwort auf die Frage?

Nein, das glaubte er nicht: Der Pate war zu ernsthaft gewesen, und er hatte Ulrich ja die Lehre bezahlt! Diesen Zweifel konnte er abweisen, aber dadurch war er der richtigen Antwort keinen Schritt näher gekommen. Es war schlimm, denn das Ziel war quälend erstrebenswert und verlockend.

Widerlich fand Ulrich von Anfang an die prahlerische Kleidung von Bödes. Wahrscheinlich wollte er zeigen, daß er als Altgeselle, Polier, wie viele auch sagten, etwas Besseres war als die anderen Gesellen. Er trug sogar auf dem Bau ein modisches Wams mit geschlitzten Ärmeln. Auch seine Hose war geschlitzt und weit, und die Schlitze waren mit grellbunten Stoffen unterlegt. Auffallend war sein Hosenlatz, der riesengroß war und bunt verziert. Er trug abwechselnd mehrere ziemlich auffällige Barette, wie sie Gesellen eigentlich gar nicht haben durften, und immer eine lange Feder daran, als wäre er ein Ritter. Das alles wollte zu dem kurzbeinigen, feisten und ältlichen Junggesellen nicht recht passen.

Eines Tages wäre beinahe ein Unfall passiert. Ulrich saß bei Regenwetter oben auf der Mittelpfette eines Dachstuhls. Die Dachbalken, die sie aufschlugen, waren naß und glitschig. Über die Pfette mußten nun die Sparren gelegt werden. Die Arbeit war mühsam und gefährlich. Die Sparren wurden mit den vorbereiteten Sparrenfüßen in die untere Pfette eingesenkt und über die Mittelpfette gelegt: eine Arbeit, die Kraft und Geschick erforderte. Dazu wurde der Sparren an der Stelle, an der er auf der Pfette auflag, eingekerbt, diese Kerbe nannte man eine Klaue. Klaue und Sparrenfuß mußten genau den richtigen Abstand haben, sonst paßte der Sparren nicht auf die Pfette, und er traf am First nicht sauber auf den gegenüberliegenden Sparren, mit dem er verdübelt werden mußte, und konnte sich ständig verschieben.

Ulrich hatte gesehen, wie Bödes einen der Sparren vorbereitet hatte, und er hatte gesehen, wie Bödes pfuschte. Die Klaue saß zu weit unten, und Ulrich hatte ihn darauf aufmerksam gemacht: »Das geht so nicht, den Sparren mußt du noch einmal abbinden, das heißt, du mußt einen neuen machen!«

»Ich glaube, du spinnst! He, kommt mal alle her, das Wickelkind weiß wieder was besser!«

Ulrich, der um einen Kopf größer war, schoß das Blut ins Gesicht: »Das Wickelkind kannst du dir schenken! Wenn ich deinen Sparren anschaue, dann weiß ich, wer hier das Wickelkind ist!«

Inzwischen waren die anderen herangetreten.

»Sagt mal, der Sparren hier, dem Wennagel ist der nicht gut genug. Der hat doch selbst 'n Sparren im Kopf.«

Da war es nun für Ulrich, der sich nur noch mühsam beherrschen konnte, schmerzlich zu sehen, wie einige durchaus nickten zu dem, was Ulrich sagte, aber deutlich zu feige waren, um ihm recht zu geben.

Andere schauten nicht einmal hin: »Der spinnt doch, soll doch selbst erst einmal etwas Rechtes lernen.«

So saß er nun trotz seines Protestes auf dem halbfertigen Dachstuhl und sollte helfen, den mangelhaften Sparren aufzurichten. Das Holz war schwer vor Nässe und kaum zu halten. Unten drückten und stemmten sie und renkten sich schier die Arme aus, oben zog und schob Ulrich, rittlings auf der Pfette sitzend, um die Klaue in die Pfette einzufügen.

Darunter stand mit schiefem Barett Bödes auf dem Gebälk und kommandierte: »Nach links, he, bist wohl schwerhörig, nach links das Ding zielen, nach links! Kann doch jedes Kind – blödsinnig, wie der sich anstellt!«

Ulrich hebelte und schob aus Leibeskräften, dennoch rutschte der Sparren weg, der sich in das Gefüge nicht einbinden ließ. Er konnte ihn nicht mehr länger halten, stemmte sich mit aller Kraft dagegen und verlor dabei plötzlich das Gleichgewicht.

»Paß doch auf!« schrie unten Bödes, auch die anderen schrien jetzt. Es mußte so aussehen, als wäre Ulrich zu schwach, den Balken zu halten, als er ihn jetzt loslassen mußte, um nicht selbst abzustürzen. Der Balken rutschte aus dem Gleichgewicht, Ulrich konnte sich gerade noch festklammern, da sauste der Balken, der nur noch von unten gehalten wurde, seitlich weg und riß die haltenden Gesellen um. Es gab einige Schrunden an den Händen und ein paar Splitter in der Haut, sonst war zum Glück nichts passiert.

Aber Bödes hatte seinen Sündenbock gefunden: »Waschlappen! Was wirst du denn dann Zimmermann, wenn du schwindelig bist und zu schwach! Was man heutzutage für Dummköpfe auf den Bau kriegt! Womöglich baust du auch mit einem Feuerbaum, daß nachher das Haus abbrennt!«

Ulrichs Verteidigung und Darstellung des wirklichen Sachverhaltes nützten nichts. Manche lachten bloß, andere schauten auf die Seite.

»Na, soll ja auch Feiglinge geben – feig und schwach!« hörte Ulrich Bödes noch sagen, als der ging, um den Vorfall dem Meister zu melden. In Ulrich kochte es, er spürte immer noch, wie ihm der Balken wegrutschte – aber er sagte nichts, weil viele doch gegen ihn aussagen würden.

»Ich glaube, der Bödes sagt dem Meister, daß den Sparren du gemacht hast«, meinte ein blasser Geselle zu Ulrich, »du solltest dich wehren, der ist doch bloß neidisch, weil du besser bist!«

»Warum sagst denn du dem Meister nichts?« fragte Ulrich. »Du siehst doch auch, wie es der Bödes treibt!« Aber der blasse Geselle blickte auf den Boden und ging ohne Antwort weg.

Ulrich wußte nach einigen Wochen, daß Bödes ein recht guter Zimmermann sein konnte, aber er arbeitete immer nachlässiger. Statt um seine Arbeit kümmerte er sich immer mehr um das Geschwätz der Leute in der Stadt.

Ein Geselle hatte einmal gespottet: »Das kommt davon, wenn man nicht heiratet!« Aber Ulrich wußte, daß Bödes zu arm dazu war. Das machte ihn wohl so aufsässig. Die protzige Kleidung! Er ahnte, daß Bödes nicht arm sein wollte; er wollte wenigstens nach außen jemand anderes sein, als er war. Der Geselle konnte gut spotten: Sein Vater war Meister; er würde einmal dessen Werkstatt übernehmen und Meister werden.

Meister werden! Heraus aus alledem! Aber seine Probe stand unverrückbar vor ihm wie ein Fels, den er nicht wegtragen und nicht ersteigen konnte.

Seit Sommer kannte Bödes nur ein Thema: der Bischof und die Stadt. Das Verhältnis des Bischofs zu seiner Stadt, das noch nie wirklich gut war, wurde immer schlechter. Schon früher hatten sich viele beklagt, der Bischof verlange zu hohe Steuern und gefährde damit die Konkurrenzfähigkeit zu anderen Städten. Andere sagten, ihnen gebe er genug zu verdienen, und der Bischof sei ein alter Mann. Dazu kam jetzt noch die neue Lehre, die der Bischof bekämpfte, so daß kein Mensch mehr wußte, wie der Friede in der Stadt jemals wiederhergestellt werden sollte.

Bödes hetzte fast jeden Abend in der Gesellenstube. Zunächst hatte der Meister noch davon erfahren und dagegengehalten, dann redete Bödes, der keinen Widerspruch vertragen konnte, nur noch, wenn der Meister nicht da war – aber der war ja nur selten in der Gesellenstube.

Schlimm fand Ulrich, den die Schwätzerei anwiderte, daß diese Reden immer heimlicher geführt wurden. Die Gesellen steckten die Köpfe zusammen, und wehe dem, der auch nur ein Wort nach außen getragen hätte. Die wenigen, die überhaupt noch eine andere Ansicht vertraten, wurden niedergeschrien, so daß es nur noch die Meinung von Bödes gab. Ulrich hatte eine Zeitlang widersprochen, wurde aber oft von anderen ausgelacht, Bödes beachtete ihn gar nicht. Der blasse Geselle sagte einmal zu ihm: »Laß sein, du erreichst doch nichts.«

»Ja«, antwortete Ulrich, »es gibt wohl immer irgendwelche Dummköpfe, denen man nicht beikommen kann, das beste ist wohl tatsächlich, man ist ruhig und vermeidet Ärger.«

Der blasse Geselle nickte.

»Der Bischof ist ein Schwein, er muß weg!« verstieg Bödes sich eines Abends.

Es wurde still in der Stube; so hatte hier noch niemand geredet.

»Verbrenn dir nur das Maul nicht«, hörte man eine Stimme, aber nicht sehr laut.

Bödes sah den Sprecher scharf an, wobei er wie immer, wenn er sich aufregte, leicht zu schielen begann: »Mausig machen, Bürschchen, was?«

»Weg sollte er schon«, meinte einer, »aber was wir da machen können – also ich kann mir da nichts vorstellen.«

»Man sollte ihm einmal einen Streich spielen«, sagte da der blasse Geselle und leise zu Ulrich: »Man muß doch wenigstens die schlimmsten Dummheiten verhüten.«

Aber er schien genau das Gegenteil bewirkt zu haben, denn nach einigem Nachdenken meinte Bödes, indem er den Gesellen scharf musterte: »Ich glaube, das ist gut. Ich – ich weiß auch schon, was wir machen!«

Es schien Ulrich später, als hätten die Kerzen dunkler gebrannt, während Bödes seinen Plan vorbrachte. Als er fertig war, schien alles starr vor Entsetzen. Dann schrien sie durcheinander:

»Jawohl, genau das Richtige!«

»Das ist ja Wahnsinn!«

»Laßt bloß die Finger davon!«

»Du hast wenigstens Einfälle!«

»Wir werden alle gehenkt!«

»Erklär doch mal genauer!«

»Unsinn!«

»Endlich ist hier mal was los!«

»Duckmäuser seid ihr alle zusammen!« schrie Bödes, dessen Gesicht zu zucken begann und aussah wie eine Maske.

Der blasse Geselle flüsterte: »Man sollte es dem Meister sagen.«

Da fielen aber fast alle über ihn her: »Die Meister geht das gar nichts an, weder deinen, noch unsere; was wir Gesellen machen, das verantworten wir selbst. Laßt ja die Meister aus dem Spiel!«

Bödes blickte drohend um sich: »Wer was den Meistern erzählt, den ...!« Er machte eine deutliche Gebärde mit der Hand. »Was ist schon schlimmes dabei, es kommt ja nicht einmal jemand zu Schaden, und der da oben soll sich mal richtig ärgern!«

»Hätte ich nur nichts gesagt«, flüsterte der blasse Geselle.

»Also wer macht nicht mit?« Bödes war aufgesprungen. »Wer ist so ein Feigling, daß er nicht mitmacht bei dieser – Mutprobe? Wen soll man in Windeln durch die Stadt tragen?«

Ulrich kämpfte mit sich. Das beste war, sich aus allem herauszuhalten, aber er hatte ohnehin die meisten gegen sich: Er stand mit dem Meister gut, seine Arbeit wurde gelobt. Was sollte er tun? Schließlich gehörte ja auch er zu den Gesellen, man konnte sich doch nicht immer ausschließen!

»Wie steht's denn mit dem Wennagel, unserem Wickelkind?« Ulrich war zwar der jüngste, aber fast einen Kopf größer als Bödes, doch Bödes war der älteste, und er war der Polier. Ulrich wollte aufspringen, aber als er die Gesichter der anderen sah, zwang er sich zur Ruhe.

»Na, die Mutprobe ist unserem langen Sparrenfeigling wohl zu gefährlich«, beantwortete Bödes das Schweigen Ulrichs, der vor sich auf den Tisch blickte. »Haste Angst? Könnte dir ja wieder schwindelig werden!« Man hörte Lachen.

Da richtete sich Ulrich mit einem Ruck auf und sagte mit blutrotem Gesicht: »Was soll's, ich mache mit, ich weiche vor keiner Mutprobe aus!« Bödes grinste triumphierend. Ulrich war es sofort übel, als er seine Zustimmung gegeben hatte. Das war falsch, das wußte er, aber was blieb ihm denn anderes übrig? Mut hatte er, das sollte keiner anzweifeln, und vielleicht war das doch eine Möglichkeit, mit den anderen besser auszukommen. Im übrigen, er spannte seine Muskeln, auch damit konnte man fertig werden.

Und denen da oben – sein alter Obermeister stand vor ihm und verzog den Mund – denen sollte man es ruhig einmal zeigen.

Es wurde noch viel gelärmt, gewarnt, angegeben, geschimpft, gespottet, besser gewußt, beleidigt, verhöhnt – schließlich machten alle mit. Ulrich sah es den Gesichtern an:

Es waren viele dagegen, aber niemand sagte es. Er hatte sich entschlossen mitzumachen, so schien es ihm auch nicht mehr möglich, das zu tun, was er eigentlich gleich hätte tun sollen: aufstehen und die Gesellenstube verlassen! Auch der blasse Geselle blickte stumm vor sich hin, als Bödes noch einmal fragte: »Wer macht nicht mit?«

Der Plan aber war folgender: Der Bischof, der schon sehr alt war, hieß Kilian. Am Lettner im Dom waren einige fast lebensgroße Figuren, von denen eine den heiligen Kilian darstellte. Neben ihr stand der heilige Dionys, der als Märtyrer enthauptet worden war und als Steinfigur seinen Kopf in der Hand trug. Bödes wollte nun der Figur des heiligen Kilian ebenfalls den Kopf abschlagen und diesen Kopf vor den heiligen Dionys stellen.

Vor einigen Wochen hatte der Bischof drei zu Wegelagerern gewordene Bauern aus einem seiner unruhigen Dörfer aufhängen lassen. Den Leichen hatte man die Köpfe abgeschlagen und sie über dem Ägidientor, dem Haupttor der Stadt, für jedermann sichtbar als Warnung angenagelt. Einer sollte hinaufsteigen, am besten Bödes selbst, einen der Köpfe, an dem noch Fleischfetzen und Haare hingen, losmachen und dem Rumpf des heiligen Kilian aufsetzen.

»Denn der Bischof ist auch nur ein Räuber, der größte, den wir zur Zeit in der Stadt haben!« hatte Bödes gesagt.

In Ulrich stiegen die Zweifel auf. Da war der Bischof, er hatte ihn nie aus der Nähe gesehen, aber manchmal stellte er ihn sich vor wie den Obermeister!

Andererseits war das, was sie vorhatten, ein ungeheurer Frevel: Im Dom einer Heiligenfigur den Kopf abzuschlagen, den Kopf eines immerhin verurteilten Verbrechers, der öffentlich ausgestellt war, einer Heiligenfigur aufzusetzen, das war eine solche Ungeheuerlichkeit, daß sich Ulrich entsetzte, wenn er nur daran dachte. Und was hatte ihm, Ulrich Georg Wennagel, der alte Mann denn getan, daß er dazu helfen sollte, ihn so schwer zu beleidigen? Was wollte man mit dieser Beleidigung erreichen?

Außerdem: Wer hier erwischt wurde, dessen Leben war zu Ende, oder zumindest wurde er seines Lebens nie mehr froh! Aber gerade darin bestand ja die Mutprobe.

Mit Bödes waren sie elf Gesellen, die an diesem Abend zum großen Teil zufällig beisammensaßen, sie mußten eingeteilt werden. Bödes führte die Untat an, das war klar: Er würde mit zum Ägidientor gehen und den angenagelten Kopf selbst ablösen. Dabei brauchte er einige Gesellen, die aufpaßten und möglicherweise die Wache ablenkten. Er würde auch den Kopf in den Dom bringen. Dort sollten einige unauffällig die Umgebung überwachen und unter Umständen die Scharwache auf sich aufmerksam machen und von der Nähe des Domes fernhalten. Die einzelnen Aufgaben der Gesellen wurden durch das Los entschieden. Ulrich mußte mit an das Tor und sollte auch im Dom mithelfen – der Dom war Tag und Nacht geöffnet –, während Bödes den steinernen Kopf abschlagen und den verfaulenden aufsetzen sollte.

Ulrich war es, als würde er sich selbst zuschauen, wie er seinen dunklen Umhang um sich schlug und die Kapuze überstreifte, wie er auf die Straße hinaustrat und sich mit den anderen auf den Weg machte. Es schien ihm, als ginge da ein ganz anderer.

Es war eine sehr dunkle Nacht, in die sie aufbrachen, zwar blinkten zwischen den Giebeln einige Sterne, aber es war Neumond und kalt. Sie waren absichtlich einige Zeit vor der Nachtwächterstunde aufgebrochen, zu der alle Gastwirtschaften und Trinkstuben geschlossen werden mußten, damit sie auf den später sehr einsamen Straßen nicht auffielen.

Obwohl das nicht notwendig war, unterhielten sie sich auf dem Weg nur flüsternd. Der Weg zum Ägidientor war weit, und sie gingen in Zweiergruppen getrennt und benützten verschiedene Gassen, um keinen Verdacht zu erregen.

Ulrich ging mit dem blassen Gesellen, der nach einiger Zeit fragte: »Hast du Angst?«

»Ja«, sagte Ulrich, »aber das ist nicht das schlimmste. Das schlimmste ist, daß ich weiß, daß es nicht richtig ist, was wir hier machen.« Und nach einiger Zeit setzte er hinzu: »Ich wußte eigentlich von Anfang an, daß ich hier nicht mitmachen sollte.«

»So geht es mir auch, aber jetzt können wir nicht mehr zurück, wir haben ja unser Wort gegeben. Die anderen verlassen sich auf uns.«

»Es kommt mir irgendwie vor, als wären wir hereingelegt worden. Wenn wir aber jetzt weglaufen, können wir uns bei den anderen Gesellen nie mehr blicken lassen!«

»Ja, wir würden als Feiglinge gelten, aber ich würde nicht weglaufen, weil ich Angst habe.«

»Ich auch nicht«, bestätigte Ulrich.

»Jetzt ist es zu spät.«

»Weißt du, was das richtige Haus ist?« fragte Ulrich leise im Dunkeln.

Sie waren an der Straßeneinmündung in unmittelbarer Nähe des Ägidientores angekommen, wo sie Bödes und die anderen Gruppen erwarteten.

»Das schlimmste ist«, flüsterte Ulrich zu seinem Nebenmann, »daß ich eigentlich hoffe, daß die Sache schiefgeht, andererseits aber genau weiß, daß es uns dann schlecht gehen wird!«

»Pst, da kommen sie.«

Zuerst kam eine weitere Gruppe von zwei Gesellen, dann Bödes mit noch einem Gesellen; sie waren also zu sechst.

Eine innere Wache gab es nicht; wahrscheinlich würde aber

in nicht allzu langer Zeit noch eine aufziehen bei dieser Unruhe in der Stadt. Die äußere Wache saß auf dem äußeren, niedrigeren Torturm des Ägidientores. Außerdem machte auch eine Wache auf dem Wehrgang die Runde. Von ihr hatte man wenig zu fürchten, wenn man im Bereich zwischen der inneren und äußeren Stadtmauer keinen Lärm machte, da die Wache von der viel höheren inneren Stadtmauer über den niedrigeren äußeren Mauerring hinweg das freie Feld beobachtete. So waren auch die höchsten Türme der Stadt besetzt mit Wachtposten. Sie überblickten die weitere Umgebung der Stadt, vor allem aber als Feuerwache die Stadt selbst, da sie über den Dächern jeden ausbrechenden Brand beobachten und sofort mit dem Feuerhorn die Bürgerschaft alarmieren konnten. Auch von ihnen drohte kaum Gefahr.

Die Köpfe selbst hingen über dem inneren Tor, wo sie mit langen Mauernägeln angenagelt waren. Die Stelle war für Bödes recht günstig, weil der Zwingerbereich zwischen den beiden jetzt schon längst geschlossenen Toren als sehr sicher galt und nur wenig überwacht wurde.

In den Zwinger mußte sich Bödes mit den Gesellen durch ein kleines Pförtchen schleichen, das von der Stadtseite aus leicht zu öffnen war. Hier sollten drei als Wache zurückbleiben und das Törchen wieder schließen, damit die geöffnete Pforte niemandem auffallen konnte, und auf ein Zeichen vom Zwinger aus rasch wieder öffnen. Ulrich mußte mit dem blassen Gesellen und Bödes in den Zwinger hinein. Die Köpfe waren ohne Leiter erreichbar, wenn sich zwei Gesellen übereinanderstellten.

Hier im Zwinger kam sich Ulrich vor wie im Grab. Schwarz stand der innere Ägidientorturm, der sehr hoch war, über ihm. Wie ein Sperriegel lag die schwarze Masse der Bastei mit dem stumpfen äußeren Torturm um ihn. Sterne waren keine mehr zu sehen. Es roch nach Fäulnis und brandig nach Mörtel.

Vorläufig ging alles gut. Bödes stieg über den Rücken von Ulrich auf die Schultern des blassen Gesellen, und man hörte ihn, wie er sich mit einer großen Zange mühte, den mittleren, besonders schrecklichen Kopf loszumachen. Während dieser Zeit beobachtete Ulrich den Wehrgang des äußeren Tores, die Bastei. Hier unten im Zwinger war es fast völlig dunkel, und so konnten sie eigentlich kaum entdeckt werden, wenn sie nicht durch Geräusche auf sich aufmerksam machten. Bödes stöhnte oben leise und ächzte etwas, als er an dem großen Mauernagel rüttelte und zog.

»Er kommt«, flüsterte er mit gequetschtem Atem.

Gleichzeitig hörte man aber, wie sich polternde Schritte und ein Klirren näherten: Die Wache kam von ihrer Runde her auf dem Wehrgang der Hauptmauer und würde gleich hinaustreten auf die Bastei des äußeren Tores, diese umrunden, um dann auf der anderen Seite des Ägidientores ihren Weg um die Stadt fortzusetzen.

Wie blöd wir sind, fuhr es Ulrich durch den Kopf, als er die Füße von Bödes als Warnzeichen dreimal leicht antippte, wir hätten doch nur die Runde abwarten müssen, dann wären wir ganz sicher gewesen. Aber das hätte fast zwei Stunden dauern können, sagte er sich ebenfalls. Und sie mußten zum Dom zurück, solange noch Leute auf der Straße waren, damit sie den Scharwachen, die in der nächtlichen Stadt die Runde machten, und dem Nachtwächter nicht auffielen.

Bödes fluchte leise. Etwas polterte neben Ulrich herab – der Kopf!

Oben kam Bödes ins Rutschen, verlor das Gleichgewicht und mußte herabspringen, die Zange klirrte auf dem Boden.

»Wer da?« hörten sie jetzt eine Stimme von oben, vom Anfang des äußeren Wehrgangs. Alle drei lagen flach auf der Erde in der völligen Dunkelheit. Ulrich schlug das Herz bis zum Hals.

»Ist da jemand?«

Ulrich erstickte fast, die Brust wollte ihm zerspringen, weil er die Luft anhalten mußte, um sich nicht durch Atmen zu verraten. Stille, alles atemlos – einen winzigen Augenblick lang durchzuckte es Ulrich: Wenn ich jetzt Alarm rufe, kann ich mich retten und diese Unverschämtheit, bei der ich mithelfe, zum Scheitern bringen! Statt dessen liege ich hier wie das schlimmste Gesindel und warte darauf, daß ich erwischt werde.

Aber er schrie nicht.

»Wer ist da? Ist da wer?«

Dann kam ein schwacher Lichtschein aus einer Laterne in den Zwinger herunter.

Stille.

»Es wird eine Katze gewesen sein.«

Das Stampfen und Klirren verschwand schließlich im Wehrgang auf der anderen Seite des Tores. Ulrich war enttäuscht und froh zugleich. Sein Hemd war schweißnaß.

Bödes neben ihm kicherte: »Jetzt aber schnell zum Dom. Wennagel, du nimmst den Kopf!«

»Nein«, wehrte sich Ulrich, »ich bin ein ehrlicher Handwerkergeselle und brauche keinen verurteilten Verbrecher zu berühren.« Er ekelte sich aber auch vor dem halb verfaulten Kopf, an dem Krähen herumgehackt und Sonne, Regen und Wind ihr Werk getan hatten. Noch stärker empfand er eine Scheu, so ganz und gar an dem Verbrechen teilzuhaben.

»Na, du Muttersöhnchen, bist dir wohl zu gut dazu! Du sollst ihn ja nur halten.«

In der Zwischenzeit – der Kopf lag auf dem Boden – löste Bödes tatsächlich einen Holzkasten von seinem Gürtel, in den er den grausigen Raub mit Mühe hineinzwängen konnte.

Sie hasteten durch die dunkle Stadt zurück. Vereinzelt hörte man noch Stimmen, kleine Gruppen von Wirtshausbesuchern kehrten heim. So fielen sie nicht auf und wurden nicht angehalten, obwohl ihnen in der Nähe des Marktes spießklirrend eine Wache mit dem bischöflichen Wappen begegnete. Ein Hund, groß wie ein Kalb, knurrte an Bödes hoch, aber die Wache zog ihn an seinem Würgeriemen weiter.

Dann waren sie am Dom.

»Alles klar!« meldete ein Geselle, der aus dem Schatten des Seitenportales hervortrat. Selbst das Knirschen ihrer Schritte auf den Steinplatten hallte, als sie das gewaltige Schiff betraten. Das Dunkel, in dem sie ihren Frevel begehen wollten, war mild erleuchtet durch die Kerzen vor einigen Statuen am Fuße riesiger Säulen, die sich aufwärts in der Nacht verloren. Irgendwo schimmerte Gold von Altären. War das wirklich Ulrich Georg Wennagel, der da in den stillen Dom hineintrat, um den heiligen Raum zu entweihen?

Am Fuße des heiligen Kilian, dem sie den Kopf abschlagen wollten, war eine brennende Kerze aufgestellt, die den Heiligen von unten beleuchtete und sein Gesicht fast gespenstisch zu einer Grimasse verzerrte. Die Kerze war das Zeichen, daß alles in Ordnung sei. Daneben lag ein großer Steinschlegel, den einer der Gesellen unter einem weiten Umhang herbeigeschleppt hatte.

Bödes stellte das Kästchen auf den Boden, während der blasse Geselle Ulrich zuflüsterte, sie hätten das Steinbild wenige Schritte weiter, jenseits des Lettners innerhalb des Altarraumes aussuchen sollen. In dem heiligen Raum dürften sie nicht festgenommen werden. Aber hier vor dem Lettner wisse er nicht.

Bödes fühlte sich sehr sicher und pfiff leise vor sich hin durch die Zähne.

»So, dann wollen wir dem Bischof mal den Kopf aufsetzen, den er verdient; Kilian, paß auf!« rief er halblaut, als er mit dem Steinschlegel ausholte, um dem Heiligen mit einem wuchtigen Schlag den Kopf herunterzuhauen. Da flog die Tür zur Sakristei auf, Laternen blitzten.

»Halt, im Namen des Bischofs!« donnerte eine Stimme.

Ulrich tönte es in den Ohren wie die Posaune des Jüngsten Gerichtes. Die Laternen fuhren auf ihn los, genagelte Stiefel klirrten und scharrten auf dem Steinboden, der ganze Raum dröhnte. Da rannte Ulrich auch schon in die Dunkelheit. Versteckt hinter Bänken sah er, wie Bödes gepackt wurde, hörte, wie ihm krachend der Steinschlegel entfiel, sah, wie sie ihm die Arme auf den Rücken drehten und er gefesselt wurde. Dann schrie es durcheinander:

»Ein paar sind entwischt, laßt die Hunde los!«

Ulrich erahnte im Schein der Laterne die nördliche Seitenpforte hinter sich: offen oder verschlossen? schrie es in ihm – sie war offen! Er schlug sie hinter sich zu, raste an einer Gestalt vorbei, die einen Spieß vorstrecken wollte und jagte in das Gewirr der dunklen Gäßchen rings um den Dom hinein.

Gerettet! Plötzlich war es totenstill. Er kam sich zwischen den schwarzen Häusern vor wie umstellt von Wächtern. Nur noch seinen Atem hörte er keuchen, dazu sauste und brauste es in den Ohren. Seine Gedanken jagten und überschlugen sich. Wohin jetzt? Zurück in die Gesellenherberge? Sie waren verraten worden! Das aber konnte nur einer der Gesellen gewesen sein; kein anderer konnte davon wissen. Hatte er nur Bödes verraten? Hatte er alle Namen genannt? Sicher! Ulrich konnte ihm nicht einmal sonderlich böse sein – er hatte ja selbst mit ähnlichen Gedanken gespielt. Wer war es wohl? Hatte er es getan, um seine Haut zu retten, weil er glaubte, die Sache ginge ohnehin schief?

Vorsicht, daß man nicht plötzlich einer Wache in die Hände läuft! Obwohl alles um ihn ruhig war, lauerte in allen Schatten die Gefahr. Ein Geselle hatte um diese Zeit nichts mehr auf der Straße zu suchen. Er kam sich vor wie das Gesindel, von dem der Vater immer geredet hatte, das immer auf der Flucht war.

Das Ganze war Wahnsinn gewesen! Weshalb hatte er eigentlich mitgemacht? Aus Angst vor Bödes? War denn diese Angst stärker als die vor der Tat selbst? Und Angst vor den Gesellen? Weil man endlich einmal dazugehören wollte? Mutprobe hatte es Bödes genannt. Freilich war es eine Mutprobe gewesen, nämlich das zu tun, was man für richtig hielt. Ulrich lächelte wehmütig: Er hatte sie nicht bestanden!

Vorsicht, da vorne sind Leute, besser durch die Gasse links. Hatte er doch seine Enttäuschung über den Obermeister loswerden wollen? Unwillkürlich war er langsamer weitergegangen. Er kam sich sehr dreckig vor, so wie früher, wenn er mit schmutzigen Füßen heimgekommen war und die Mutter die Hände über dem Kopf zusammengeschlagen hatte.

Seine Eltern! Wenn sie von diesem Frevel hörten! Er durfte nicht daran denken. Zu Hause wartete sein alter Vater, der immer kränker wurde, daß Ulrich die Probe löste, Meister wurde und ihm half, damit er nicht betteln mußte und das Häuschen an der Stadtmauer behalten konnte. Jetzt konnte Ulrich womöglich selbst betteln gehen: Wenn er aus der Zunft flog, nahm ihn kein Meister mehr auf; dann war er eine Schande für das Handwerk!

Es konnte aber noch viel schlimmer kommen. Es würgte ihn, er hatte es ja selbst gesagt, wenn man bei einer solchen Tat erwischt wurde, wartete der Henker! Aus der Stadt fliehen? Wenn er überhaupt hinauskam, wohin dann? Arbeit würde er niemals mehr finden! Das Leben war verpfuscht!

Er blieb stehen, bis er verworrene Stimmen aus der Richtung des Domes hörte. Ich muß weiter, aber wohin? Aus Scham vor sich selbst hätte er sich am liebsten auf das Straßenpflaster geworfen und wäre liegengeblieben, bis ihn die Soldaten gefunden hätten.

Der Meister! Der Meister ist immer offen und gerecht zu mir gewesen!

Im Haus des Meisters brannte Licht, aber nur die Meisterin öffnete mit wirren Haaren und flatternder Stimme: Der Meister sei auf der Zunftstube bei den anderen Meistern, und er lasse jedem Gesellen, der heute nacht zu ihm wolle, ausrichten, ebenfalls dahin zu kommen.

Das ganze Haus, in dem sich die Zunftstube und die Zunftlade befanden, war hell erleuchtet. Ulrich jagte herzklopfend die Treppe empor. Eine Statue des heiligen Josef über dem Eingang zur Zunftstube schien mit der Säge zu drohen. Dann betrat er den Raum, den er immer als so feierlich empfunden hatte. Jetzt nicht: Die Stube war wie aufgebrochen, Kerzen flackerten, einige Meister saßen, andere standen, Gesprächsfetzen jagten an Ulrichs Ohr, die Schauben der Meister flatterten wie Vögel, die Verwirrung schien grenzenlos. Die Zunftlade stand offen, vermutlich hatte man die Listen der eingeschriebenen Gesellen gesucht. Da war sein Meister. Mit sichtlicher Erleichterung faßte er Ulrich am Arm:

»Warst du dabei?«

»Ja«, sagte Ulrich.

»Wir wissen alles«, er nannte den Namen eines Gesellen, den Ulrich nur wenig kannte, der aber auf der Gesellenstube dabeigewesen war: Er habe alles verraten – »Zum Glück!« sagte der Meister.

Andere Meister drängten heran: Die ganze Zunft wäre mit Schimpf und Schande aus der Stadt gejagt worden, wenn einer nicht den Mut gehabt hätte, den üblen Streich anzuzeigen. Der Bischof brauche doch Zimmerleute, wandten einige ein.

»Die kann er auch von auswärts holen – Meister wollen viele werden!«

Ulrich sah noch weitere vier, fünf Gesellen im Raum, die bedrückt in einer Ecke standen. Einige Meister redeten auf sie ein. Das Stimmengewirr schwoll gewaltig an. War es so heiß in dem Raum? Der Obermeister, ein weißhaariger älterer Meister, trat ein und hob die Hand: Man habe sichere Nachricht vom Bischof, der gnädig sein wolle – der Urheber müsse freilich streng bestraft werden. Die übrigen halte er für Opfer.

»Wer sich noch heute nacht oder morgen früh bei seinem Meister einfindet, der hat Gnade zu erwarten, muß aber morgen um elf Uhr zum bischöflichen Gericht in den Palast. Wer bereits aus der Stadt geflohen ist, bleibt verbannt und darf die Stadt bei schwerer Strafe nicht mehr betreten.« Ulrich konnte wieder freier atmen. Aber das Gefühl der Schuld, das Gefühl, ein Feigling zu sein, blieb dennoch.

Zu Ulrichs Erleichterung betrat in diesem Augenblick der blasse Geselle die Zunftstube mit verschwitzten Haaren und verschrecktem Blick.

Freilich müsse Strafe sein, meine der Bischof, und die Gesellen würden sie morgen vor Gericht erfahren.

»Das beste ist, wenn wir gleich eine Bittschrift aufsetzen!«

Andere meinten, dies sei genau der verkehrte Weg, der Bischof sei alt und starrsinnig und nicht leicht von einem Beschluß abzubringen.

Es seien Söhne einflußreicher Familien unter den Gesellen, der Bischof könne die Stadt, die ohnehin schon sehr zerrissen und in Unruhe sei, nicht noch mehr aufwühlen.

»Ein schlechter Politiker war er noch nie!«

»Aber er könnte ein Exempel statuieren wollen!« wandten viele ein. Strafen wurden genannt, bei denen es Ulrich schwarz vor den Augen wurde. Doch noch fliehen? Es war mutiger zu bleiben, aber leicht war es nicht.

Die Meinungen über die Person des Bischofs waren offenbar völlig geteilt: Die einen hielten ihn für einen bösen alten Mann, der voller Rachsucht auf seinen Rechten bestehe und seine Grausamkeit schon mehrfach bei vielen Todesurteilen bewiesen habe: »Wer läßt denn Köpfe hingerichteter Bauern an ein Stadttor nageln? Dies geschieht doch sonst kaum bei überführten Gewaltverbrechern, berüchtigten Räubern, Verrätern, Massenmördern und ähnlichem Gesindel!«

Andere meinten, der Bischof wehre sich nur seiner Haut und habe so viele Gegner, daß er ganz verzweifelt sei. Was solle denn der alte Mann schließlich machen? Er verteidige nicht sich, sondern die Kirche und kämpfe für seinen Glauben. Manche hielten ihn gar für einen Salomon, und die anderen begannen wieder zu schreien:

»Dem Bischof geht es ja nur um die Macht wie der ganzen Kirche!«

Ein dicker Meister mit einem Lederkäppchen drängte sich nach vorne: Man müsse es machen wie Vincenz Fettmilch von der Zunft der Lebkuchenbäcker. Der hetze ganz zu Recht gegen die Juden und habe schon fast die ganze Bäckerzunft auf seiner Seite, die Juden seien schuld am Unglück der Stadt: »Die Juden haben dem Bischof viel Geld geliehen, jetzt fordern sie unchristliche Zinsen, und deshalb drückt er die ganze Stadt.« Man müsse das Judenghetto »ausräumen, die Juden aber totschlagen oder zum Teufel jagen, wie sie es woanders auch machen«!

Der Meister hatte den blassen Gesellen und Ulrich am Arm gefaßt und führte beide hinaus auf die Straße.

»Prügeln werden sie sich nicht«, sagte er, »aber diesen ganzen Streit will ich mir nicht mehr anhören. Ich bin froh, daß ihr beide gekommen seid. Außer dem Bödes waren andere Gesellen von mir nicht dabei; einer ist auswärts, zwei sind krank, und die restlichen zwei waren nicht in der Gesellenstube, als ihr den unglücklichen Plan gefaßt habt. Dem Bödes freilich ist vorläufig nicht zu helfen.«

Da waren die warm erleuchteten Fenster: »Kommt jetzt mit herein – heute nacht werdet ihr und ich wohl nur wenig schlafen können.«

Sie saßen lange beieinander in dieser Nacht. Der Ofen wärmte noch etwas, und sie waren ganz umgeben von den warmen Bohlenwänden. Es roch nach Essen und Ordnung. So löste sich langsam die Spannung.

Sie erzählten dem Meister alles: Wie der blasse Geselle, nur um die Angriffslust anderer Gesellen zu dämmen, den unvorsichtigen Vorschlag, »einen Streich zu spielen«, gemacht habe und was schließlich daraus geworden sei. Sie berichteten von ihren Zweifeln und Zwängen, von ihrer Feigheit. Auch der blasse Geselle hatte zunächst die Stadt verlassen wollen. Schließlich hatte er sich gesagt: »Lieber stellen, als ein Leben lang gehetzt werden.«

Der Meister schwieg lange, dann sagte er: »Noch einmal: Es ist gut, daß ihr zurückgekommen seid, und das meine ich nicht nur wegen der Strafe, die jetzt – hoffentlich – milder für euch ausfallen wird.«

Beide nickten, sie verstanden, was der besonnene Meister meinte.

Die Meisterin hatte Brot, kalten Braten, Wasser und Wein auf den Tisch gestellt; eine Kerze brannte. Sie sahen das zerfurchte Gesicht des Meisters, umrahmt von seinen grauen Haaren.

»Ich habe Angst, ihr seht, wie es in der Stadt zugeht; täglich zerfällt sie mehr und mehr vor unseren Augen. Täglich gibt es mehr Streit, täglich wird die Luft giftiger, die wir atmen, als würden die Menschen, die einander doch brauchen, sich gegenseitig mit jedem Atemzug vergiften. Ihr habt ja gerade gesehen, wie es in der Zunftstube zugeht. Dabei sind das die Meister, das sollten die Besten in der Stadt sein! Ihr habt aber gesehen, wie sie sich angiften! Was wäre erst geschehen, wenn euer Streich gelungen wäre? Ich bin sicher, daß dies in der Stadt offenen Krieg ausgelöst hätte, dem wir auch so nahe genug sind. Viele Menschen wären umgebracht worden, und für lange Zeit hätte niemand den Frieden in der Stadt wiederherstellen können.«

Er schwieg, die beiden Gesellen saßen still und gedrückt da und konnten kein Wort sagen. Ulrich sah auf die blankgescheuerte Tischplatte hinab, er verfolgte die feinen Linien, wie sie immer gemeinsam jede Krümmung im Holz mitmachten, wie sie sich teilten, um ein Astloch kreisten und sich schließlich wiederfanden. Holz, in Jahrhunderten gewachsen.

»Ich möchte«, sagte der Meister leise, »ich möchte, daß die Häuser, die wir so kunstvoll aufrichten und in die wir alle unsere Kräfte stecken, damit Menschen darin geborgen sind – ich möchte, daß diese Häuser stehen bleiben.«

Ulrich war zusammengezuckt, sein Traumbild stand wieder vor ihm: »Deine Häuser bleiben nicht stehen!« hatte Konrad Mutzhaaß gerufen. Da war sie wieder die Frage: Was war das richtige Haus? Er spürte, daß er weiter von der Antwort entfernt war als je zuvor.

Von den zehn Gesellen, die Bödes geholfen hatten, waren sieben in der Nacht zurückgekehrt, Bödes saß im Gefängnis des Bischofs, er würde der weltlichen Gerichtsbarkeit übergeben werden. Doch meinten viele, allzu schlimm könne es bei der derzeitigen Lage in der Stadt auch für ihn nicht werden. Drei waren aus der Stadt geflohen, davon stammten zwei aus Bischofswerth selbst.

Die sieben Gesellen wanderten hinauf zum Bischofspalast neben dem Dom, um ihr Urteil entgegenzunehmen. Einige wollten dem »gnädigen« Bischof nicht trauen: »Er macht mit uns, was er will – vielleicht übergibt er uns dennoch der weltlichen Gerichtsbarkeit wie den Bödes, oder – die Mauern des Palastes sind dick …!«

Ein Kriegsknecht des Bischofs ging voraus, der Schaft seiner Hellebarde stampfte auf dem Boden, sein Helm schimmerte kalt. Ulrichs Meister, der Obermeister und auch noch andere Meister gingen in dunklen Gewändern mit ihnen. Die

Stadt war voller Nebel an diesem späten Septembermorgen, wenn er auch zwischen den Häusern nicht so dicht war. Ulrich schämte sich so sehr, wie er vor allen Leuten den Berg hinaufstieg, daß er sich noch viel mehr Nebel gewünscht hätte.

Immer wieder gab es kleine Aufläufe. Die Ankündigung des Bischofs »gnädig« zu sein, hatte sich in der Stadt verbreitet. Einige Bürger traten heran und drückten manchen ernst die Hand. Ab und zu fielen Bemerkungen gegen den Bischof, »diesen Bluthund«, manchmal wurde widersprochen. Es war zu spüren, daß die Bürger Angst hatten. Ulrich blickte weg, als jemand rief: »Bravo, schade, daß es nicht geklappt hat!«

So gingen sie den steilen Berg hinauf durch die Gassen um den Dom zum Bischofspalast. Schon war da der Schlund des Tores mit dem bischöflichen Wappen, das sie aufnahm. An dem trüben Morgen war es im Torweg noch dunkel, naß und kalt, und ihre Schritte auf dem Pflaster hallten unter dem Gewölbe. Über dem zweiten Tor hing das aufgezogene Fallgatter, unter dem man das Gefühl hatte, es könne jeden Augenblick herabstürzen und einen erschlagen.

Der Knecht mit der Hellebarde war draußen geblieben. Sie standen dichtgedrängt in einem kleinen Raum der bischöflichen Kanzlei. Die Wände waren bedeckt mit Regalen voll von dicken Büchern, wie sie Ulrich noch nie gesehen hatte. Alle wagten nur zu flüstern. Ulrich hatte die Hände so stark ineinander verkrampft, daß die Fingerknöchel weiß hervortraten. Die Spannung wuchs: Was würde geschehen? Ulrichs Meister flüsterte: »Kein schlechtes Zeichen, daß der Kriegsknecht draußen geblieben ist.«

Schließlich öffnete sich die Tür, und ein hagerer älterer Herr in einem schwarzen Talar, ein schwarzes Barett auf dem Kopf, führte sie in einen größeren Raum mit einer Balkendecke, die

Wände waren weiß getüncht. An der Wand hing ein großes, schwarzes Holzkreuz.

Der hagere Herr hieß sie warten und ging zu einer Tür mit Eisenschloß hinaus. Doch schon nach kurzer Zeit öffnete sich diese Türe wieder. Der schwarze Herr hielt sie auf, und herein kam der Bischof: Er war sehr alt und wirkte schwächlich, fast schmächtig in einem weiten purpurfarbenen Gewand, dessen Ärmel mit Pelz verbrämt waren. Er stützte sich auf den Herrn im Talar. Sein Gesicht war sehr eingefallen, die Nase schmal und weiß, um den Mund lagen tiefe Falten, die Lippen waren bläulich, dünn und eingesunken. Seine Stirn war weiß mit bräunlichen Flecken, die Schläfen schimmerten blau. Unter einem Käppchen war schütteres Haar. Nur die Augen zeigten, daß in diesem Gesicht Leben war. Er hielt selbst beim Gehen – er ging langsam, steif und gekrümmt – den Kopf starr und unbeweglich.

Seine Stimme war dünn und hoch: »Das Heilige kann man nicht verletzen. Die Toten kann man nicht beleidigen. Die Lebenden muß man respektieren.« Er machte eine lange Pause, und Ulrich begriff, daß er von sich selbst sprach.

»Die Ordnung muß man schützen. Sie nicht zu schützen ist grausamer als Gewalt!« Sein Kopf machte einige fast vogelähnliche Bewegungen, als er sie – wie es schien, jeden einzelnen – durchdringend anblickte. Dann hob er seine schneeweiße, ganz dünne Hand und machte das Zeichen des Kreuzes. Er stützte sich wieder auf den Herrn im Talar und ging mit leicht vorgestrecktem Kopf wieder zur Tür hinaus. Die Augen aber, so schien es Ulrich, waren dageblieben. Im Raum war es totenstill.

Dann trat der Herr im Talar wieder ein. Er setzte eine scherenartig geformte Brille auf und entfaltete, nachdem er sie kurz eulenartig angeblickt hatte, ein Pergament.

»Im Namen des Bischofs …« Es folgte eine längere Einleitungsformel, wer den Inhalt des Pergamentes alles zur Kenntnis nehmen sollte, aus welcher Vollmacht es geschöpft war in Übereinstimmung mit dem Rat und dem Gericht der Stadt. Allein die Namen und Titel des Bischofs dauerten so lange, daß die Spannung auf das endgültige Urteil fast hörbar im Raum zu knistern schien.

»Die Gesellen ...« – es folgte die Liste der Namen aller anwesenden Gesellen und eine umständliche Benennung der Zimmermannszunft von Bischofswerth – dann endlich das Urteil: »Die Gesellen werden verurteilt wegen Frevels gegen Gott und die Obrigkeit, die Gott eingesetzt hat und die im Namen Gottes geschützt werden muß, zu je einem Gulden Strafe und außerdem auf ein Jahr der Stadt verwiesen, nach dessen Ablauf sie unbescholten ihrem Handwerk nachgehen mögen. Gegeben zu Bischofswerth am Donnerstag nach Mauritius im Jahre des Herrn 1523.« Es folgte der Name des eulenartigen bischöflichen Kanzlers, der vor ihnen stand. Sie wollten alle zugleich reden, aber er hob die Hand: »Ihre Exzellenz läßt noch sagen, daß Sie den Mut der Rückkehr würdigt.«

Jubel und Scham erfüllten Ulrich, als sie in die Stadt zurückkehrten. Bürger drängten heran, es wurde gefragt, geschrien, geflüstert und gelacht. Die meisten Gesellen waren still, auch die Meister gaben nur knappe Antworten. Dafür waren die Bürger um so lauter: Da sehe man die Güte des Bischofs, meinten die einen; der Bischof habe politisch gar nicht anders handeln können, meinten die anderen.

Die Strafe war sehr mild ausgefallen und eigentlich gar keine Strafe. Freilich, ein Gulden war viel Geld, sehr viel Geld sogar. Ulrich blieben nur einige Heller übrig, als er seine Strafe bezahlt hatte. Das Jahr der Verbannung war für Gesellen, die sich wie er ohnehin auf der Wanderschaft befanden, überhaupt keine Strafe. Nur war ungewöhnlich, daß er jetzt im Herbst, da andere Gesellen Arbeit für den Winter suchten, weiterziehen sollte.

Der Meister schmunzelte: »Du machst es gerade verkehrt: Im Frühjahr bist du angekommen, jetzt im Herbst ziehst du weiter.« Er gab ihm noch Ratschläge: Nach Ascherskron, der großen Kaiserstadt im Norden, sollte er wandern. In einigen Wochen sei er dort, da würden die Häuser noch anders gebaut als hier im Land um Bischofswerth. Als Ulrich sich schließlich verabschiedete, drückte er ihm lächelnd einige Schillinge in die Hand. Auch der blasse Geselle, der nach Süden wandern wollte, kramte in seinem Lederbeutelchen.

Der Himmel war wolkenverhangen, als er zum denkwürdigen Ägidientor hinauswanderte. Rauch und aufkommender Regen begleiteten ihn. Ein großes Waldgebiet lag vor ihm, in das kleinere Städtchen und Dörfer eingestreut waren.

Von einer Anhöhe aus blickte er noch einmal zurück auf die Stadt, die wieder mit ihren Türmen vor ihm lag, wie er sie zum ersten Mal im Frühjahr gesehen hatte. Auch jetzt standen Wolken über ihr und lag eine dichte Schicht von Rauch über den Dächern. Wieder war er gefangen von dem gewaltigen Anblick und konnte seinen Blick schwer lösen. Aber wie man das richtige Haus baut, das hatte er in Bischofswerth nicht gelernt.

ANNA

Den ganzen Tag war Ulrich dem Waldweg gefolgt, bergauf, bergab. Sein Bündel drückte ihn. Die Kälte spürte er längst nicht mehr. Der Reif, der am Morgen den Wald verzuckert hatte, war getaut. Ab und zu fiel ein Tropfen von den Bäumen. Ulrich wußte, daß ihn dieser Weg noch heute nach Aschers-kron führen würde. Der Mittag war längst vorbei, die Oktober-sonne mit ihrem weißen Licht stand schon tief hinter dem Git-ter der Zweige, aber der Weg senkte sich noch immer nicht. Geheimnisvoll führte er durch den Wald. Tiefe Furchen zeig-ten, daß auf ihm Holz gefahren wurde. Sie waren aber schon alt, sicher vom Frühjahr oder dem letzten Winter. Manchmal tauchte der Weg unter Tannen und Fichten, wo der Schatten schon schwarz war, dann lief er über auffallend warme Blößen, wo es nach Schweinen stank und wo die fetten Sommerkräu-ter jetzt im Herbst wie verrostet und starr aus dem Laub rag-ten.

Eigenartig war es hier: Kein Vogel, kein Lufthauch, alles war wie versteinert und unbeweglich, als warte es auf den Schnee, der Kräuter, Sträucher, die kahlen Büsche und das tote Gras zudecken sollte. Schräg vor ihm stand in der klaren Luft, immer wieder von Bäumen verdeckt, ein grauer halber Mond.

Ulrich erwartete längst sehnlichst den Waldrand und blick-te sich immer wieder besorgt nach der tiefer sinkenden Sonnenscheibe um. Er dachte an einen Bericht über Wölfe, den er am Abend zuvor gehört hatte. Unwillkürlich ging er schneller, da hörte er Stimmen. Wer kann da so spät noch im Walde sein?

Er trat auf eine große Lichtung hinaus. Die beiden Fahrrillen des Weges verzweigten sich und liefen, den Boden nach allen Seiten zerschneidend, auseinander. Es war eine leicht hügelige Hochfläche, auf die er hinausblickte. In regelmäßigen Abständen waren im überhohen Gras große Holzstöße aufgeschichtet. Wie schwarze Blöcke standen diese Holzstöße gegen die tiefe Sonne. Am anderen Ende der Lichtung waren Menschen: Sie saßen auf Decken, die sie überall auf die Holzstöße gebreitet hatten, zwei Planwagen standen dabei. Er hatte es eilig, so ging er nicht über die Waldblöße, sondern tauchte wieder in den Wald ein, wo nach wenigen Schritten ein weiterer Planwagen auf ihn zufuhr.

Ein älterer Mann lenkte die Pferde, neben ihm saß ein junges Mädchen. Ein bräunliches, aber klares Gesicht, große erstaunte Augen blickten auf ihn, dunkles langes Haar wie ein Mantel, ein roter Rock – dann war sie schon vorüber. Hatte sie Ulrich etwas zugerufen? Er wußte es nicht sicher. Gerne wäre er ihr nachgelaufen; was wollte sie, was wollten alle die anderen im Wald? So spät am Tag und so spät im Jahr? Es war das schönste Mädchengesicht, das er jemals gesehen hatte!

Nun war es aber höchste Zeit, wenn er überhaupt noch bei Tageslicht aus dem Wald herauskommen wollte. Er ging noch schneller, obwohl ihm die Füße schon lange weh taten. Wieder wurde der Wald vor ihm licht, und da endlich – der Wald war zu Ende; auf dem gegenüberliegenden Bergrücken, in das letzte glänzende, fast grelle gelbe Licht des Abends getaucht, lag Ascherskron.

Übergenau konnte Ulrich jede Einzelheit erkennen. Die vielen Türme der Kirchen und Klöster, der Stadtmauern und

Tore, glänzende Turmknäufe und Wetterfahnen, Kreuze und Fensterscheiben. Ein Gewirr von Dächern; an vielen Stellen stieg gelblicher Rauch auf, Wärme versprechend. Darunter Wehrgänge und Mauern, ein Stadttor. Das Tal lag in der Dämmerung und schon in leichtem Dunst. Nur noch das Tal überqueren! Wie schön die Stadt daliegt, dachte Ulrich im Hinabsteigen. Nichts rührte sich, nur der Rauch stieg an vielen Stellen langsam auf. Ein Glöcklein schellte immerfort, sonst war kein Laut zu hören – ein Bild des Friedens. Eine Stadt wie aus Gold im letzten Licht des Jahres.

»Halt – wohin?«

Ulrich schrak im Gehen auf. Ein Soldat, es war ein Stadtsoldat mit geschlitzten Hosen, hielt ihm eine Hellebarde vor die Brust.

»Ist es verboten, über die Brücke und in die Stadt zu gehen?«

»Verboten nicht, aber nicht ratsam!«

»Also, laß mich weiter, ich bin müde.«

»Geh nur, dann kannst du dich lange ausruhen, sehr lange sogar«, sagte der Stadtsoldat mit seltsamem Lächeln.

»Was soll das? Und was heißt, nicht ratsam?«

»Nicht ratsam heißt: Ich lasse dich nicht hinein, und wenn du auch hineinkommst, kommst schwerlich wieder heraus – wenn du überhaupt noch heraus willst!«

»Ich will in der Stadt arbeiten und den Winter hinbringen!«

»In der Stadt bringst du dich selbst hin. Gehst du rein, bist du hin!« knurrte der humorvolle Stadtsoldat. »In der Stadt ist die Pest!«

Ulrich zuckte zusammen: die Pest! Er schaute hoch zur Stadt. Unten im Tal war es schon dunkel. Oben leuchteten immer noch wie in Flammen im allerletzten Sonnenlicht Wehrtürme und Dächer. Jetzt sah er auch, daß die Wehren, die Hindernisse aus einem Geflecht von Dornen und Stacheln, über die Straße vor das nächste Tor geschoben waren. Ihm war schwindelig vor Müdigkeit, er glaubte, keinen Schritt mehr machen zu können. Aber die Pest war furchtbar. Sie war schon einmal in einem kleineren Wohnviertel seiner Heimatstadt ausgebrochen, das dann abgesperrt wurde. Aber die ganze Stadt von der Pest befallen, davon hatte er nur erzählen hören. Mutlos und mit schmerzenden Füßen ließ er sich auf einen Stein fallen.

»Die ganze Stadt?« fragte er.

»Die ganze Stadt! Es darf niemand heraus, und jeder, der hinein will, wird gewarnt. Manchmal lassen sie noch Leute heraus, heute nachmittag haben sie zum Beispiel einige mit Wagen herausgewiesen, du müßtest ihnen eigentlich begegnet sein.«

Ulrich nickte nur.

»Aber die sind sie gerne losgeworden. Heraus dürfen sonst nur wenige, die Vorräte beschaffen und Tote begraben. Was willst du in der Stadt?«

Ulrich lächelte trübe: »Eigentlich suche ich das richtige Haus.«

»Davon verstehe ich nichts«, sagte der Soldat.

»Das Haus, das stehen bleibt.«

»Das dauerhafteste aller Häuser«, der Soldat grinste schief, »das findest du in dieser Stadt leicht.«

Ulrich schlug das Herz.

»Der Sarg. Aus dem ziehst du nicht mehr aus, den nimmt dir keiner weg! In der Stadt brauchen sie jetzt viele davon. Es bekommt sogar nicht einmal mehr jeder einen, es sind zu viele, die sterben!«

Ulrich starrte vor sich hin, er war zu müde, um darauf noch antworten zu können.

Der Soldat schaute ihn an: »Es gibt eine Herberge talaufwärts, da kannst du bestimmt unterkommen.«

»Ich kann mich kaum noch rühren.«

»Die Pest hat schon manchem Beine gemacht.«

Es war längst Nacht geworden, als Ulrich den trüben Lichtschein aus ein paar Fenstern vor sich sah. Der Mond war untergegangen, über dem schwarzen Talausschnitt blinkten einige Sterne. Es war nicht sehr kalt.

Die Wirtsstube war rauchig, auf den Tischen klebten einige blakende Talglichter. Im Kamin flackerte ein Feuer – es war angenehm warm. Zu seiner Überraschung erblickte Ulrich das Mädchen, das ihm am Abend auf dem Wagen entgegengekommen war. Der alte Mann lehnte neben ihr und schlief; vor ihnen standen die Reste einer Mahlzeit.

Das Mädchen blickte Ulrich ruhig an, ihm schlug das Herz bis zum Hals. Ihr Haar hatte sie jetzt aufgebunden. Einige Gestalten, die etwas seitab saßen, bemerkte er kaum. Es war still in der Stube.

»Haben wir uns nicht heute abend im Wald gesehen?« fragte er, seine Stimme war etwas unsicher.

Sie hatte eine sanfte Stimme, als sie ihm antwortete: »Ja, ich erinnere mich, dich gesehen zu haben, ja, wir sind mit dem Wagen – eigentlich wollten wir …« Sie schluckte ein paarmal – Ulrich sah in ihren Augen, Anna hieß sie, Tränen aufsteigen.

»Wir waren schon so weit weg, wir waren schon so auf gutem Wege in die Sicherheit vor dieser entsetzlichen Totenstadt, gegen Abend hat man uns mit anderen hinausgelassen.«

Ulrich nickte.

Ein Fuhrwerk mit Pferden habe ein Knecht schon vor Tagen aus der Stadt herausgebracht. Jetzt sei der Knecht verschwunden; vielleicht habe ihn auch noch die Seuche erwischt.

»Und nun müssen wir wieder zurück!« Ihre Stimme zitterte. »Wir haben etwas Wichtiges vergessen, es war so ein Durcheinander! Und vielleicht tragen wir die Pest auch bereits in uns.

Erst in zwei Wochen kann man ganz sicher sein.« Sie lächelte traurig.

Ulrich erinnerte sich an einige undeutliche Bilder aus seiner Heimatstadt, er war noch klein gewesen: vermummte Menschen, Prügel, die er bekam, als er einmal auf die Straße hinausgerannt war. Hunger, weil niemand Essen kaufen wollte. Der Vater bleich und abgehetzt, als er mit einem Laib Brot zur Türe hereinkam, bettelnde und jammernde Kinder vor der Türe. Die rauchige Luft draußen auf der Straße, weil überall Feuer brannten. Das Entsetzen, das ihn noch lange bis in den Schlaf hinein verfolgte, wenn jemand das Wort Pest aussprach.

»Und ihr müßt noch einmal hinein?«

»Ja, und wir haben uns fest versprochen, daß wir uns nicht trennen. Es ist ja sowieso alles unsicher«, ihre Hände verkrampften sich.

»Aber es ist doch Wahnsinn, noch einmal zurückzugehen«, sagte er zögernd, »sich noch einmal der Gefahr auszusetzen. Was ist denn so wichtig?«

Der Alte hatte die Augen aufgeschlagen: »Vielleicht ist es nicht mehr ganz so schlimm, der frühzeitige Frost, der vor drei Tagen – jetzt schon im Oktober – eingefallen ist, sollte die Seuche rasch beenden; wenigstens war es in früheren Fällen so. Freilich, einige Tage oder auch wenige Wochen wird es schon noch Ansteckungen und Todesfälle geben. Im Winter erlischt die Seuche.«

»Dann wartet doch bis zum Winter.«

»Eben das können wir nicht.«

»Es geht wirklich nicht«, bestätigte Anna.

»Wenn der Tod der einzige Ausweg ist…« sagte Ulrich zögernd.

Der Alte sah ihn prüfend an: »Du scheinst mir zuverlässig, eigentlich geht es dich ja wenig an, aber ich habe eine Bitte:

Vielleicht kannst du auf unsere beiden Wagen mit viel Hausrat aufpassen, während Anna und ich uns in die Stadt zurück- und, das dürfte noch schwerer sein, uns aus ihr wieder herausschleichen. Dem Wirt dieser Räuberspelunke hier traue ich nicht, du könntest ein Auge auf ihn haben; und kräftig scheinst du auch zu sein.«

»Ja, gerne, wenn Ihr mir vertraut«, sagte Ulrich etwas verlegen. »Wenn Ihr unbedingt noch einmal hineinmüßt – warum eigentlich zu zweit?« fragte er plötzlich. »Warum geht nicht einer allein?« Ihr allein – hatte er fragen wollen, sich aber nicht recht getraut.

»Warum nicht ich allein gehe, wolltest du wohl fragen«, der Alte blickte ihn scharf an, dabei verzogen sich seine Mundwinkel zu einem Lächeln. »Ich glaube, wir müssen dir etwas mehr über uns erzählen. Schließlich hast du ein Recht darauf, wenn wir dich um etwas bitten.«

Ulrich blickte in das strenge und gütige Gesicht, das ihn etwas an seinen Paten erinnerte. Auch die Kleidung des Alten erinnerte an den Paten. Allerdings war sie schlichter, aber auch hier hatte man den Eindruck großer Kostbarkeit, etwa im Pelz, den er um die Schultern gelegt hatte; kostbar erschien auch der dunkel schimmernde Stoff.

Anna war seine Großnichte, er war schon über sechzig Jahre alt, fühlte sich aber noch rüstig und kräftig. Ihr Vater, sein Neffe, war schon vor etwa zehn Jahren gestorben, als Anna gerade sechs war. Ihre Mutter starb erst vor vierzehn Tagen an der Pest. Sie war schon sehr schwach gewesen, immer unter schweren Schmerzen hustend, wobei sie schwarze Blutklumpen auswarf, glühend vor Fieber. So hatte sie den Alten schwören lassen, Anna unter keinen Umständen allein zu lassen bis zu seinem Tod oder bis sie einmal verheiratet sei. Daraufhin war sie gestorben.

»Ich kann sie nicht allein in einer Spelunke lassen, ohne

sicher zu wissen, daß ich aus der Stadt überhaupt wieder herauskomme – so muß sie mit!«

Ulrich blickte auf das Gesicht des Mädchens und auf ihr Haar, und ehe er noch selbst richtig begriff, hatte er bereits gesagt: »Laßt mich gehen!«

Das Mädchen erschrak, hatte sich aber gleichzeitig etwas aufgerichtet; der alte Mann schaute Ulrich voll ins Gesicht:

»Ich weiß nicht, warum du das sagst, niemand geht freiwillig in eine Peststadt – vielleicht ein ganz Verzweifelter, aber das scheinst du mir nicht zu sein –, oder ist es wegen dem Mädchen?«

Ulrich wurde es heiß, und er fühlte, wie er feuerrot anlief; zum Glück konnte das bei dem trüben Licht niemand sehen.

Der Alte schaute ihn unverwandt an: »Das ist kein Spaß, und es ist auch kein Fall für große Worte oder falsches Heldentum, hier geht es um Leben und Tod; du sollst nicht so leichtfertig daherreden. Geredet ist schnell, aber die Folgen können fürchterlich sein – kurz: Wir können dein Angebot auf gar keinen Fall annehmen; ich käme mir ja vor wie ein Mörder, wenn dir etwas passieren würde.«

Das Mädchen hatte nur kurz aufgeblickt, aber stolz, wie es Ulrich schien.

Der alte Mann hatte zweifellos recht.

»Sie tut mir so leid.« Ulrich spürte ein inneres Zittern, wie er es bei sich nicht kannte.

»Mir tut sie auch leid, aber nicht einmal bei dir kann ich sie zurücklassen. Wir müssen selbst gehen.«

Sie hatten leise gesprochen, aber da kam vom anderen Ende des Tisches:

»Es ist aber besser, wenn einer allein hineingeht, zwei schaffen es kaum.« Alle blickten auf.

»Nachts sind die Tore zu, tags wird gut achtgegeben, aber tags kann man nichts ausrichten, selbst wenn man hineinkommt –

aber ich wüßte schon, wie einer hineinkommt, und ich weiß auch Wege, wie einer wieder herauskommen kann, nachts! Aber zwei, das kann ich mir nicht vorstellen.« Es sprach ein bärtiger Mann in einem völlig zerfetzten Lederwams.

»Ihr könnt schon mit mir reden«, grinste er, »ich bin seit Wochen aus der Stadt raus, nur keine Angst.«

Der Wirt mischte sich ein: »Alter Halunke, belästigst du meine Gäste«, er kam hinter dem Schanktisch hervor, »freilich, Hinze kennt sich hier gut aus, was immer es auch ist, ihr könnt Euch auf ihn verlassen.«

Der Wirt war eine massige Gestalt mit einem unglaublich dreckigen Hemd, das über dem nackten, haarigen Bauch so geschnürt war, daß das Fett überall herausquoll. Am Gürtel hing ein großes Messer. Im Licht der Talgflammen sah man sein verschlagenes Grinsen: »Um was geht es denn?«

»Die Herrschaften wollen wieder in die Stadt zurück«, sagte Hinze mit bedeutungsvollem Lächeln.

»Das will jetzt mancher«, meinte der Wirt zum Erstaunen Ulrichs. »Wo viele fliehen, ist viel zu holen, und noch mehr, wo viele sterben!«

»Aber die Gefahr ist doch viel zu groß!«

»Wo viel zu holen ist, wird auch viel riskiert.« Der Wirt liebte es anscheinend, in der Form von Sprichwörtern zu reden.

»Was habt Ihr denn Wichtiges vergessen?« fragte Hinze lauernd.

»Nichts, was für dich von Wert sein könnte«, sagte der Alte kurz.

Hinze rückte näher: »Ich kenn Euch doch, ja freilich verstehe ich, daß Ihr weggeht, hättet Ihr schon lange tun sollen!« Sein Ton war ehrerbietiger geworden. »Haben es Euch ja schändlich gemacht in der bigotten Stadt, aber die Strafe des Himmels läßt nicht auf sich warten, wie man sieht.«

»Das will ich nicht gehört haben.«

»Was es auch ist, zu zweit könnt Ihr nicht hinein; ich rate Euch dringend ab.«

Der Wirt nickte: »Laßt's Euch gesagt sein, zu zweit holt Ihr Euch den Tod!« Auch sein Ton war höflicher geworden, er hatte sein schmieriges Käppchen gelüftet und einen fleckigen Kopf mit wenigen Borsten enthüllt.

»Wenn Ihr gut bezahlt, läßt sich über manches reden«, sagte Hinze langsam, »aber es müßte schon sehr gut bezahlt werden!« Sein Mund zog sich in die Breite, wobei verschiedene Lücken in seinen schwärzlichen Zähnen sichtbar wurden.

»Das kann und will ich nicht.«

»Ja, wenn das so ist, für nichts setze ich mein Leben nicht aufs Spiel – denn gefährlich ist es, das wißt Ihr selbst!«

»Ja«, ergänzte der Wirt, »wer hineingeht, riskiert viel: Wird er angesteckt, ist er so gut wie tot. Von der Stadtwache erwischt, wird er als Plünderer aufgehängt. Tot am Strick ist tot wie an der Pest!«

»Er kann aber auch vom Gesindel, das sich wie die Geier dort herumtreibt, totgeschlagen oder erstochen werden, dann ist er genauso tot! Nein, wenn ich hinein soll, dann muß es sich lohnen«, schloß Hinze mit einer Grimasse und setzte sich wieder an das andere Ende des Tisches.

Ich würde gehen – für das Mädchen, dachte Ulrich, dessen Herz zu rasen begann; ich würde kein Geld dafür nehmen.

Anna hatte zu allem geschwiegen. Selbst im qualmenden Licht der Talgkerzen war sie sehr schön.

»Seht Ihr, Ihr müßt mich doch gehen lassen«, sagte Ulrich, seine Stimme klang aber nicht sehr sicher, »einer allein muß gehen, ich bin kräftig genug, so schnell wird mit mir keiner fertig. Ich bin aber auch zuverlässig, und«, fügte er leiser hinzu, »ich würde es umsonst machen.«

»Der spinnt wohl«, sagte der Wirt und bewegte seinen breiten Leib zurück zum Schanktisch. Hinze lachte schallend.

Der Alte sah Ulrich an. »Ich weiß nicht, was ich sagen soll. Ich darf dein Leben nicht aufs Spiel setzen – ich darf aber auch Annas Leben nicht aufs Spiel setzen. Immerhin kennt man mich in der Stadt; wir würden also weniger riskieren, freilich, die Pest oder das Gesindel, die machen keinen Unterschied.«

Anna hatte die Augen niedergeschlagen und sagte nichts. Von Zeit zu Zeit warf sie kurze Blicke auf Ulrich. Ihre stolze Haltung schien verschwunden. Ihre Blicke trafen sich.

»Laßt Euch doch von mir helfen, ich bin schon mit manchem fertig geworden. Ich werde es schon schaffen.«

Gleichzeitig aber stieg wie ein Gebirge, gewaltig und verlockend, das Abenteuer des Unternehmens in ihm auf.

Anna schwieg. Sie hatte sehr dunkle Augen.

»Es wird nicht anders gehen«, entschloß sich der Alte, »komm mit auf unsere Kammer.«

Der Alte, er hieß Jakob Perlenfein, war bis vor wenigen Jahren Kaufherr, Ratsherr und Richter in Ascherskron gewesen. Dann war die neue Lehre in seine Stadt gekommen. Viele schlossen sich an, auch Herr Perlenfein und seine ganze Familie. Die neue Lehre aber wurde vom Rat der Stadt, der mit dem Bischof einträgliche Geschäfte machte, verboten. Viele zogen fort. Herr Perlenfein aber wollte die Stadt, in der er sein ganzes Leben verbracht hatte, nicht verlassen.

»Ich sah nicht ein, warum ich in die Fremde ziehen sollte, es wäre besser gewesen für die Stadt, wenn sie die neue Lehre angenommen hätte. Ich blieb, die Heimat war mir teuer. Ich blieb aber auch, weil ich mir Hoffnung machte, später vielleicht der neuen Lehre helfen zu können; Zeiten können sich ändern. Aber ich wartete vergebens.«

Aus dem Rat wurde er ausgestoßen. Viele Bürger achteten ihn aber immer noch.

»Schließlich mußte ich ja auch für Anna Vater sein. So kam

dieses Pestjahr; die Seuche brach schon zeitig im Frühsommer aus und hatte seit Menschengedenken nicht mehr so schlimm getobt. Ganze Familien starben aus. Jeder fünfte Einwohner der Stadt starb an der Pest, auch Annas Mutter. Viele flohen. Viele Häuser stehen jetzt verlassen und öde. Die Straßen leerten sich, der Handel liegt darnieder, Gesindel macht sich breit. Jetzt konnte ich nicht mehr länger bleiben; um Anna zu retten, mußte ich fliehen. Eine Flucht übrigens, die von den Mächtigen der Stadt, die noch am Leben sind, natürlich erwünscht ist, so können sie mich loswerden. Deshalb durfte ich heute mit einigen Glaubensgenossen die Stadt verlassen, obwohl das eigentlich kaum mehr möglich ist. Doch wohin?«

Vor über fünfunddreißig Jahren war ein Bruder von ihm nach Köln gezogen, er war schon vor über zehn Jahren gestorben. Aber seine Familie lebte noch: Seine Söhne waren erwachsen und wohlhabende Kaufleute und hatten ihrerseits wieder Kinder.

»Sie helfen uns bestimmt weiter. Und jetzt kommt das Wichtigste: In unserer Familie gibt es ein Erkennungszeichen; einen Siegelring. Als mein Bruder nach Köln ging, ließ er sich einen ganz gleichen anfertigen – mein Bruder war zwei Jahre jünger als ich. Wir brauchen in Köln nur die beiden Siegelringe nebeneinanderzulegen, dann weiß man, wer wir sind.

Diesen Siegelring habe ich heute, kurz bevor wir das Haus verlassen haben, vom Finger gestreift, um etwas Schweres zu heben. Und weil mehrere Knechte im selben Raum waren, habe ich ihn in die Lade des großen Schrankes in unserem Kontor gelegt. Und da liegt er noch. Wir haben sonst in Köln nichts, was uns ausweisen könnte. Auch will ich den Siegelring, der schon viele Generationen alt ist, der Familie erhalten. Weswegen ich freilich nicht unser oder dein Leben aufs Spiel setzen würde. Aber Köln ist eine papistische Stadt, und Anhänger der neuen Lehre würden keinen Unterschlupf finden, wenn sie nicht ganz enge Familienbindungen hätten. Auch warten konnten wir nicht mehr: Immer mehr Leute geben uns die Schuld an der Pest!« Ulrich schaute ihn an.

»Die meisten sagen, die Pest sei die Strafe dafür, daß viele die neue Lehre angenommen hätten und in der Stadt, wenn auch ungern, gelitten worden seien. Erst neulich hat ein Mönch in schwarzweißer Kutte in der Dominikanerkirche solche Reden geführt.«

Die Stimmung in der Stadt sei schlecht, ohnehin mißtraue jeder dem anderen, für Anhänger der neuen Lehre werde es aber immer gefährlicher.

»Deshalb können wir auch nicht mehr offen in die Stadt zurück. Wir sind bereits ausgebürgert, das Haus ist sicher versiegelt – sie würden uns den Ring, er ist sehr kostbar, zu kostbar für einen wie Hinze ...«, hier schaute er Ulrich ernst an, »sie würden uns den Ring gar nicht mehr geben. Wir müssen also gewissermaßen unser Eigentum selbst stehlen! Wir hätten nur Mißgunst zu erwarten. Zu der Gefahr der Pest kommt jetzt die der Menschen!«

Er habe noch davon gehört, wie man während der Großen Pest vor über hundertfünfzig Jahren die Juden aus der Stadt getrieben, ihre Häuser angezündet, die Synagoge und die Judenschule verwüstet habe: »Damals hat es geheißen, die Juden würden die Brunnen vergiften, dadurch kämen Pest und Tod, auch seien die Juden Ungläubige, und da bleibe die Strafe des Himmels nicht aus. Heute sind wir die Juden. Vielleicht gibt es zu jeder Zeit andere Juden. Wo früher die Synagoge stand, steht jetzt eine christliche Kirche. Ich weiß nicht, ist die Pest gefährlicher, oder sind es die Menschen?«

»Das finde ich am schlimmsten, daß die einen mühsam Häuser aufbauen und die anderen sie wieder zerstören«, sagte Ulrich bitter.

Anna schaute ihn an: »Das ist das allerschlimmste. Ich hätte nie geglaubt, wie die Leute zueinander sein können, wie rücksichtslos, verlogen und gemein. Wie sie ihre Freude daran finden, sich gegenseitig das zu zerstören, was man gerne hat.«

Sie schwiegen.

»Wie baut man das richtige Haus?« fragte Ulrich.

»Das richtige Haus, das wäre das Haus, in dem man geborgen ist, in dem man keine Angst haben muß, weder vor Krankheiten noch vor Menschen«, antwortete Anna.

»Und das immer stehen bleibt«, ergänzte Ulrich, »und wie baut man es?«

»Kann man das bauen?« fragte Herr Perlenfein.

»Ich suche es!«

»Nachts mußt du in die Stadt, wenn sie die Toten herausbringen«, hatte ihn Hinze belehrt. »Tags lassen sie dich ohne triftigen Grund nicht hinein, vor allem aber nicht mehr heraus. Nachts mußt du hinein und auch nachts wieder heraus. Und erwischen lassen darfst du dich auch nicht – kein Mensch würde dir glauben. Selbst wenn dir der Alte einen Brief mitgeben würde, viele Soldaten können nicht lesen; sie würden auch nicht lange lesen.«

»Ja, sie machen kein langes Federlesen!« Eine rasche Handbewegung um den Hals und nach oben zeigte Ulrich, was die Soldaten statt dessen machen würden. Nicht erwischen lassen! Er würde es schon schaffen. Er fühlte sich stark genug. Hineinkommen war eigentlich nicht schwer. Er würde schon auch wieder herauskommen! Weshalb sollten sie ihn erwischen? Die Dunkelheit war für ihn besser als für Verfolger! Und wenn sie kamen: Ein Zimmermann hat Kraft! Das Ganze konnte in zwei Stunden abgetan sein, vielleicht sogar noch schneller! Er spürte schon den Druck des Ringes an seinem Finger. Wieder war die Gefahr eine riesenhafte Herausforderung, ein großartiges Abenteuer. Und Anna!

So wanderte er das Tal wieder abwärts. Es ging gegen Mitternacht, und der Himmel schien sich mehr und mehr zuzuziehen. Nur ganz am Ende des schwarzen Talausschnitts schimmerte ein winziger Stern. Er sah kaum den Weg. Sein Schritt wurde unsicherer. Die Zweifel begannen wie Vögel aus der Dunkelheit zu flattern, das Unternehmen wurde mit jedem Schritt gefährlicher. Er hatte viel zu rasch gehandelt. War es richtig, was er machte?

»Paß auf, wenn das Herz voll Feuer ist, ist das Hirn voll Rauch!« hatte einmal ein Geselle zu ihm gesagt. Er hatte damals nur gelacht: Von einem Mädchen sich das Gehirn verkleistern lassen! War jetzt nicht genau das bei ihm geschehen? Er befand sich in direkter Lebensgefahr! Wenn er nur halbwegs ehrlich war und nüchtern nachdachte, mußte er das zugeben! Nicht nur in einer Hinsicht in Lebensgefahr, er war geradezu von Gefahren umgeben, wenn er die Stadt betrat! Und er hatte sich ganz und gar ohne Not in diese Gefahr gebracht, eine Gefahr, von der, wie er gut spürte, auch ohne Anna eine sehr große Herausforderung ausging. Seine Eltern! Sie würden vielleicht umsonst auf ihn warten, vielleicht betteln müssen. Seine Probe! Seine Hoffnung, Meister zu werden!

Worauf hoffte er denn, wenn er heil herauskam? Anna würde sich bedanken, sehr lieb; Herr Perlenfein würde sich bedanken. Ja, natürlich überschwenglich. Er durfte stolz sein auf seine Heldentat.

Aber was dann? Anna Perlenfein würde nach Köln gehen. Dort würde er sie niemals wiedersehen. Wer war er denn? Ein kleiner Zimmergeselle, fast ohne Hoffnungen; und sie: Anna Perlenfein aus einem Stand, der ihm so verschlossen blieb wie der Domschatz seiner Vaterstadt.

Wenn er aus der Peststadt überhaupt zurückkam! Wenn er dann nicht noch die Pest bekam! Er wußte, nach vielen Tagen erst stellte sich das heraus: Tage am Abgrund, voll schrecklicher

Ungewißheit. Er spannte die Muskeln. Seine Zimmermannskraft, sein langer Wuchs konnten ihm vielleicht gegen die Wachen und das Gesindel helfen, aber auch das war unsicher: Gegen die Pest half keine Kraft der Muskeln …

Da hörte er Stimmen, Schritte polterten im Dunkeln auf ihn zu, und er verdrückte sich seitwärts hinter einige Büsche in die Nacht. Etwas rasselte, Stiefel hackten, ein Hund knurrte, dann waren sie vorbei. Er wartete noch einige Herzschläge lang. Gesehen hatte er nichts.

Ulrich war es trotz seines raschen Schrittes kalt. Er fror so sehr, daß ihm beinahe die Zähne klapperten. Wenn sie Hunde in der Stadt haben, dachte er – der knurrende Hund hatte ihn mit Entsetzen erfüllt. Auf einmal hatte er eine ihm bisher unbekannte Angst vor Hunden. Hunde! Sie konnten ihn im Dunkel wittern und aufspüren, ohne ihn zu sehen, ohne daß er sie sah – da half kein Versteck, sie konnten ihm nachjagen: Er hatte keine Möglichkeit zu entkommen. Er sah ihr Gebiß vor sich. Die Eckzähne, die sie ihm ins Fleisch schlagen konnten, und niemand würde ihm helfen, im Gegenteil! Die Dunkelheit war plötzlich erfüllt von geifernden Hunden, die ihn hetzten und nach ihm schnappten. Er mußte es sich gestehen: Er hatte Angst wie noch nie in seinem Leben!

Mit jedem Schritt kam die Stadt näher, die irgendwo unsichtbar in der Höhe vor ihm lag – er stolperte – freilich, todmüde war er auch, aber an Schlaf war in dieser Nacht nicht mehr zu denken. Ich müßte doch nur an der Stadt vorbeigehen, wenige Stunden in die nächste Stadt mit einer warmen Zunftstube, lachenden Gesellen, breiten, warmen Bänken, einer heißen Suppe. Nie würde er Rechenschaft ablegen müssen, er würde Anna und den Alten sicher nie mehr sehen. Dafür keine Pest, keine Soldaten, kein Gesindel, keine Hunde, aber Essen, Trinken, Sicherheit, Schlaf …

Ulrich ahnte jetzt rechts die hochaufragende schwarze

Masse sehr hoher Bäume, hier mußte er den Weg verlassen und den Hang hochklettern. Er sah auch Anna vor sich, wie sie ihm vertrauensvoll zugelächelt hatte. Er sah sie, wie sie zuversichtlich am Morgen am Fenster stehen und auf ihn warten würde. Er verließ den Talweg und watete durch struppige nasse Wiesen auf den Hang zu, dessen obersten Rand hoch über ihm die jetzt unsichtbare Stadtmauer einnahm.

Es war sehr schwierig, bei Nacht den steilen Hang mit seinem Gestrüpp hinaufzusteigen. Ulrich konnte fast nichts sehen. Auch war der Hang, den er in der Dunkelheit auf allen vieren erklomm, viel steiler, als er gedacht hatte. Aber immer wieder gelang es ihm, sich an einem Zweig oder einer Wurzel hinaufzuziehen. Mehrmals zuckte er zusammen, wenn er in Dornen faßte oder in halb vertrocknete Disteln. Auch im Gesicht hatte er schon mehrere schmerzhafte Kratzer, die Knie waren aufgeschürft und brannten wie Feuer. In der Zwischenzeit hatte es zu tröpfeln begonnen, und er empfand die kalten Tropfen im Gesicht als angenehm.

Der Hang wurde flacher, es gab jetzt aber mehr Dornenbüsche, ein Geflecht von Schlehenhecken versperrte ihm jedes Weiterkommen. Und dann sah er, jetzt wenige Schritte vor sich und turmhoch aufragend, eine breite schwarze Fläche: die Stadtmauer. Er wußte, nun mußte er sich nach links halten. Hier war das Gelände sogar leicht abschüssig, und er mußte höllisch aufpassen, nicht abzurutschen. Er durfte kein Geräusch machen: »Ganz leise mußt du deine Stellung einnehmen über dem Hohlweg, der in das Stadttor hineinführt. Dort mußt du warten, bis sie die Toten herausbringen. Die Träger sind vermummt und haben Fackeln, die sie blenden, sie sehen nicht viel, und du kannst vorbeischlüpfen. Duck dich aber in die Schatten, denn das Tor ist natürlich bewacht. Die Wache – meist nur ein einzelner verschlafener Stadtsoldat mit einem Spieß – steht auf der linken Seite der Tordurchfahrt in einer Nische; du mußt dich also rechts zwischen Leichenträgern und der Tormauer vorbeidrücken.« So hatte Hinze ihm geraten.

Deshalb mußte Ulrich auch so weit den Steilhang hinaufklettern: »Du darfst den Torweg auf keinen Fall, auch nicht weiter unten, kreuzen. Wenn dich jemand hört, passen sie sofort sehr scharf auf, und du kommst nicht in die Stadt hinein.« Und wenn der Torwächter einen Hund bei sich hatte? In Ulrich zog sich wieder alles zusammen bei diesem Gedanken.

Über der Stadt mußte der Himmel etwas heller sein, aus dem jetzt ein leichter, aber gleichmäßiger, feiner Regen herabrieselte. So hoben sich Mauer und Türme undeutlich von dem Nachthimmel ab. Auch den hohen Torturm konnte Ulrich jetzt erkennen. Vor dem Torturm und mit diesem in der Dunkelheit zu einer einzigen Masse verschmolzen, baute sich ein hoher Mauerhalbkreis mit einem äußeren Tor auf, das er gerade noch wahrnehmen konnte; seitlich an einem Torflügel vorbei durch eine Ritze schimmerte Licht. Die Wehren, die Ulrich mittags gesehen hatte, waren auf die Seite geschoben, wahrscheinlich in Erwartung des Leichenzuges. In der Stadt war es still, und Ulrich hörte lange Zeit nichts als den feinen Regen, der langsam durch den dicken Wollstoff seiner Kapuze zu dringen begann. Er fror wieder und kämpfte gegen seine Zweifel. Irgendwann hörte er aus der Stadt Uhren schlagen: Zwölf Schläge zählte er langsam und gebannt. Dann war alles wieder still.

In der Stille, die um ihn war, fiel ihm ein Märchen ein, das seine Großmutter, die jetzt schon lange tot war, ihm als Kind erzählt hatte. Er hatte es eigentlich nicht gemocht, denn es hatte ihm angst gemacht. Der Vater hatte gemeint, daß man den Kindern solche Märchen nicht erzählen sollte, aber die Mutter hatte nichts dagegen eingewendet. Er wußte es noch gut:

Es war einmal ein Kind, das ging allein durch den Wald. Da

war es Nacht, und das Kind konnte den Weg nicht finden. Alles war so dunkel und still. Dabei wurde es immer kälter, und das Kind fror und fror so sehr, daß es zitterte und laut mit den Zähnen klapperte.

»Was klappert denn da so schrecklich in der Nacht?« hörte das Kind jemand fragen.

»Das bin nur ich«, antwortete das Kind, »ich habe den Weg verloren und friere so entsetzlich.«

»Ich bin die Eule und weiß alles«, sagte die Stimme.

»Dann kannst du mir auch sagen, wie ich aus diesem Wald und aus dieser Nacht komme.«

»Ich kann es dir sagen«, sagte die Eule, »aber es wird dir nichts nützen, weil du keine Augen hast wie ich, die im Dunkeln sehen können.«

»Was soll ich denn dann machen?« fragte das Kind.

»Du könntest auf den Tag warten«, wußte die Eule, »aber in diesem Wald wird es nicht Tag.«

»Weißt du sonst nichts?« fragte das Kind.

»Komm zu mir«, sagte da eine andere Stimme, »da brauchst du keine Augen!«

»Wer bist denn du?« fragte das Kind, und seine Zähne klapperten noch lauter.

»Wenn du zu mir kommst, dann fehlt dir nichts mehr auf der Welt.« Das war das letzte, was das Kind hörte.

Dann spürte es, wie es immer wärmer wurde, und es war, als käme die Wärme aus ihm selbst.

Die Großmutter hatte erklärt, das sei der liebe Gott gewesen, der da gesprochen habe, der alle Menschen glücklich machen wolle. Aber der Vater hatte viel später gesagt, daß es wohl der Tod gewesen sei, der das Kind mitgenommen habe. Das Kind sei wohl krank, und der dunkle Wald sei die Krankheit gewesen. Die Mutter aber hatte mit Bestimmtheit erklärt, das sei gleich, da sei überhaupt kein Unterschied.

Endlich schallte durch die Stille ein Rumpeln aus der Stadt, und Ulrich wußte, daß sie kamen. Lautes Rasseln und Quietschen zeigten ihm an, daß jetzt das innere Tor geöffnet wurde. Feuerschein sprang an der Turmwand hoch, dann öffnete sich knarrend das äußere Tor. Von Pferden gezogen, wankte ein Karren heraus, umgeben von grausigen Gestalten, die alle Fackeln trugen. Ulrich hatte noch nie etwas so Unheimliches gesehen. Alle trugen schwarze Kutten mit hohen Kapuzen, die auch die Gesichter bedeckten, nur schmale Augenschlitze waren hineingeschnitten. Erst jetzt erblickte er den Mönch, der vor den Pferden schritt und Gebete murmelte. Er trug ein Kreuz in der Hand. So schritten die Gestalten an ihm vorbei, der geduckt dasaß wie gelähmt. Die Fackeln sprühten, der Wagen knarrte und quietschte, und sie tauchten tiefer in den Hohlweg ein. Ab und zu glitt Fackelschein über die Bäume, tauchte der gespenstische Zug immer tiefer dem Tal zu auf.

Ulrich war versteinert, er hatte gesehen, was auf dem Karren lag, und ihm war übel, so übel, daß er das Wichtigste beinahe vergessen hätte. Jetzt sprang er auf; das Tor stand noch offen – wie würde er an der Wache vorbeikommen? Sie mußte ihn ja sehen; gleich würde das Tor wieder geschlossen werden! Da hörte er Trappeln und lautes Geknarre, Fackelschein leuchtete auf: Ein zweiter Karren kam!

Geschüttelt vor Entsetzen sprang Ulrich in den Torweg, die vermummten Gestalten beachteten ihn nicht, sie schienen starr, fast selbst wie Tote – oder waren es Gespenster? Jetzt war er zwischen der Mauer und den vermummten Gestalten auf seiner Seite des Karrens, auf der anderen Seite mußte die Nische mit dem Wächter sein. Grelles Licht, das den Augen weh tat. Er rannte, dann war er vorbei im Dunkeln und in der Stadt. Hinter sich hörte er Rumpeln und Quietschen, dann ein Rasseln und dumpfes Krachen: Die Tore wurden wieder geschlossen.

Es regnete immer noch, die Luft war rauchig. Er atmete tief und schüttelte die Angst fast gewaltsam ab. Den ersten Teil seines Abenteuers hatte er bestanden! Warum sollte es so nicht weitergehen? Umsichtig mußte er vorgehen. Vorsichtig mußte er sein. Alles mußte sehr behutsam und mit Bedacht geschehen, aber rasch. Die Nacht war dunkel. Das mußte ihm helfen. Die anderen konnten ihn nicht sehen, er konnte sie nicht sehen, und sie wußten nicht, daß er da war. So mußte er die Dunkelheit ausnützen und dann so schnell wie möglich wieder hinaus aus dieser Stadt! Wenn er mit niemandem sprach, wurde er vielleicht auch nicht angesteckt, wie manche sagten.

Wohin? Er konnte gerade noch erkennen, daß er in einer Gasse stand, denn über den Giebeln, die links und rechts schwarz um ihn aufragten, war der Himmel etwas heller. »Du mußt die Gasse, die vom Tor wegführt, ganz entlanggehen, sie ist ziemlich gerade. Nach einiger Zeit kommst du auf den Marktplatz. Unser Haus steht in der Gasse, die vom Marktplatz zum Dom führt«, hatte ihm Herr Perlenfein erklärt. Vielleicht könne er aber diese Hauptstraße gar nicht entlanggehen, weil es zu gefährlich sei. Dann solle er über Nebengassen zum Dom gehen, die Gasse zum Marktplatz finde er dann leicht. »Wenn du vom Dom zum Marktplatz gehst, ist es das zweite Haus rechts. Es ist das größte in dieser Gasse.«

Herr Perlenfein hatte leicht reden, tagsüber war das Haus einfach zu finden, aber in einer so stockdunklen Nacht? In einer fremden Stadt? Die rauchige Luft schien sich zusehends mit Dunst zu füllen. So stand er wie blind. Um Himmels willen, wie soll ich denn in dieser Dunkelheit das Haus finden? Das Einfachste, der Weg, schien plötzlich das Schwerste zu sein! Trotzdem, ich muß es schaffen! Schritt für Schritt, die rechte Hand entlang der Hauswände führend, drang er in die Peststadt ein.

War die milchige Dunkelheit, die ihn umgab, giftig? Er hatte schon oft sagen hören, die Luft sei giftig in einer Peststadt. Niemand wußte, woher die Pest kam.

Plötzlich hörte er vor sich Lärm, und weit vorne, wie es schien, tauchte der Schein von Fackeln auf. Ulrich drückte sich in einen Torweg.

»Das Sterben hört erst auf, wenn man alle Häuser anzündet, in denen jemand gestorben ist, erst dann ist das Gift unwirksam.«

»Du Dummkopf«, hörte Ulrich eine zweite Männerstimme, »dann brennt die ganze Stadt ab, wer soll denn löschen? Feuer legen in unseren engen Gassen! Die vielen Feuer, die überall brennen müssen, sind ja schon gefährlich genug.«

Ulrich hörte das Klirren von Spießen – sicher eine Nachtwache auf ihrer Runde –, Fackelschein glitt in den Hofweg. Die Luft draußen war dunstig geworden und gelb vom Fackellicht. Da knurrte plötzlich ein Hund. Ulrich preßte sich entsetzt in seine Nische.

»Was hat denn der Wolf?«

»Der zieht am Riemen in Melchiors, Gott hab ihn selig, Hof hinein. Komm schnell, da hat sich Gesindel versteckt!« Ulrich rannte bereits. Jetzt ist es schon soweit, das ist schnell gegangen! dachte er keuchend, als würde er neben sich herrennen.

»Laß doch den Hund los, du Idiot!« hörte er hinter sich. Er rannte durch völliges Dunkel, da übersprühte ihn von hinten Licht. Er sah eine Mauer vor sich. Einen Augenblick wurde vor ihm auf der Mauer sein Schatten größer, dann war er schon auf der Mauer und drüber.

»Faß, Wolf!«

Hinter sich hörte er Stampfen, Poltern und Fluchen. Er wagte nicht zu atmen, obwohl es ihm beinahe die Brust zerriß. Hatte der Hof einen rückwärtigen Ausgang? Ja, er hörte das hastige Rappeln und: »Das Türchen ist verschlossen, hier ist er nicht entwischt!« Er hörte das Knurren und Schnobern des

Hundes, das Rasseln von Spießen und Ketten, das Scharren von Stiefeln.

»Der ist abgehauen, gehn wir weiter!«

Dann entfernte sich das Stampfen, er hörte den Hund weiter weg noch bellen, dann war wieder alles still.

Nasse, völlig undurchdringliche Dunkelheit umgab ihn. Es roch nach Moder und Schlamm. So tastete er sich vor, zunächst entlang der Mauer, über die er gesprungen war; sie stieß bald an eine Wand, er tastete weiter, eine Türe, wieder eine Wand, ein Mauervorsprung; jetzt schien eine Wand oder eine Hofmauer schräg wegzuführen. Endlich öffnete sich eine Gasse oder ein Durchgang. Von irgendwo mußte jetzt auch etwas milchiges Licht kommen, er konnte den hohen Umriß von Häusern erahnen. Zwei Gassen führten schräg von seinem Standort weg. Es war ein Nebel aufgekommen, hier zwischen den Häusern nicht sehr dicht. Der Regen hatte aufgehört. Es war kalt.

Ulrich blickte sich um, wohin? War er von links gekommen oder von rechts – nach kurzer Überlegung wurde ihm klar: Er hatte die Orientierung vollständig verloren. Er versuchte zurückzufinden zu der Mauer, über die er in diesen Teil der Stadt gelangt war, aber das war ihm so unmöglich wie einem Blinden. Er hatte das Gefühl zu ersticken. Es gab viele Mauern, die alle nur deshalb erahnt werden konnten, weil sie noch schwärzer waren als die Nacht, die ihn ringsum umgab wie ein Feind.

Lange Zeit stand er vollkommen still, hörte den eigenen Atem, ja, seinen Herzschlag und in großer Ferne, wie es schien, gelegentlich eigenartige Geräusche, ab und zu bellte weit weg ein Hund. Er wußte, daß die Stadt sehr groß war. Verirrt in der Peststadt! Wenn nur ein Mensch gekommen wäre, den er hätte fragen können – wie einfach könnte alles sein –, aber gerade vor den Menschen mußte er sich verstecken!

Ulrich entschied sich für die Gasse, die nach links führte, aber nach wenigen Hauseingängen, die er ausmachen konnte, gabelte sich diese Gasse wieder: Die rechte Gasse schien zurückzuführen, die linke knickte bald ab. Wie sollte er aus diesem Gewirr herausfinden in völliger Nacht und bei Nebel?

Wieviel Zeit hatte er überhaupt noch? Kurz nach Mitternacht war er in die Stadt gelangt. Seither hatte er nicht mehr auf den Uhrenschlag geachtet. Ihm schien seit seiner Flucht über die Mauer eine Ewigkeit vergangen – in Wirklichkeit war es vielleicht ganz kurz. Das hoffte er. Jedenfalls hatte er etwa fünf bis sechs Stunden Zeit, bis es hell wurde. In dieser Zeit mußte er sein Unternehmen ausgeführt haben und wieder außerhalb der Stadt sein.

Die Stadt, das wußte er, war fast so groß wie seine Vaterstadt. Und wie oft hatte er sich als Kind – selbst bei Tage – in dem Gewirr ihrer engen Gassen verlaufen! Und wie weit waren die Entfernungen, zum Beispiel von den Stadttoren zum Marktplatz! Allzuweit von dem großen Taltorturm, durch den er in die Stadt geschlüpft war, konnte er noch nicht entfernt sein. Und wie sollte er den Dom erkennen? In der Stadt gab es viele Kirchen.

Er versuchte sich an die Türme der Stadt, wie er sie abends von der gegenüberliegenden Talseite aus gesehen hatte, zu erinnern. Ja, zwei Türme hatte der Dom, das war ganz sicher. Wie aber sollte er die bei Nacht und Nebel unterscheiden? Man konnte ja kaum die Hand vor den Augen sehen.

Es half nichts, er mußte seine Zeit nutzen. So tastete er sich kurz entschlossen in eine der Gassen hinein, die in der milchigen Schwärze um ihn herum erkennbar waren. Eigentlich war es eine Suche Haus um Haus, er brauchte schon sehr viel Glück.

Einmal hörte er deutlich irgendwo über sich ein langes Stöhnen. Manche Fenster waren schwach erleuchtet. Von irgendwoher drang leises Weinen: Er war in einer Peststadt! Einmal wurde es heller um ihn, der Nebel wurde gelblich, und als er um die Ecke bog, sah er ein großes Feuer brennen und schemenhafte schwarze Gestalten sich bewegen. Der Feuerschein zeigte ihm hohe Hausfassaden aus einem schmalen, aber sehr kunstvollen und sehr reichen Fachwerk, irgendwo schimmerten Farben und Gold. Der Platz war klein und eng: Der Marktplatz konnte das nicht sein. Vorsichtig zog er den Kopf zurück.

Ein anderes Mal wäre er beinahe einer Wache in die Arme gelaufen, die mit hohen Spießen, dunklen Helmen und einer grellen Fackel aus der Schwärze des Nebels an der Biegung einer engen Gasse plötzlich auftauchte. Zum Glück hatten die beiden Soldaten keinen Hund dabei. Mehrfach kam er in die Nähe großer Feuer, die auf größeren und kleineren Plätzen brannten. Immer waren Männer dabei, oft vermummt, ähnlich wie die Gestalten, welche die Toten aus der Stadt gebracht hatten. Besonders gespenstisch war, daß er meist keinen Laut reden hörte.

Es war so verlockend, einfach hinzugehen und nach dem Dom oder dem Marktplatz zu fragen, aber es wollte ihm keine Geschichte einfallen, die er hätte erzählen können: Niemand hätte einem Fremden geglaubt, der nachts plötzlich in einer Peststadt auftauchte und der nicht einmal den Dom oder den Marktplatz fand!

So irrte er lange Zeit herum. Zweimal konnte er die aufragenden Schiffe von Kirchen erkennen, die sich in Nacht und Nebel verloren. Eine war zu klein, die andere sehr groß und in ihrer Höhe nicht abschätzbar, aber nur ein Turm ragte in den Nachthimmel. Zum Glück wurde der Nebel nicht dicker, so daß Ulrich wegen der vielen Feuer, die den Himmel wohl etwas erhellten, doch wenigstens Häusermassen, Gebäude wie Kirchen, Straßen- und Gassenkreuzungen erkennen konnte. Aber eine wirkliche Orientierungsmöglichkeit erhielt er an keiner einzigen Stelle. Längst taten ihm die Beine weh, er war sterbensmüde, er fror und ihm war hundeelend. Er mußte schon Stunden herumgeirrt sein.

Was, wenn er das Haus vor Tagesanbruch nicht fand? Konnte er sich bei Tag in der Stadt blicken lassen? Wurden die Häuser auch tagsüber bewacht? Konnte er denn am hellichten Tag überhaupt in das Haus hinein? Fragen über Fragen, und er wußte nicht einmal, wo er war! Er kam sich plötzlich trotz seiner ganzen Länge vor wie ein kleiner Junge, der sich verlaufen hat und nach seiner Mutter sucht. Da gab er sich einen Ruck: Du hast die Unternehmung angefangen, ohne daß dich dies jemand geheißen hätte. Jetzt bring sie gefälligst auch allein zu Ende.

WIESEL

Er war in eine schmale Gasse geraten, die sich als Sackgasse erwies. Gerade wollte er den Rückweg ertasten, als er einen dunklen Durchgang mehr erahnte, als sah. Da hörte er plötzlich ganz nah ein Flüstern:

»Kommst du schon zurück?«

Er fuhr heftig zusammen und rührte sich nicht.

»He, was ist denn los, willst du denn nicht kommen?« hörte er es wieder flüstern. Dann folgte ein leises Kichern: »Weißt du, anschleichen kannst du dich nicht. Dazu höre ich viel zu gut, und du trampelst ja herum wie ein Stier und schnaufst wie ein Roß!«

Immer noch stand Ulrich steif und stumm und atmete kaum. Er dachte fieberhaft nach: Sollte er einfach davonlaufen? Konnte er Hilfe finden? Wer wartete hier auf wen in einem so dunklen Versteck? Das konnte doch nur Gesindel sein.

»He«, hörte er es wieder flüstern, »he, sag doch einmal was, man kann ja Angst kriegen.«

»Hör mal«, sagte Ulrich, kurz entschlossen, aber sehr leise und mit heiserer Stimme, »ich – ich bin nicht der, auf den du wartest, aber vielleicht kannst du mir helfen, ich – ich habe mich nämlich verlaufen.«

Eine ganze Weile, in der er mit angehaltenem Atem stand, hörte er nichts. Dann ein leises Kichern:

»Ich glaube, du hast ganz schön Angst, deine Stimme hört sich ja nicht gerade mutig an.«

»Ja«, gab Ulrich nach einigem Zögern zu, »ja, was soll's, ich – ich habe Angst. Ich finde den Weg nicht, und überall sind Feuer und Wachen!«

»Wenn du Bomse vor den Wachen hast, dann gehören wir ja zusammen – hopp!«

Er hörte ein Geräusch, und plötzlich bemerkte er wie einen schwarzen Schemen eine sehr kleine Gestalt. Er sah es mit Erleichterung. Angst! Das war ja noch ein kleiner Junge.

»Komm mit«, sagte der Kleine, zu dem aber die Erwachsenenstimme nicht passen wollte, »komm hier herein«, und zog ihn an der Hand fort, tief in den schwarzen Gang hinab.

»Hast du Hunger?«

Ulrich spürte auf einmal seinen Magen. Abends in der Herberge hatte er nur wenig gegessen, die Last des bevorstehenden Abenteuers war plötzlich zu gewaltig gewesen, um noch viel essen zu können. Den ganzen Tag war er weit gewandert; schon bei der bloßen Vorstellung von Essen wurde ihm schwach vor Hunger. Der Kleine mit der alten Stimme zog ihn immer tiefer in die Dunkelheit hinein: »Vorsicht, jetzt kommen Treppenstufen!« Ein paarmal stolperte Ulrich, dann sah er ein hohes Fenster, durch das flackerndes Licht hereinfiel. Er befand sich in einer Art Diele, der Boden war mit Teppichen belegt, an den Rändern sah er schwarzweiße Fliesen. Hoch über ihm schimmerten Farben und das Gold einer geschnitzten Holzdecke.

»Gut unser Versteck, was!« kicherte der Junge, den er erst jetzt betrachten konnte. Er war kaum größer als ein Achtjähriger, hatte aber ein altes Gesicht unter einem verfilzten Gewirr von schwarzen Haaren.

»He«, sagte er heiser, »was starrst du mich so an? Ja, ich bin etwas klein geraten, aber das ist sehr praktisch, wenn man irgendwo hineinschlüpfen muß. Darf ich mich vorstellen«, sagte er plötzlich mit einer gravitätischen Verbeugung, »Wiesel – meines Alters neunzehn Jahre. Wiesel stimmt natürlich nicht ganz, aber der Name ist ja nicht schlecht. Die meisten glauben, daß er ganz gut paßt.« Er grinste und zeigte einige Zahnlücken.

Ulrich war vorsichtig an das Fenster getreten, er blickte auf einen Platz hinaus mit einem Brunnen, vor dem ein großes Feuer brannte. Auch hier sah er vermummte Gestalten.

»Plämm, paß auf, daß dich niemand sieht! Die Diele hier ist ein idealer Garepen, ein Versteck, gut getarnt zu erreichen, und es gibt mehrere sehr schnelle und sichere Fluchtwege.«

Wiesel hatte aus einem Sack ein großes Stück Brot, einen großen halbvertrockneten Käse und zwei Äpfel hervorgekramt und reichte sie Ulrich. »Da, Brinze und Pabni!«

»Und die Bewohner?« fragte der gierig kauend. Er hatte noch selten mit einem solchen Wolfshunger gegessen.

»Ja, ja, Angst macht hungrig«, Wiesel musterte Ulrich sehr prüfend, »die Bewohner? Was weiß ich, an der Seuche gestorben oder vor ihr geflohen – nein, gestorben! Der ganze Hausrat ist noch hier. Kein Mensch, seit Tagen nicht!«

Ulrich starrte ihn entsetzt an: »Gestorben, alle an de…?«

»Na ja, was soll man machen – Erben sind jedenfalls noch nicht aufgetaucht, die Haustüre ist von der Stadt versiegelt. Ist doch gut! So denkt niemand, daß einer auf Schleichwegen ins Haus kommt. Wir haben schon manches Silberleuchterlein hinausgetragen.«

Ulrich war es wind und weh. Die Pest und das Gesindel! Da saß er mitten in einem Pesthaus auf einem Teppich und aß den Käse eines …

»Wer bist du eigentlich?« fragte Wiesel, ihn immer noch scharf musternd. »Zu uns gehörst du nicht, und in die Stadt gehörst du auch nicht, da möchte ich wetten.«

Zu Ulrichs Schrecken hatte Wiesel plötzlich einen Dolch in

der Hand, warf ihn blitzschnell in die Luft und fing ihn, balancierend auf einer Fingerspitze und weich nachfedernd, wieder auf. »Staunst du, was? Jetzt aber raus mit der Sprache, du kannst ruhig reden; Wiesel gibt dir nicht erst Brinze, Käse, und schlachtet dich dann ab. Aber dir klappern ja schon seit der Gasse unten die Zähne – na, wird's bald, oder muß man dich erst trockenlegen, weil du die Hosen voll hast?«

Mit so einem Winzling, dachte Ulrich, eigentlich einem Kind könnte ich ja leicht fertig werden, aber wie geschickt der mit seinem Messer ist. »Ich – ich heiße Ulrich Georg Wennagel und bin Zimmergeselle – im ersten Jahr auf Wanderschaft.«

»So, so, ein Kaschtesker, ein Zimmermann!«

Wiesel konnte so schlimm und doch gleichzeitig so zutraulich grinsen, daß Ulrich nach und nach die Angst verlor – so erzählte er ihm die ganze Geschichte.

»Na, diese Anna ist sicher sehr hübsch! Und jetzt bist du mit deinem Latein am Ende, so so«, kicherte Wiesel. »Zunächst mal kannst du dir gratulieren, daß du den Kilma, den Marktplatz, nicht gefunden hast. Der wird nämlich nachts so scharf bewacht, daß du kaum durchgekommen wärst. So ahnungslos wie du mir aussiehst, würdest du jetzt schon …« Flink machte er dieselbe Bewegung, wie sie der Wirt am Abend gemacht hatte. »Laß den Kopf nicht hängen, Wiesel füttert dich nicht erst, um dich nachher sitzenzulassen. Wir holen den Siegelring schon; allein würdest du doch nichts ausrichten!« sagte er etwas großspurig und wölbte die schmächtige Brust vor. »Möchte ich auch mal sehen, diese Anna. Na ja, für uns Zigeuner ist so etwas natürlich nichts.«

Zigeuner! dachte Ulrich, Gesindel, der letzte Abschaum. Das Pack, von dem alle sagen, daß es an den Galgen gehört!

Wiesel warf seinen Dolch hoch und fing ihn wieder so behende, auf einer Fingerspitze balancierend, daß man die Bewegungen kaum wahrnehmen konnte.

»Zigeuner, denkst du – Gesindel, wie ihr sagen würdet!«

Ulrich wußte weder ein noch aus: Hier saß er und aß den Käse und das Brot eines Zigeuners, mit dem er sonst um keinen Preis auch nur ein Wörtlein geredet hätte.

Nun erfuhr er, daß es den Zigeunern im ganzen Landstrich seit dem letzten Jahr sehr schlecht ging. Eigentlich lebten sie vom Scherenschleifen, waren Kakewjenger, Kesselflicker und machten kleinere Arbeiten auf Bauernhöfen, aber nun ging es seit dem großen Unwetter vor eineinhalb Jahren, dem Frosteinbruch im späten Mai und dem verregneten Sommer des letzten Jahres auch den Bauern schlecht. Es war ein richtiges Hungerjahr gewesen, und eigentlich wollten sie schon wegziehen aus dieser Gegend. Aber das sei auch nicht einfach.

»Da ist die Pest ausgebrochen, zum Glück kann man fast sagen, wie das nach Hungerjahren und nach einem zu milden Winter oft der Fall ist.«

»Aber in eine Peststadt gehen …«

»Du bist ja auch gegangen«, grinste Wiesel. »Natürlich ist es sehr gefährlich, aber das Leben eines Zigeuners ist nun mal gefährlich!«

»Warum zieht ihr auch immer herum und arbeitet nicht wie andere Menschen?«

»Jetzt müßte ich fast böse sein, denn du weißt es ja besser!«

Ulrich schluckte: »Was weiß ich besser?«

»Als du in die Zunft als Lehrjunge eingetreten bist, was wurde da vor Zeugen festgestellt?«

»Daß ich ehrlich geboren bin und daß ich getauft bin«, sagte Ulrich stolz und gedankenlos.

»Siehst du«, war die Antwort, »Christ bin ich zwar auch und habe Boldo, die Taufe, aber mit unserer ehrlichen Geburt habt ihr halt Schwierigkeiten, so müssen wir uns an euch eben anders schadlos halten. Sogar unter Lebensgefahr, aber eifrig und tüchtig und mit großem handwerklichen Geschick«, er grinste.

»Aber Christen dürfen doch nicht stehlen und betrügen«, stotterte Ulrich.

»Ja, warum laßt ihr uns denn dann nicht Christen sein?« fragte Wiesel und warf seinen Dolch, den er Glandi nannte, wieder hoch.

Ulrich war immer verlegener geworden, er wußte nicht, was er antworten sollte. Wie ganz normale Menschen redeten die Zigeuner, wenn der hier auch immer wieder unverständliche Brocken dazwischenmischte. Er dachte daran, daß in manchen Städten auch Leineweber als unehrlich galten. Zum Glück galt das nicht für seine Stadt, aber sein Verdienst war es nicht.

»Vergiß es«, lachte Wiesel.

»Mit wem hast du mich eigentlich verwechselt? Auf wen wartest du?«

»Auf meinen kleinen Bruder, aber du wirst staunen, er ist zwei Jahre jünger, aber zwei Köpfe größer als ich.«

»Und wie heißt er?«

»Sag Marder zu ihm, den Rest brauchst du nicht zu wissen; aber mein Bruder ist sehr nett, und mein Freund ist auch sein Freund, da brauchst du keine Angst zu haben. Jetzt ist er verteilen gegangen und wird heute oder morgen nacht zurückkehren.«

»Verteilen?«

»Ja, das, was wir beide hier so gespannt, na, eingesammelt haben, muß ja unter die Leute gebracht werden. Zwei Stunden flußaufwärts ist der Rest der Familie, und wir wechseln uns immer ab und gehen alle zwei bis drei Tage mit Sore hinaus, soviel wir halt gefahrlos tragen können; man muß auch unterwegs aufpassen.«

»Sore?«

»Das, was wir gespannt haben«, grinste Wiesel, »die Familie versilbert es dann – das heißt, sie verwandelt es in Silbermünzen.«

»Und wer – versilbert es euch?«

»Na, der Jude natürlich!«

»Das darf der doch auch nicht!« entfuhr es Ulrich unwillkürlich.

»Na freilich darf er das nicht, aber hast du schon einmal einen Juden gesehen, der Zimmermann war?«

»Nein.«

»Na also, die Juden sind ja nicht einmal Christen, so dürfen sie ja auch kein Handwerk lernen – genau wie wir, obwohl«, er kicherte, »der heilige Joseph, wie sie sagen, Jude und dabei Zimmermann war.«

Ulrich war erstaunt: Von dieser Seite hatte er noch nie über den Schutzheiligen der Zimmerleute nachgedacht. Juden waren für ihn Leute mit langen Bärten, schwarzen Gewändern und spitzen Hüten, die fernab von dem Haus seines Vaters in einem besonderen Stadtviertel wohnten, wo es dreckig sein sollte und in das man besser nicht hineinging.

Es gab die schlimmsten Geschichten über die Juden. Geldgierig seien sie, hieß es, und würden Christenkinder schlachten. Aber hatte nicht Herr Perlenfein am Abend gesagt: »Heute sind wir die Juden!« Ulrich hatte nicht recht verstanden, was er damit gemeint hatte. Herr Perlenfein war doch so wenig ein Jude wie sein Pate, der Herr Kroner. Sie waren doch reiche Herren, zu denen er, Ulrich Georg Wennagel, nur aufblicken konnte, und Juden waren doch Gesindel, nicht besser als Zigeuner!

In den Fenstern stand eine große, flackernde Helligkeit, Funken stoben vorbei.

»Die schüren ja mächtig da draußen. Da haben sie vor über hundert Jahren bei der Großen Pest alle Juden totgeschlagen oder aus der Stadt gejagt, weil sie die Brunnen vergiftet hätten, jetzt wohnt kein einziger Jude mehr in der Stadt, aber die Pest haben sie trotzdem!« Wiesel richtete seinen kümmerlichen Körper hoch auf: »Heute sind wir die Juden!«

Längere Zeit war Schweigen im Raum, nur von außen hörte man das Prasseln und Knacken des brennenden Holzes; ab und zu schienen große, schwarze Schatten vor den Fenstern zu schwanken.

Ulrich wußte nicht, was er denken sollte. Alles erinnerte ihn an das erste Gespräch mit seinem Paten, als er zwölf Jahre alt geworden war. Auch damals hatte er das Gefühl, daß Dinge im Raum waren, die er nicht verstand.

»Was ist das richtige Haus?« fragte er leise. »Aber darauf kannst du mir auch keine Antwort geben.«

»Ja, wenn ihr nicht wißt, was das richtige Haus ist«, antwortete Wiesel spöttisch, »woher sollen wir Zigeuner es dann wissen? Die wir doch gar keine Häuser haben!«

»Ich sollte weitergehen, sonst komme ich in dieser Nacht nicht mehr hinaus aus der Stadt.«

»Das kannst du sowieso nicht«, sagte Wiesel leichthin.

Ulrich fuhr der Schreck durch alle Glieder: »Wieso nicht?«

»Das hat viele Gründe: Glaubst du denn, du kannst den Ring in dem stockdunklen Haus finden, ohne Licht zu machen, ohne etwa eine Kerze anzuzünden, und genau dann bist du so gut wie tot! Also mußt du den Ring tagsüber suchen, was aber auch nicht leicht ist; allein kannst du das gar nicht. Hast du wenigstens einen Schlüssel?«

Ulrich nickte: »Zu einer Hintertüre.« Er faßte in die Tasche – ein eisiger Schreck durchfuhr ihn: Der Schlüssel war weg!

»So so!« Wiesel lachte und zog Herrn Perlenfeins Schlüssel aus seiner Tasche: »Du mußt besser aufpassen, da siehst du, wie leicht man dich übers Ohr hauen kann!«

Ulrich war sprachlos.

»Und was passiert, wenn du so ganz harmlos am hellichten Tage eine Türe bei Perlenfeins aufschließt, und du wirst dabei gesehen?«

»Ich wollte ja nachts hinein.«

»Siehst du, und das geht ja auch nicht! Also tags, und da muß jemand aufpassen, ob einer kommt«, fügte Wiesel hinzu. In der darauffolgenden Nacht würde ihn dann sein Bruder, der die Schleichwege aus der Stadt noch besser kenne als er, sicher hinausbringen.

Tagsüber müsse Ulrich aber aus dem Hause, und zwar allein: Er selbst müsse bleiben, um den Schlupfwinkel zu bewachen, auch gegen anderes »Gesindel«, wie Ulrich das wohl nenne, und für Ulrich sei es hier zu gefährlich. »Vor allem aber mußt du das Haus der Perlenfeins beobachten und überlegen, wie der Bruch geschehen kann.«

Ulrich konnte nur nicken.

»Viel wird ja nicht mehr in der Wohnung sein, aber du hast doch nichts dagegen, wenn wir uns ein bißchen umsehen bei deinen Freunden.« Tagsüber sei es in der Stadt für ihn übrigens ganz ungefährlich. »Den Strick holst du dir da nicht, tagsüber beachtet dich niemand, nur nachts, wenn alle anständigen Bürger schlafen!« Er grinste unverschämt. »Freilich, die Pest kannst du dir jederzeit und überall holen, vielleicht sogar bei mir. Also nichts wie ab mit dir, sobald es hell wird!«

Drei Tage würden Anna und Herr Perlenfein warten, so hatten sie es ausgemacht. Aber alle hatten gehofft, der Ring könne in einer Nacht geholt werden. »Wenn du in der ersten Nacht nicht kommst, sieht es schon sehr schlecht aus! Ich weiß nicht, wie es weitergeht, wenn du auch in der dritten nicht zurückkehrst.« So hatte Herr Perlenfein gesagt und ihm die Hände auf die Schultern gelegt, als wolle er ihn segnen, vielleicht hatte er dabei gebetet.

Ulrich sah das fette, grinsende Gesicht von Hinze vor sich, der sich nicht mehr halten konnte vor Gier und Schadenfreude, und das scheinheilige des Wirts, was fast noch schlimmer war.

Der Morgen kam voller Dunst und Rauch, grau in grau, als Ulrich, nachdem er noch einige Stunden wie ein Stein geschlafen hatte, vorsichtig wieder in das Sackgäßchen hinaustrat. Das erste, was er sah, war eine große, gelbe Ratte, die mitten auf der Gasse hockte und nur widerwillig wegging. Der Regen hatte aufgehört. Die Straße, in die er hinaustrat, war menschenleer. Auf dem kleinen Platz brannte das Feuer immer noch. Er sah noch viele Feuer auf seinem Weg zum Marktplatz, der recht weit war: Er hatte in der Nacht einen Bogen geschlagen und war fast zum Taltorturm zurückgekehrt.

Er kam an Häusern vorbei, aus denen Weinen zu hören war. Manchmal hörte er trotz der verschlossenen Fenster und Türen aus den Häusern heraus Stöhnen oder lange qualvolle Hustenanfälle. Jetzt war er am hellichten Tag in einer Peststadt!

Eigenartig, wie sich eine Stadt veränderte, weil sie von Angst und Tod beherrscht war. Auch er war verändert. Er sah seine Umgebung ganz anders, viel bewußter, viel aufmerksamer! Er achtete auf Dinge, auf die er nie geachtet hätte, als ginge er durch ein neuentdecktes Land.

Der Rauch war allgegenwärtig. Dazu roch es scharf nach Essig; und wenn er jemandem begegnete, so hielt dieser sich meist ein in Essig getränktes Tuch vor Mund und Nase. Die wenigen Menschen, die er sah, blickten ihn mißtrauisch an, niemand redete. Es war, als wäre die rauchige Luft aus Glas und würde alle Menschen voneinander trennen. Später sah er auch Kinder, sie drückten sich scheu in die Ecken; einmal begegnete ihm ein kleines Mädchen, das herzzerreißend schluchzte.

Seltsamerweise war seine Angst jetzt am Tage fast verschwunden, obwohl er sich tagsüber genauso anstecken konnte wie in der Nacht, obwohl er das Gefährlichste noch vor sich hatte. Die Angst war nur noch ein Gefühl tief innen, das man verdrängen konnte, wie man einen schlafenden Hund nicht aufweckte, wenn man sehr leise an ihm vorbeiging.

Ratten sah er öfters, auf den Gassen war es nach der langen Pestzeit unglaublich schmutzig, viel schmutziger, als er es von seiner Vaterstadt gewohnt war, wo sich doch der Dreck auch häufte, bis alle paar Wochen gesäubert wurde. Daß Ratten am Tage auf der Straße hockten und sich nicht vertreiben ließen, das hatte Ulrich eigentlich kaum gesehen. Und wie groß diese Ratten waren! Er hatte noch nie so große Ratten gesehen. Sie werden fett und unverschämt von den vielen Abfällen, die niemand mehr wegräumt, dachte er, wie das ganze Gesindel, das sich über die verlassenen Häuser hermacht!

Wenn er an einem der vielen Feuer vorüberkam, so erschrak er jedesmal von neuem über die vermummten Gestalten. Er hatte das Gefühl, daß sie ihm nachblickten. Er wagte kaum zu atmen, denn viele Leute sagten, die Pest komme von vergifteter Luft; deshalb brannten ja die Feuer und hielten sich die Leute Essigtücher vor Mund und Nase. Andere waren der Ansicht, die Pest komme von vergifteten Brunnen und wagten kaum zu trinken. Auch dem Essen wurde die Schuld gegeben. Es war, als hätte man nirgendwo festen Boden unter den Füßen und würde, wohin man auch faßte, immer ins Leere greifen. Der Tod war allgegenwärtig, und er war, und das freiwillig, mitten in ihn hineingeraten.

Auf seinem Weg sah Ulrich, daß diese Stadt ganz außerordentlich schön war. Alles war aus Fachwerk gebaut, aber während in seiner Vaterstadt nur hie und da ein Balken geschnitzt war, eine Maske, einen Engel oder eine Teufelsfratze zeigte, war hier fast jeder Balken über und über verziert, und die Häuser prunkten mit einer Pracht aus bunten Farben und einem selbst an diesem trüben Morgen leuchtenden Gold, daß er beinahe vergessen hätte, warum er hier war und wie gefährlich seine Lage war. Auch waren die Häuser völlig anders gebaut, als er es zu Hause und in Bischofswerth gelernt hatte, aber das wußte er ja schon. Immer wieder bestaunte er die kunstvollen Ornamente, die Drachen und Heiligen, die Fratzen und Engel, die kühn auskragenden Geschosse, die gewaltige Höhe der Häuser, drei, vier, fünf Stockwerke übereinander, die steilen Dächer voller Luken, die zeigten, daß dahinter geräumige Speicher sein mußten. Längst war ihm klargeworden, warum der vorige Meister ihn gerade nach Ascherskron geschickt hatte. Fand er hier das richtige Haus?

Plötzlich erstarrte er, da war ein Haus wie aufgerissen. Alle Türen und Fenster standen offen. Vermummte Männer trugen rauchende Pfannen hinein, Essig wurde vor den Türen verschüttet, er wurde in Bottichen in das Haus hineingetragen und dort offenbar mit Zweigen und Wacholderwedeln, die in den Gefäßen steckten, versprüht.

»Da lebt keine Ratte mehr!« sagte hinter ihm heiser ein Mann mit einem Essigtuch vor der Nase.

»Eine Ratte vielleicht schon noch«, quäkte ebenfalls hinter einem Tuch eine dick vermummte Frau, die neben Ulrich getreten war. »Was geht's mich an?« sagte sie, hörte aber nicht auf wie der Mann zu dem Haus und dem gespenstischen Treiben der Männer hinüberzustarren.

»In den Achselhöhlen und in den Leisten fängt es an: Wenn es dort dick wird und weh tut, dann hast du die schwarzen Beulen bald am ganzen Leib, das Fieber wird immer höher, und es ist aus mit dir!« sagte der Mann murmelnd, als rede er mit sich selbst, und leise, als würde man mit der Pest bestraft, sobald man von ihr redete.

»Oder es fängt mit Niesen und Husten an«, flüsterte die Frau, »eine Tante von mir mußte niesen, hustete Blut, hustete immer stärker, bekam schwarze Flecken, glühte vor Fieber und war nach drei Tagen tot, sie mußte bis zum Schluß niesen!«

»Helf Gott«, sagte der Mann und hörte nicht auf zu starren.

Ulrich grauste es, rasch ging er weiter. Von der Schönheit der Häuser sah er nichts mehr.

Er kam an sehr vielen Läden vorbei. Die großen Einkaufsgewölbe waren aber geschlossen, die mächtigen Läden zugeklappt und mit Eisenbändern verriegelt. Waren die Besitzer gestorben, oder hatten sie Angst? Nur ein Bäcker hatte seinen Laden hochgebunden, und die Bäckersfrau verkaufte Brot.

Die Leute kamen einzeln und drückten sich scheu in die Bäckerei. Die Bäckersfrau hatte eine rauchende Pfanne aufgestellt, neben ihr stand ein Eimer mit Essig und ein Wacholderwedel, mit dem sie hinter jedem Kunden her in der Luft herumhantierte.

»Du bist auch nicht von hier«, sagte sie zu Ulrich, als er seine Münze hinschob für ein kleines Brot. »Dich habe ich noch nie gesehen«, sie schaute ihn scharf an.

Soll ich ihr von Herrn Perlenfein erzählen? überlegte er blitzschnell, aber er wußte ja, daß Herr Perlenfein nur noch wenige Freunde in der Stadt hatte.

»Na ja, mir kann's ja gleichgültig sein, dein Geld ist ja echt.« Da war Ulrich auch schon draußen. Das Brot fühlte sich warm und lebendig an.

Unter Rumpeln, Knarren und Quietschen kam ein langer Zug von Ochsenkarren in die Stadt gefahren. Stark bewacht von vermummten Männern. Täglich holte die Stadt unter vielen Vorsichtsmaßnahmen von außerhalb die dringendsten Versorgungsgüter, wie ihm Herr Perlenfein erzählt hatte. Auch sah er vermummte Frauen, die mit Eimern an den Brunnen Wasser holten – es gab viele Brunnen, manche waren reich verziert. Aber er mußte daran denken, daß das Wasser vergiftet sein konnte, auch sein Brot konnte vergiftet sein, die Luft konnte vergiftet sein, jeder Mensch konnte ihn anstecken. Ulrich taumelte …

Wie baut man das richtige Haus? Er konnte nur stumm den Kopf schütteln: Wie sollte er das auf dieser Reise erfahren?

So kam er endlich zum Marktplatz und zu Herrn Perlenfeins

Haus in der Gasse zum Dom. Dieser hatte wirklich zwei Türme, und da gerade ein Trupp Stadtsoldaten vom Platz heraufkam, ging er rasch in die Kirche hinein.

Hier war es an dem trüben Morgen nahezu Nacht. Die bunten Glasscheiben der Fenster waren fast schwarz, nur hie und da glühte ein dunkles Rot oder leuchteten Blau oder Grün auf. Vor den Altären brannten unzählige Kerzen, und die Altäre leuchteten mit ihrem Gold aus der Dunkelheit. Vor einem Altar sah Ulrich ganz zusammengesunken eine uralte Frau, sie lag wie tot, hatte aber ihre Augen unverwandt auf das Altarbild gerichtet, nur ihre Lippen bewegten sich. Mit ihren Knochenhänden umklammerte sie das Altargitter, als gebe es in ihrem Leben nie mehr einen anderen Halt. Es war eine große Stille in der Kirche. Ulrich hatte unwillkürlich die Hände gefaltet.

Herrn Perlenfeins Haus war leicht zu erkennen: Es war das stattlichste in der Gasse und sicher eines der prächtigsten in der Stadt. Auf den Straßen war es jetzt lebhafter geworden. So schien es für ihn auch nicht einfach, unbemerkt Herrn Perlenfeins Haus näher zu betrachten. Mehrmals schlenderte er, indem er hierhin und dorthin blickte, an dem Haus vorbei. Andererseits war die Gefahr vielleicht auch nicht so groß wie seine Angst, denn eigentlich achtete kein Mensch auf den anderen. Alle hasteten irgendwohin, nirgends sah man Müßiggänger oder klatschende Weiber beieinanderstehen. Es war ganz deutlich zu sehen, daß jeder auch nur den kleinsten Kontakt mit irgendeinem seiner Mitbürger nach Kräften vermied.

Plötzlich hatte Ulrich den Schlüssel in der Hand, und der Gedanke überfiel ihn, es sogleich auszuprobieren. Sollte er es alleine wagen? Er schlenderte in die große Hofeinfahrt des Hauses hinein. Sie führte unter dem Haus durch zu einem Hinterhof, von wo aus Durchgänge zu anderen Häusern führten. Deshalb stand das große Hoftor mit seinen mächtigen Holzflügeln wohl auch offen: Ein Glück, so mußte man nicht von der offenen Straße aus vorgehen! Niemand hatte ihn beachtet, dennoch war es Ulrich heiß und kalt, als er allein auf dem rauchigen Hof stand und an der hohen Fassade hinaufblickte.

Ulrich war sehr unsicher: Genaugenommen waren die Zweifel, die er an Wiesel hatte, ausschlaggebend. Wie der Herrn Perlenfeins Schlüssel aus Ulrichs Tasche gestohlen hatte! Wie selbstverständlich er vom Stehlen sprach! Wie selbstverständlich er mit Diebesgut und Hehlern umging! Wie selbstverständlich er sich in die todkranke Stadt eingeschlichen hatte! Der Schlupfwinkel und die ganze Heimlichtuerei! Ulrich war das alles zuwider: Es war so fremd und anders. Warum schließlich hatte man immer vor dem »Gesindel« gewarnt! »Das Gesindel gehört an den Galgen!« hatte es immer geheißen. Diebe gehörten auf jeden Fall an den Galgen, Ulrich wußte nichts anderes.

Trotzdem: Wiesel hatte sein Essen mit ihm geteilt, obwohl er doch selbst Hunger hatte. Wiesel war anders. War Wiesel anders? Er war ja der einzige Zigeuner, den er kannte.

Wenn es Ulrich bei seinem Versuch nicht gelang, den Ring zu holen, dann brauchte er Hilfe, und er würde Wiesel nach einem mißglückten Versuch in noch größere Gefahr bringen – vor allem wenn das Haus versiegelt war, wie Herr Perlenfein annahm. Andererseits, warum sollte er Rücksicht nehmen? Würden die Zigeuner auch auf ihn Rücksicht nehmen? Er wußte nicht ein noch aus – einfach Schluß machen mit dieser Peststadt, in der nichts so war, wie es sein mußte!

Ulrich schaute auf, das Herz schlug ihm bis zum Hals: Er konnte es allein schaffen! Was brauchte er die Hilfe anderer! Nur Mut brauchte er! Das hier ist auch eine Mutprobe! Aber eine bessere als bei Bödes. Den Weg aus der Stadt wußte er dann. Endlich aus dieser Peststadt kommen!

Verstohlen blickte er um sich; von der Straße aus war er nicht zu sehen. Aber wie stand es mit den Nachbarhäusern? Hinter dem Hof war ein großes Steinhaus mit hohen Fenstern und hohem Kamin, daneben ein Gewirr von kleinen Fachwerkhäusern. Er zog den Kopf ein, als würde er schon aus einem der Fenster rufen hören: Was machst du denn hier? Aber er hörte und sah nichts als eine Katze, die auf einem Pfosten hockte und ihn mit gelben Augen unverwandt anstarrte. Da entschloß er sich: »Du wirst mich hoffentlich nicht verraten.«

Drei Türen führten vom Hof in das Haus. Und da die Katze keine Antwort gab, probierte er den Schlüssel an der ersten Türe – er paßte nicht, aber offensichtlich führte die Türe eher in einen Keller hinab. Die zweite Türe ging zu einem Treppentürmchen – und der Schlüssel paßte. Da erblickte er an der Türe quer über dem Türspalt oberhalb des Schlosses ein großes städtisches Siegel: einen aufrecht stehenden gekrönten Löwen mit einem Schwert im Rachen, dessen Spitze nach außen zeigte.

Er stockte: Jetzt darf wirklich nichts schiefgehen, denn wenn man das zerbrochene Siegel findet … Dann blickte er noch einmal um sich, zog blitzschnell die Türe auf, wobei er das Siegel zerriß, schlüpfte hinein und schloß die Tür hastig und atemlos hinter sich wieder ab.

So, jetzt schaff ich's auch ohne Wiesel und Marder! dachte er. Hier geht es die Wendeltreppe hoch in das zweite Obergeschoß, dort muß ich durch den langen Gang bis zu einer geschnitzten Säule, dort gehe ich nach rechts – er wiederholte die Worte des Herrn Perlenfein –, dann die dritte Tür links, jetzt bin ich im Kontor und hole aus der großen mittleren Schublade des Wandschranks den Siegelring. Wahrscheinlich komme ich sogar noch am Tage irgendwie aus der Stadt, dann brauche ich Wiesel und Marder wirklich nicht mehr zu se-hen.

Wie beklemmend still es in dem Haus war! Unwillkürlich ging er auf Zehenspitzen. Der Gang war kunstvoll bemalt, die Diele mit schwarzweißen Fliesen belegt. Hohe, dunkle und ernste geschnitzte Türen folgten einander feierlich links und rechts. So groß war die Stille – Ulrich hörte jeden Atemzug und glaubte, jeden Herzschlag zu hören –, daß er sich vor Angst nicht getraute, in eines der Zimmer hineinzugehen. Er hatte immer das Gefühl, dort würde jemand sitzen und ihn fragen, was er wolle. Nur schnell weg von hier! Es war ihm ganz unmöglich daran zu denken, daß Anna in diesem Hause aufgewachsen war. Nichts von allem, was er sah, erinnerte ihn auch nur im geringsten an Anna.

Da war die geschnitzte Säule, da führte der Gang ab, da war die dritte Türe, er drückte aufatmend die Klinke – abgeschlossen! Ulrich stockte der Herzschlag, der Schweiß brach ihm aus; er rüttelte vorsichtig, aber die Türe rührte sich nicht. Herr Perlenfein mußte, als er das Haus verlassen hatte, die Türe zum Kontor vielleicht aus alter Gewohnheit abgeschlossen haben und hatte sich nicht mehr daran erinnert. Hastig den Schlüssel probiert – er paßte nicht!

Alles umsonst: Die Türe mit einem großen geschnitzten Wappen, einem Löwen mit einer Perle im Rachen, war aus dickem Eichenholz. Hier nützte ihm seine ganze Kraft als Zimmermann nichts. Er überlegte fieberhaft, vielleicht konnte er von einem Nebenraum aus in das Kontor gelangen. Es gab einen Nebenraum, und er war nicht abgeschlossen, aber eine Türe vom Nebenraum in das Kontor gab es nicht.

Ulrich hatte Bauchweh vor Enttäuschung und Angst; und er hatte keine Zeit zu verlieren: Jederzeit konnte jemand unten das zerbrochene Siegel entdecken, die Stadtwache würde alarmiert, er hörte schon ihre polternden Schritte auf der Treppe und im Gang hallen, dann würde er festgenommen – und dann ... Noch war es nicht soweit. Doch – da war ein Geräusch hinter ihm – Ulrich stand wie versteinert. Lange hörte er nichts mehr. Er blickte sich vorsichtig um – da hockte eine große gelbliche Ratte mitten auf dem Flur und starrte ihn an. Jetzt war Ulrich nicht mehr zu halten. Er stürzte davon durch den Gang und die Wendeltreppe hinab und hinaus ins Freie.

Hier war alles unverändert, die graue rauchige Luft, die glotzenden Fenster der Nachbarhäuser und der gelbe Blick der Katze auf ihrem Pfosten.

»Marder und Wiesel«, das war das Losungswort, das Ulrich in den dunklen Treppenflur des Zigeunerschlupfwinkels hineinflüsterte. Von oben kam:

»In Ordnung!«

Neben Wiesel hockte oben in der Diele Marder, der lange »kleinere« Bruder von Wiesel.

»Er ist gerade erst angekommen«, sagte Wiesel.

Obwohl Marder hager und groß war, mit langen bläulich schimmernden Haaren – die von Wiesel sträubten sich wirr auf dem Kopf – und einem prächtigen Gebiß, wenn er lachte, hatten die beiden Brüder von so unterschiedlicher Gestalt doch deutliche Ähnlichkeit. Marders braunes Gesicht wirkte allerdings ruhiger und gutmütiger, Wiesels scheinbar wesentlich älteres Gesicht hatte einen schlauen Zug, dem man nicht unbedingt so leicht vertraute. Neben Ulrich mochte Marder freilich schmächtiger wirken. Er war zierlicher gebaut und etwas kleiner.

Seine Kleidung war wie die Wiesels nicht die eines Zigeuners. Beide trugen eine Kleidung, die sie eher als Gesellen auswies, wahrscheinlich, um in der Stadt nicht als Zigeuner aufzufallen. Die Kleidung der Zigeuner war bunt: Zu einer weiten Hose und einem Hemd mit engen Ärmeln trugen die Männer eine Art Schurz, der hinten hochgebunden war und vorne eng anlag, so daß er keine Bewegung hinderte.

Eine große Vorstellung war nicht angebracht: »Das Schlimmste, was uns passieren konnte – ein zerbrochenes Siegel!« sagte Wiesel.

»Weißt du überhaupt, was du da angerichtet hast?« fragte Marder.

Doch, das wußte Ulrich. Auf dem ganzen Rückweg hatte er es sich klargemacht: Jedermann konnte das zerbrochene Siegel sehen und daraufhin die Wache alarmieren. Zudem war mit Sicherheit damit zu rechnen, daß die Streifen die Siegel an den Häusern überprüften. Wer jetzt in das Haus ging, mußte mit einem Hinterhalt rechnen. Er hatte ein gefährliches Unternehmen durch seinen Leichtsinn zu einem tollkühnen gemacht.

Aber war es wirklich nur Leichtsinn gewesen? War es nicht viel mehr das fehlende Vertrauen zu den Menschen, deren Hilfe er jetzt suchen mußte? Pah, Mutprobe! Vertrauen zu haben wäre wirklicher Mut gewesen!

Da saß er nun mit allen seinen Zimmermannskünsten neben einem zu klein geratenen Zigeuner und einem, der einen halben Kopf kleiner war als er, und er brauchte sie! Er kam sich in seiner ganzen Länge und Kraft und mit seiner ganzen Zimmerei, auf die er sich so viel einbildete, überflüssig vor und wußte nicht, wo er die langen Arme und Beine unterbringen sollte.

Natürlich war die Versuchung, sich ohne den Siegelring aus der Stadt zu schleichen und einfach weiterzuwandern, noch einmal groß gewesen, als er zögernd zum Versteck zurückkehrte, aber jetzt hatte er bereits zu viele Gefahren bestanden – und er sah Anna vor sich.

»Das Risiko, daß wir erwischt werden, ist jetzt sehr groß, und wir müssen noch viel vorsichtiger sein, aber wir werden es schon schaffen«, sagte Marder, »wir müssen die Umgebung gut beobachten beim Hinausgehen.«

»Hoffentlich stellen sie uns keine Falle; wir können ja nicht alles überblicken!« wandte Wiesel ein.

»Deshalb gehen wir erst gegen Abend hinein. Sie können ja nicht den ganzen Tag Fallen stellen«, meinte Marder.

»Sie könnten aber immer wieder eine stellen«, Wiesel spielte mit seinem Dolch, »vielleicht gerade gegen Abend. Wenn sie in einem der Nachbarhäuser sitzen, haben wir keine Chance.«

»Es tut mir leid, daß ich euch in eine so schlimme Sache hineinziehe, aber ohne eure Hilfe kann ich jetzt gar nichts machen.«

Wiesel schaute ihn an, als würde er ihn zum ersten Male sehen. Aber wußte man bei ihm immer genau, woran man war? »Hätte ich dir übrigens gar nicht zugetraut, daß du es allein probierst!«

Marder setzte sich ihm nachdenklich gegenüber: »Wenn es dir nicht bestimmt ist, reich zu werden, kannst du nichts erreichen, auch wenn du noch so viel Glück hast.«

»Das verstehe ich nicht.«

»Unsere Puri Mami, unsere Großmutter hat uns eine Geschichte erzählt«, sagte Marder: »Da war ein Töpfer, der war sehr arm, obwohl er fleißig war. Seine Ware war gut, wenn sie gelang. Aber meist war er vom Pech verfolgt. Schon im Ofen geschah oft das Unglück: Das Holz erhielt zuviel oder zuwenig Luft, und die Töpfe wurden unansehnlich, manche zersprangen, andere waren nicht dicht. Und wenn der Brand gelungen war, so geschah bestimmt ein anderes Unglück: An der Trage, in der er sie auf die Märkte trug, riß ein Gurt, und alles fiel hinunter und zerbrach. Oder der Esel, der die Ware trug und den er manchmal mietete, wenn er besonders viel gearbeitet hatte, ging durch und warf die Ladung ab, da lag alles in Scherben. So konnte er auf keinen grünen Zweig kommen. Schließlich verzweifelte er; denn er sah, wie seine Kinder hungerten, und seine Frau war unzufrieden und schimpfte ihn einen Tagedieb und Nichtsnutz, so daß er vor Kummer und Zorn sicher wieder etwas falsch machte. So ging er in seinem Elend in den Wald und setzte sich in schlimmen Gedanken unter eine Eiche. Trübe blickte er in die Bäume, alle Blätter erschienen ihm schwarz. Keinen Vogel hörte er singen. Er saß auf einem abgestorbenen Stück Holz und konnte sich vor Verzweiflung nicht rühren: Ihm war, als wäre er aus Stein. Endlich schlief er ein vor Gram, da träumte ihm, unter der Eiche sei ein Schatz vergraben. Als er aufgewacht war, rannte er sogleich nach Hause, erzählte niemandem etwas, sondern eilte mit Spaten, Hacke und Schaufel unter Herzklopfen zurück. Er grub an der Stelle, an der er gesessen hatte, und schon bald stieß sein Spaten auf etwas Hartes, und er hob mit angehaltenem Atem eine Eisenkiste aus dem Waldboden, die war voll mit Goldmünzen und so schwer, daß er sie nicht forttragen konnte. Er deckte sie wieder zu und mietete sich den Esel. Den belud er mit dem Schatz und brachte ihn in der Nacht auch sicher und glücklich nach Hause. Jetzt war er bei seiner Frau gut angesehen. Sie wußte auch gleich, was mit dem Geld zu machen war: Ein neues Haus mußte gekauft werden, das beste Essen mußte auf den Tisch. Neue Kleider aus Samt und Seide und Schmuck mußten her. Die Frau sah sich schon den ganzen Tag vor dem Spiegel sitzen, Mägde um sich her, die auf jeden Wink sprangen. Der Töpfer wollte endlich ein neues Haus kaufen. Und während er diesem Geschäft nachging, dachte die Frau: Wir machen auch noch unser altes Haus zu Geld! Und so ging sie unter die Leute und bot ihr altes Häuschen überall zum Kauf an. Da geriet sie an einen alten Kaufmann, der mit Häusern handelte und den die Leute wegen seines Geizes und seiner Gerissenheit kannten. Der hatte gemerkt, daß der Töpfer zu Geld gekommen sein mußte. Denn dieser war mit seinem Esel und den Werkzeugen im Wald gesehen worden, und die Leute redeten darüber. Der Alte sah einen goldenen Ring an einem Finger der armen Töpfersfrau, er dachte an das, was er gehört hatte, und als die Frau ihm das Häuschen anbot, ging er sofort darauf ein und bezahlte den Preis, den sie verlangt hatte. Ein Pergament wurde aufgesetzt, und die stolze Töpfersfrau mußte ihren Daumen in die Tinte und dann unter das Geschriebene drücken. In der Zwischenzeit hatte der Töpfer ein prächtiges Haus gefunden, das zu kaufen war. Er ging heim, um aus der Kiste, die er in den Keller gestellt hatte, die Kaufsumme zu holen. Er sang und pfiff auf dem ganzen Weg. Aber da war kein Haus mehr! Der reiche Filz, der es gekauft hatte, hatte es abbrechen lassen, während die Töpfersfrau heulend daneben stand. Er hatte ihr mit gleichgültigem Gesicht sein Pergament unter die Nase gehalten – danach gehörte das ganze Haus mit allem, was darin war, ihm – und war mit der Kiste weggegangen. Da nützte alles Heulen, Fluchen und Weinen nichts. Das waren schlimmere Scherben als alle zusammen, die der Töpfer jemals in seinem Leben gesehen hatte. Wer nicht reich werden soll, der wird es nicht, selbst wenn er das größte Glück hat; so meine Puri Mami.«

Dann fügte er noch hinzu: »Vielleicht sind wir Zigeuner solche Töpfer.«

Vielleicht soll auch ich arm bleiben. Aber das darf nicht sein! Es darf einfach nicht sein! dachte Ulrich.

Der Tag blieb trübe und grau, und bevor noch die ersten Anzeichen der Dämmerung kamen, brachen die drei auf, um »den Bruch endlich zu machen«, wie Wiesel sagte. Marder hatte ein paar merkwürdig gebogene dickere und dünnere Drähte zusammengesucht und eingesteckt. Ulrich wußte, daß schon der Besitz solcher Dietriche in seiner Vaterstadt streng bestraft wurde. Jetzt war er gewissermaßen zum Kumpan von richtigen Räubern geworden, aber es ist ja für Anna und Herrn Perlenfein, sagte er sich immer wieder, und Wiesel und Marder helfen mir ja nur, sie haben ja gar nichts davon.

Draußen war es kälter geworden; der Himmel war wie aus Blei, und die rauchige Luft machte ihn noch drückender. Das Atmen fiel Ulrich schwer, und die Augen brannten wieder vom Rauch- und Essigdunst. In der Stadt war alles gleich geblieben, doch begegneten sie jetzt gegen Abend nur noch sehr wenigen Menschen. Wurden sie nicht bereits mißtrauisch angestarrt?

Die Spannung wuchs, je näher sie dem Marktplatz und Herrn Perlenfeins Haus kamen. In der Gasse zwischen dem Marktplatz und der Kirche war kein Mensch. Sie hatten sich getrennt: Wiesel schlüpfte zuerst in die schon dämmerige Hofdurchfahrt, dann Ulrich, zuletzt kam Marder: »Ich habe noch einen kleinen Umweg gemacht und mir die Gegend um das Haus angeschaut: Ich habe nichts Auffälliges bemerkt.«

Wiesel musterte die Fenster des Nachbarhauses, auch Ulrich versuchte das Schwarz der Fensterflächen zu durchdringen. Die Katze mit den gelben Augen war verschwunden.

»Es wird besser sein, wenn wir rasch hineingehen«, flüsterte Marder.

Ulrich schloß die Türe auf, an der noch die Reste des zerbrochenen Siegels hingen. So kamen sie in den dunklen Treppenturm, dann in den Gang, der so vornehm, düster und einsam war, daß man meinte, die Bedrückung mit den Händen greifen zu können. Wiesel öffnete einige der feierlichen Türen links und rechts des Ganges. Die Zimmer waren zwar meist kunstvoll ausgemalt, aber bis auf eines mit einer riesigen schwarzen Truhe und einigen Stühlen vollständig leer; auch die Truhe – der Schlüssel steckte – war leer.

»Hier ist nicht einmal etwas für eine Kirchenmaus zu holen«, flüsterte Wiesel.

Das Flüstern klang sehr laut, und ihre Schritten hallten in dem leeren Haus. Ein wenig froh war Ulrich schon, daß das ganze Haus so leer war und daß seine eigenartigen Freunde nichts mitnehmen konnten. Freilich, dachte er dann beschämt, eine gewisse Belohnung hätten sie schon verdient, wenn sie schon ihr Leben riskieren. Und für wen riskieren sie es denn?

Die dritte Tür im Quergang nach der geschnitzten Säule erwies sich als kein großes Hindernis.

Marder wählte kurz unter seinen Dietrichen, prüfte einen, bog ihn mit seiner braunen Hand etwas zurecht, indem er ihn direkt vor die Augen hielt und steckte ihn vorsichtig ins Schlüsselloch: ein kurzes, feines Knirschen, dann schnappte das Schloß zurück.

Das Kontor war nüchterner als die anderen Räume und enthielt einen langen Tisch und einige Stehpulte. Eine Wand war von einer schwarzen Tafel ausgefüllt, die aber ganz leergewischt war. Eine ganze Wandseite nahm ein Wandschrank ein mit vielen Schubfächern.

Im größten, mittleren Fach lag zu Ulrichs unaussprechlicher Erleichterung der Siegelring des Herrn Perlenfein.

»Laß mal sehen«, flüsterte Marder. »Mann, ein goldener Ring mit einem großen, feingeschnittenen Smaragd!«

Ulrich konnte, als sie alle drei die Köpfe zusammensteckten, in einem großen, herrlich grün leuchtenden Stein dasselbe Wappen erkennen, das außen auf das Türblatt geschnitzt war, den Löwen mit der Perle im Rachen.

Wiesel und Marder schauten sich den Ring lange an. »Der ist so wertvoll«, sagte Marder schließlich, »daß du niemals in deinem ganzen Leben so etwas Kostbares besitzen wirst. Solche Dinge sind es, für die Menschen umgebracht werden!«

»Man überlegt geradezu, ob man ihn dir überhaupt geben soll«, grinste Wiesel.

Marder lachte und drückte dem erschrockenen Ulrich den Ring rasch und entschlossen in die Hand. »Halt ihn gut fest! Denn erstens haben wir es dir versprochen, und zweitens könnten wir ihn gar nicht ohne weiteres verkaufen. Vielleicht weit weg, hier ist das Wappen überall bekannt. Man hat Leute schon für viel weniger aufgehängt!«

Ulrich steckte ihn in die Tasche.

Wiesel lachte kurz und trocken auf, bleckte die Zähne ironisch zu Ulrich hin, warf seinen Dolch in die Luft und fing ihn kunstvoll auf der Fingerspitze balancierend und wippend wieder auf.

»Jetzt müssen wir aber machen, daß wir fortkommen. Inzwischen wird es ja auch rasch dunkel.«

Ulrich hatte vor Freude über den Ring in seiner Tasche fast vergessen, wie gefährlich der Rückweg war.

Marder ließ das Schloß wieder einschnappen. »Jetzt hinaus!«

Im Treppentürmchen bat Wiesel: »Laß mich den Ring noch ein einziges Mal sehen.«

Ulrichs Tasche war leer! Grinsend zog ihn Wiesel aus der seinen. »Es ist besser, wir binden ihn dem Säugling um den Hals«, kicherte er und nestelte eine dünne Lederschnur aus seinem Kittel, darin verknotete er den Ring und hängte ihn Ulrich um den Hals, er mußte sich dabei weit hinaufrecken: »So, laß ihn dir aber nicht wieder abnehmen!«

Sie schlüpften zum Türchen hinaus, Ulrich schloß ab. Kaum hatte er den Schlüssel eingesteckt, da schrie Marder: »Vorsicht, rasch weg!« und rannte los.

Aus einer kleinen Pforte zum Nachbarhaus stürzten Wachsoldaten, ein Hund bellte. Ulrich rannte blitzschnell in die Toreinfahrt, Marder war verschwunden. Ulrich duckte sich hinter einen großen, einwärts geklappten Torflügel und schaute nach Wiesel. Die Männer hatten ihn, der – klein wie er war – nicht so schnell rennen konnte, schon gepackt und ihm die Hände auf den Rücken gedreht. »Einen haben wir«, hörte er rufen, »die anderen beiden sind auf die Straße hinaus, schnell!«

Schon rannte der ganze Trupp an ihm vorbei. Zwei Männer brachten Wiesel. Er sah winzig klein aus zwischen den beiden Soldaten, grinste aber zu Ulrich herüber, als könnte er ihn hinter dem dicken Torflügel sehen. Ulrich wartete lange. Schließlich war alles still.

In der Zwischenzeit war es fast dunkel geworden. Allerdings war es heller als in der vorigen Nacht, als er sich in der Stadt verirrt hatte. Zwar war es dunstig und die Luft wie immer voller Rauch, aber irgendwo ahnte man den Mond: Die Dunkelheit war gemildert von einer fast durchsichtigen milchigen Helle. So fand Ulrich ohne große Schwierigkeiten zurück zum Versteck, wo er Marder traf.

»Und Wiesel?« fragte Ulrich voller Angst. Er fühlte sich elend vor Schuld und wußte in seiner Ohnmacht nicht, was er tun sollte.

»Mach dir um Wiesel keine Sorgen«, sagte Marder, »der weiß sich schon zu helfen; wenn sie dich gefangen hätten, dann hätten wir uns überlegen müssen, wie wir dich freikriegen würden – aber bei Wiesel habe ich kaum Angst. Der hat sich schon öfters geholfen, der kommt schon heraus!«

»Hergegrinst hat er noch zu mir, aber er konnte mich doch gar nicht sehen.«

»Ich möchte wetten, daß Wiesel genau gewußt hat, wo du dich versteckt hattest; er hat ein sehr schnelles Auge, und ihm entgeht nichts, manchmal staune ich selber. Du hast übrigens Glück gehabt hinter deinem Torflügel, daß der Hund, den sie bei sich hatten, mir nachgerannt ist. So etwas ist für mich kein Problem!«

Sie warteten noch eine Zeitlang ... Wenn es Wiesel nicht gelingen würde? Man konnte gar nicht daran denken! Ulrich ballte die Fäuste, da hatte ihm Wiesel doch nur geholfen und zwar geholfen, jemand anderem zu helfen. Wer hatte denn ein Recht, ihn zu bestrafen? Oder ihm ungehört das Leben wegzunehmen? Ein Leben, in dem er keine Chance erhalten hatte.

Der kleine, schmale Wiesel zwischen den kräftigen Stadtsoldaten, die Arme auf den Rücken gedreht, Ulrich mußte die Zähne zusammenbeißen, wenn er das Bild vor sich sah.

»Wir müssen gehen, damit ich dich sicher aus der Stadt bringen kann«, unterbrach Marder seine Gedanken.

Hinaus aus dieser Stadt, das war wie das Erwachen aus einem entsetzlichen Alptraum! Noch war es aber nicht soweit.

»Wir müssen sehr vorsichtig sein: Ich bin sicher, daß sie uns noch immer suchen. Ich bringe dich hinaus, dann muß ich sehen, was mit Wiesel ist. Dich kann ich aber dazu auf keinen Fall brauchen. Bei so etwas steht ihr ja doch nur im Weg herum: Wir sehen besser, wir hören besser, wir können besser tasten und besser riechen als ihr, wir sind geschickter und flinker; obwohl ich zu manchem freilich ein wenig zu groß bin«, fügte er mit einem verlegenen Lachen hinzu.

»Ich könnte auch allein probieren hinauszukommen«, schlug Ulrich vor, »dann kannst du dich früher um Wiesel kümmern.«

»Vielleicht tun sie ihm heute abend nichts mehr. Wahrscheinlich ist er schon frei und kann aus irgendeinem Grund nicht zu unserem Versteck kommen. Also fort mit dir; allein lasse ich dich nicht – jetzt will ich schon wissen, daß du gut hinauskommst!«

Draußen war immer noch dieses milchige Dunkel, das die Umrisse der Häuser, Gassen und Plätze zeigte, Gestalten schemenhaft erkennen ließ. Über den Dächern, dem Dunst und dem Rauch mußte irgendwo der Mond sein. Allerdings konnte man jetzt auch sie besser sehen.

»Wir sollten nicht zu zweit gehen«, flüsterte Marder.

So legten sie bestimmte Treffpunkte in geringer Entfernung fest, kamen dorthin auf Umwegen, trafen und trennten sich wieder. Ulrich war sehr beklommen, wenn er an Wiesel dachte, andererseits spürte er die Lederschnur um den Hals und den leichten Druck des Siegelrings auf seiner Brust. Immer wenn sie sich trennten und er allein zur nächsten Straßenecke schlich, fühlte er sich so eigenartig hilflos wie in der vergangenen Nacht, als die Stadt ein Labyrinth für ihn geworden war. Er wehrte sich gegen dieses Gefühl, aber er schien im Augenblick nicht mehr viel Vertrauen zu sich selbst zu haben. Nur hinaus aus dieser Stadt!

Ab und zu heulte oder bellte ein Hund; und irgendwo unter dem Gewirr der Dächer lag vielleicht Wiesel angekettet. Darüber leuchtete jetzt ein sich schon leicht rundender und bereits tiefstehender Mond gefährlich hell aus den Dunstschleiern. Hoffentlich behielt Marder recht! Würde er, Ulrich, es jemals erfahren?

Die Stadtmauer als breite schwarze Wand in der silbrigen Helligkeit war jetzt hinter Gärten und kahlen Bäumen deutlich zu sehen. Es war kalt geworden.

»Wenn du innen vor dem Taltorturm stehst, mußt du vier Türme der Stadtmauer nach links abgehen. Wenige Schritte links vom vierten Turm entfernt – er heißt Sauturm, weil früher Schweineställe angebaut waren – ist am Fuße der Mauer ein kleines Pförtchen, durch das sie früher die Schweine hinausgetrieben haben; dessen Schloß ist so beschaffen, daß es nur von innen, aber nicht von außen aufgemacht werden kann. Vorsicht, es kann bewacht sein!« So hatte ihm Hinze seinen Rückweg beschrieben, und der Wirt hatte dazu genickt.

Marder wollte ihn auf demselben Weg hinausbringen.

Sie kauerten hinter einem Gartenzaun. »Bleib hier«, flüsterte Marder, »ich will die Wachen beobachten. Es gibt noch andere Wege, aber dieser hier ist der einfachste, alle anderen sind zu zweit gefährlicher.« Damit war er verschwunden.

Ulrich hockte lange im Schatten. Er hatte kaum mehr Angst um sich: Die Angst um Wiesel war so sehr gewachsen, daß er nicht mehr an seine eigene Gefährdung dachte. Wie schön wäre es gewesen, Anna und Herrn Perlenfein den Ring zu geben und dabei … Nun war der Ring vielleicht sehr teuer erkauft worden und das durch seine Schuld!

Da kam Marder zurück: »Hör gut zu«, flüsterte er so leise, daß es Ulrich kaum hören konnte, »direkt vor dem Pförtchen sitzt ein Rakelenger, ein Stadtsoldat, mit seinem Tschukel. Ich weiß nicht, ob er schläft, aber er muß da weg, mitsamt dem Hund.«

Ulrich wollte etwas sagen, aber Marder legte ihm die Hand auf den Mund: »Du mußt jetzt vor allen Dingen ganz ruhig sein, sag nichts; tu alles genauso, wie ich es dir sage.«

Er winkte ihm zu kommen. Es war viel heller geworden, denn der Mond stand genau vor ihnen über der Stadtmauer, so daß er sie fast blendete. Scharf und klar standen die Umrisse der Stadtmauer mit ihren Türmen wie ein Scherenschnitt vor ihnen. Die Wehrdächer glänzten wie Silber, das Mauerwerk war schwarz, die Straße fast grellweiß. Vorsichtig schlichen sie weiter; hinter dem Vorsprung eines Zaunes flüsterte Marder noch längere Zeit so leise, daß es Ulrich gerade noch verstehen konnte. Er nickte. Dann drückte er Ulrich kurz die Hand und huschte blitzschnell über die Straße.

Eine Zeitlang hörte Ulrich nichts, er hockte da mit offenem Mund, die Augen weit aufgerissen, alle Muskeln gespannt zum Weglaufen, den Atem angehalten bis zum Ersticken. Plötzlich war rechts eine heftige Bewegung, wie wenn etwas geworfen würde; dann jaulte der Hund auf, ein Trappeln von Füßen auf der rechten Seite – eine rauhe Stimme brüllte: »He!« Ein Lachen entfernte sich, das war unverkennbar Marder, und da sah er auch schon eine schwarze Gestalt mit einem Spieß und den Schatten eines Hundes wegrennen.

Da rannte er los: Straße, Straße, Steine, schwarzer Schatten, alles schwarz, Mauer, Mauer, Mauer, wo war der Durchschlupf? Mauer, Nacht, wo war der Durchschlupf? Ein winziger, aber scharfer Lichtspalt in der Mauer, ein kalter Türknauf, der nachgab! – ein Ruck: das Tal! Da … weit lag es vor ihm, mondlichtüberglänzt mit einem wunderbar reinen weißen Schleier über dem Grund. Rasch die Pforte zugeschlagen. Kalter Atem in den Lungen, wieder und wieder und wieder – er war draußen!

Der Abstieg war nicht schwer, wenn er auch auf dem glitschigen Hang immer wieder ausrutschte vor Eile, Aufregung und Erschöpfung. Und wenn er dabei auch über und über naß wurde, und wenn es auch sehr kalt war – vielleicht schon gefroren, so spürte er einen ganz leichten Druck auf seinem Brustbein und einen leichten Zug um den Hals, davon ging jetzt eine so große Wärme aus, daß er nicht frieren konnte.

Als er im Tal an Ascherskron vorbeiwanderte, spürte Ulrich noch die Hand Herrn Perlenfeins auf seiner Schulter, mehr noch sah er die leuchtenden Augen Annas, er spürte noch den Druck ihrer weichen Hand in seiner. Er hörte noch ihren hellen Jubel, die warme Stimme des Alten, die ihn nach Köln eingeladen hatte!

Ulrich dachte aber auch an Wiesel und hatte den beiden alles erzählt, was er in der Peststadt erlebt hatte.

»Ich weiß nicht, ob Wiesel es geschafft hat, wenn ich das nur wüßte!«

Der Alte war sehr ernst gewesen: »Wir können nur hoffen, wir haben ihm so viel zu verdanken!« Nach einer Weile fügte er hinzu: »Die Juden, die Protestanten, die Bauern, die Zigeuner, wer kommt noch alles dazu?«

Ein anderer Soldat bewachte die Steinbrücke, über die der Hohlweg zum Taltorturm hochführte. Ein böiger und kalter Wind war aufgekommen, der Wolkenfetzen über den Himmel trieb, nachdem der Morgen klar und frisch gewesen war. Ab und zu glitt ein greller Sonnenstrahl über Mauern und Türme hoch über ihm, kurz blinkte ein Turmknauf. Er sah die Wehren, die über die Straße gezogen waren, und er glaubte die scharfe, rauchige Essigluft der Stadt zu riechen, die still, unnahbar und bedrohlich über dem Steilhang aufragte, den er vorgestern hinauf- und heute nacht wieder hinabgeklettert war. Mit dem Ring!

Hatte er sich in der Stadt angesteckt? Je länger die Anzeichen der Pest Tag für Tag ausblieben, desto schlimmer wurde gleichzeitig die Angst, ganz zum Schluß doch noch Beulen zu entdecken. Jedes Niesen, besonders aber zweimaliges Niesen hintereinander oder gar dreimaliges, löste schon Schweißausbrüche und Entsetzen aus.

Doch endlich war soviel Zeit vergangen, daß die Gewißheit, sich nicht angesteckt zu haben, in ihm aufging wie ein Licht. Ein Gefühl, an dem man sich wärmen konnte und das dem vergleichbar war, das er gehabt hatte, als er von der Schweinepforte aus das nächtliche Tal im Mondlicht erblickte: Er durfte sein Leben behalten, er durfte Anna wiedersehen, er war den Eltern wiedergeschenkt, er konnte wieder Meister werden. Aber von dem richtigen Haus seiner Probe war in Ascherskron nicht die Rede gewesen.

DIE FREMDEN

Süß beim Wandern war die Erinnerung an Anna. Er würde auch nach Köln wandern, das stand fest. Zuerst aber mußte er nach der Strafe des Bischofs Broterwerb und eine Bleibe für den Winter finden. Aus Bischofswerth hatte ihn der Bischof – noch genauer er selbst –, aus der Kaiserstadt Ascherskron die Pest vertrieben.

So wanderte er immer weiter nach Norden. Es war jetzt, Ende Oktober, kalt, und er kam durch ausgedehnte Wälder; aber seit Ascherskron hatte er keine Angst mehr vor Wölfen, obwohl es wichtigtuerische Leute gab, die ihn mit geheimnisvoller Stimme und beschwörenden Blicken vor Wölfen, Räubern und Gesindel warnten.

Manchmal, wenn er einen Hof betrat und der Hofhund bellend mit einem Maul voller Reißzähne auf ihn losfuhr, erschrak er zwar kurz, dann aber faßte er den Hund scharf ins Auge und ging mit festen Schritten schnurgerade auf ihn zu, bis der knurrend auswich, nach einigen beruhigenden Worten mit dem Schwanz wedelte und ihm schließlich die Hand leckte – er staunte selbst.

Hatte es Wiesel geschafft? Die Gedanken kamen und gingen. Fest stand, daß er gesehen hatte, wie Wiesel festgenommen worden war. Zwei Männer hatten ihm die Hände auf den Rücken gedreht und ihn abgeführt, während die anderen nach

Marder und ihm weitergesucht hatten. Mit einem Hund waren sie an ihm vorbeigerannt. Hier hatte er ganz großes Glück gehabt! Auf der Straße war Wiesel dann von der Wache, die ihn abführte, sicher gefesselt worden, wenn er nicht schon frei war, aber das war ganz unwahrscheinlich.

Wie war es wohl weitergegangen? Es gab mehrere Möglichkeiten. Die schlimmste war, daß Wiesel sofort von den Soldaten, die ihn festgenommen hatten, aufgehängt worden war. Dies wäre aber nicht innerhalb der Stadtmauern geschehen. Hätte sich Wiesel auf dem Weg zum Galgen, der sicher gut eine halbe Stunde außerhalb der Stadt lag, befreien können? Marder schien das vorauszusetzen. Wie das aber geschehen sollte, das konnte sich Ulrich nicht vorstellen.

Besser war es selbstverständlich, wenn Wiesel nicht sofort hingerichtet wurde. Zwar hatten der Wirt, Hinze und auch Wiesel selbst davon gesprochen und mit demselben Zeichen erklärt, daß Plünderer sofort aufgehängt wurden, wenn man sie auf frischer Tat ertappte, aber dagegen stand die Vermutung Marders, der wohl eher an den folgenden Tag dachte. Er hatte ja Wiesel noch am selben Abend in Freiheit vermutet, aber der war eben nicht zum Versteck gekommen! Dieser Gedanke war für Ulrich besonders schlimm. Hier war ja selbst Marder nachdenklich geworden, der, wie er sagte, um Wiesel »kaum Angst« hatte.

Seine Hilfe aber, zu der er sich erst nach der Flucht Ulrichs aus der Stadt aufmachen konnte, hatte nur dann einen Sinn, wenn Wiesel nicht mehr am selben Abend hingerichtet wurde. Welche Uneigennützigkeit und Ruhe! Zunächst ihm aus der Stadt zu helfen! Ulrich konnte nur staunen. Hätte er selbst sich so verhalten? Oder irgendeiner der Gesellen, die er kannte? Oder einer der braven Bürger zu Hause oder in Bischofswerth, die immer auf die Zigeuner, dieses Gesindel, schimpften?

Ein ordentliches Gerichtsverfahren? War das zu erwarten?

Nach Ansicht des Wirtes und Hinzes wohl nicht. Aber ganz sicher konnte man nicht sein. Ulrich erinnerte sich an das Peinliche Gericht in seiner Vaterstadt. Zwar war er selbst nie bei einer Gerichtsverhandlung gewesen, Gesellen und auch Jungen seiner Herkunft hatten da nichts zu suchen, aber es wurde oft davon erzählt. Nur den Gerichtssaal hatte ihm sein Vater einmal gezeigt, er hatte ihn in die kirchenartige Halle hineingeführt, als auf dem Rathaus etwas zu erledigen war.

Bei Todesurteilen wurde oft in der ganzen Stadt wochenlang von nichts anderem mehr geredet. Er versuchte, sich das Gericht möglichst genau vorzustellen. Den düsteren Saal auf dem Rathaus mit dem Steinboden und den ernsten Schranken, hinter denen das Jüngste Gericht als gewaltiges Gemälde eine ganze Wandfläche über den Richtern einnahm.

Die Richter in ihren schwarzen Roben nehmen feierlich davor Platz auf der Richterbank mit der hohen geschnitzten Lehne. Der Täter wird hereingeführt. Der hat, wenn dieses Gericht stattfindet, schon gestanden, oft unter der Folter. Er muß sich auf das Armesünderstühlchen vor der Gerichtsschranke setzen. Dort werden ihm die Ketten abgenommen, denn er soll sein Urteil als freier Mensch hören. Nach oft monatelangem Kerker in Ketten ist dies der letzte freie Moment in seinem Leben.

Ulrich stellte sich den winzigen Wiesel auf diesem Stühlchen in einem riesigen Saal vor, dazu die feierliche schwarze Versammlung. Schon bei der bloßen Vorstellung mußte man sich zusammennehmen, um nicht laut aufzuschreien.

Der Ankläger erhebt sich und liest, jedes Wort betonend, die Klageschrift vor, der Verteidiger bittet kurz um eine milde Strafe, aber das ist nur eine Formsache.

Dem Täter wird dann sein Geständnis vorgelesen, das er längst abgelegt hat und das er kaum vernehmbar bestätigt. Seine Stimme ist die einzige in diesem Raum, die nicht feierlich klingt, stellte sich Ulrich vor, sondern so wie die Stimme eines Menschen, der in höchster Todesnot ist, zittrig und elend: Erst jetzt gilt er als geständig und überführt.

Das Gericht erhebt sich. Darauf wird das Todesurteil verlesen, das schon lange vor dieser letzten Verhandlung gefällt worden ist. Das Urteil enthält vor allem die Todesart, die der Verurteilte zu erleiden hat.

Der Stabhalter, der Vorsitzende des Gerichts nimmt nun den weißen Stab, den er die ganze Zeit aufrecht in der Hand gehalten hat, und hält ihn mit beiden Händen hoch empor, dann zerbricht er ihn vor allen Anwesenden und wirft die Bruchstücke dem Geständigen vor die Füße.

Zuschauer berichten immer wieder, wie ein Stöhnen durch die Versammlung gehe bei dem scharfen Knacken, mit dem das Stäbchen zerbrochen wird, wie schaurig es in dem stillen Saal hallt. Wie jeden das Grauen packt, wenn er dabei den armen Sünder anblickt. Wie jeder froh ist, daß nicht er dort sitzt und hören muß, daß sein Leben noch heute zu Ende ist.

Ulrich stellte sich vor, wie der soeben Verurteilte die flackernden Blicke hilfesuchend über die Mauer der Menschen gehen läßt …

Wenn das Urteil gesprochen ist, wird der Verurteilte am Pranger auf dem Marktplatz angekettet und meist für eine halbe Stunde dem Spott der Menge, vor allem der johlenden Straßenjungen überlassen. Ulrich durfte nie hin, seine Mutter paßte da sorgfältig auf. Auch die besseren Bürger hielten sich vom Pranger fern. Sie standen in weitem Abstand und ließen sich Schauer über den Rücken laufen.

Auch bei Hinrichtungen hatte Ulrich nie zusehen dürfen, worüber er lange Zeit wütend war: Selbst die Kinder, die in die Schule gingen – Kinder reicher Leute, die zu Hause nicht helfen mußten – bekamen schulfrei, um sich das Ereignis anschauen zu können. Oft mußten sich die Schulkinder sogar aufstellen und Kirchenlieder singen, bis das Urteil vollstreckt war! Anschließend hörte man in der ganzen Stadt nur noch erzählen, wie der Verurteilte sich benommen habe und wie er gestorben sei. Und jeder, der nicht dabei war, wurde mitleidig angeschaut und für nicht ganz voll genommen.

Die Vorstellung, wie sich Menschen mit gierigen Blicken am Tod des kleinen Wiesels weideten, war Ulrich unerträglich.

Wenn der Verurteilte zum Richtplatz geführt wurde, bimmelte die ganze Strecke seines Weges lang das Armesünderglöckchen auf dem Rathausturm. Seine Mutter war dann immer besonders still, auch der Vater unterbrach die Arbeit, Ulrich durfte sich keinen Augenblick aus dem Hause entfernen, da paßte seine Mutter scharf auf. Wenn dann das Bimmeln aufhörte, knieten sie nieder und beteten für das Seelenheil des armen Sünders. Das war bei seiner Mutter überhaupt nicht anders denkbar und möglich. »Etwas anderes kann man beim Tod eines Menschen, besonders einem gewalttätigen Tod, auch gar nicht tun«, sagte sie oft, wenn Ulrich maulte, weil er beten mußte, wenn seine Spielkameraden bei so spannenden Ereignissen zuschauen durften und er nicht.

Ulrich hatte noch nie an der Berechtigung der Todesurteile selbst gezweifelt, auch nicht der entfernteste Gedanke war ihm jemals gekommen. Jetzt flogen ihm die Zweifel nur so zu: Wer wußte schon, was Wiesel wirklich wollte, als er »auf frischer Tat« ertappt wurde! Glauben würde ihm kein Mensch. Leugnete er aber, dann drohte ihm die Folter, dann wurde das Geständnis einfach erpreßt!

Wenn er gefoltert würde! Ulrich dachte bitter an die Meinung der meisten, Zigeuner würden weniger Schmerz empfinden als andere Menschen.

Aber hatte Wiesel überhaupt das Verfahren, wie Ulrich es sich durch den Kopf gehen ließ, zu erwarten? In der Stadt herrschte die Pest. Ein ordentliches Gericht konnte vielleicht gar nicht mehr zusammentreten. Man machte kein Federlesen, wie der Wirt sich ausgedrückt hatte. Er sah wieder dessen gieriges Gesicht vor sich, das er sich so gut voller Schadenfreude denken konnte. Nein, Wiesel hatte man nicht so viel Zeit gelassen.

Aber da war noch ein anderer wichtiger Gedanke: Wiesel war Christ, aber kein Christ, das stand fest, durfte ohne Geistlichen, ohne Beichte und Abendmahl hingerichtet werden. Aber galt das auch in Zeiten der Pest? Ulrich wußte es nicht.

Aber selbst wenn dieser Zeitaufschub von einem Tag vorhanden war: Konnte es in der doch auch sehr kurzen Zeit gelingen, Wiesel frei zu bekommen? Marder war sehr zuversichtlich gewesen, war das nur gespielt?

Und was, wenn sie Wiesel tatsächlich gehängt hatten? Abgesehen von Ulrichs Schuld: War er in der Hölle oder im Himmel? Seit der neuen Lehre herrschte nicht einmal mehr darüber Einigkeit! Die Katholiken ließen die guten Werke gelten, um die Seligkeit zu erlangen; Martin Luther und seine neue Lehre aber nicht, wie man hörte und wie immer mehr Leute glaubten! Ulrich meinte schon, daß es ein gutes Werk gewesen sei, ihm zu helfen, aber wenn es doch nicht zählte – und dann begannen die Gedanken von neuem. Ach, es half alles nichts, er mußte herausfinden, ob Wiesel freigekommen war!

Der Tag war trüb, und das nächste Dorf ließ länger auf sich warten, als er gedacht hatte. Ab und zu griff er nach der Lederschnur, die er um den Hals geknotet hatte: Sie erinnerte ihn an Anna und Wiesel gleichzeitig.

Der Weg senkte sich in ein kleines Tal, in dem die Luft nach Rauch roch; in einer Senke stand verloren ein melancholischer Reiher. Von irgendwo aus dem stillen Land hörte er das dünne Klingen einer Schmiede. Einen Baum an der Wegsenkung hatte wohl einst ein Blitz gespalten, so daß zwei Teile bleich und starr in den Himmel ragten.

Er hörte Stimmen, ein Pferd schnaubte. Zwischen den Bäumen öffnete sich eine Lichtung. Mehrere Planwagen standen da, ungeschickt nebeneinandergestellt. Das Zugvieh, Pferde und Ochsen, war abgespannt; kleine Feuer brannten. Schon knurrte ihn ein Hund an, zwei weitere liefen im Bogen auf ihn zu. Aus einem der Wagen kam Kinderweinen.

»Weg da, Harro, Hasso!«

Jetzt sah er einen schwarzgekleideten Herrn mit weißem Kragen auf sich zukommen:

»Ein wandernder Geselle? Welcher Profession?«

»Zimmergeselle!«

»Gott sei Lob und Ehre, preiset ihn!« sagte der Herr. Ulrich schaute ihn fragend an.

»Komm mit, du mußt uns helfen!«

Ulrich sah jetzt, daß einer der Wagen sehr schief und nur noch halb auf der Straße stand. Zwei Menschengruppen standen dabei.

»Die Aufhängung der Deichsel ist gebrochen. Wir haben zwar Werkzeuge, können den Wagen aber nicht reparieren. Dich hat der Himmel geschickt.«

Ulrich bückte sich unter den Wagen und sah, daß einer der beiden Schenkel, welche die Deichsel mit der Vorderachse verbinden, zerbrochen war. Ein gewaltiger Stoß mußte den Wagen aus dem Gleichgewicht geworfen haben, so daß er sich quer zur Deichsel verdreht hatte. Eine zerbrochene Deichsel hätte er nicht ohne Langholz ersetzen können, höchstens flicken.

So konnte er im Aufrichten leicht sagen: »Ich bin zwar kein Wagner und kein Stellmacher, aber diese Reparatur ist für mich eine Kleinigkeit.«

Holz gab es genug: Mehrere Holzstöße mit Eichenscheiten hockten am Waldrand. Sägen, Beile, Bohrer – fast eine ganze Werkstatt – alles war da, wurde aus verschiedenen Wagen zusammengebracht und ergänzte das Bundwerkzeug, wie Stemmeisen, Bundaxt, Stoßaxt und Spannsäge, das er als Zimmergeselle selbst mittragen mußte.

Ulrich längte ein einigermaßen gerades und astfreies Scheit ab und bearbeitete es mit dem Beil so lange, bis sich der Umriß des neuen Schenkels abzeichnete, den er dann mit einer Raspel nacharbeitete. Er arbeitete schnell und gut. Jeder Handgriff war gezielt, sauber und ruhig; fast bedächtig setzte er die Werkzeuge ein, jeder Hieb, jeder Stoß saß an der richtigen Stelle. Hier fühlte er sich sicher. Hier gab es keine Zweifel, wie er sich verhalten sollte. Auge und Körperkraft arbeiteten wunderbar zusammen, der Atem ging im Schwung der Bewegungen. Mit Gelassenheit schätzte er eine Krümmung im Holz ab, ein scharfer Hieb mit dem Beil, schon war die Stelle glatt und konnte weiterbearbeitet werden. So klar sollte das sonst im Leben auch immer sein! dachte er und griff nach der Raspel – fast hätte er bei der Arbeit gepfiffen, was ein Zimmermann ja nicht darf.

Am Ende wurde er sehr gelobt; einige Männer hatten das Holzstück beim Sägen gehalten und halfen ihm schließlich den neuen Schenkel in den eisernen Laschen unter dem Wagen zu befestigen, nachdem der zerbrochene entfernt worden war, und die Deichsel einzuhängen. Dann wurde der Wagen mit vereinten Kräften wieder aufgerichtet.

Während er arbeitete, war Ulrich ein Mann aufgefallen, der ihn immer wieder auffällig gemustert hatte, vor allem, als er half, das Holzscheit beim Sägen festzuhalten. Er war wie die anderen ganz schwarz gekleidet mit einem weißen Kragen.

Jetzt, als die Arbeit beendet war, trat er etwas linkisch auf Ulrich zu. Im Vergleich zu den anderen schien er noch ziemlich jung. Er druckste herum. Dann endlich, Ulrich wollte gerade hinübergehen zum Feuer, wohin die anderen vorausgegangen waren, begann der Schwarze mit verlegenem Gesicht:

»Heißt du nicht Ulrich Wennagel?«

Ulrich fuhr zusammen: »Woher kennt Ihr mich? Woher wißt Ihr meinen Namen?«

»Du, du darfst mir nicht böse sein, wenn ich mich täusche, aber warst du nicht vor einigen Wochen in Bischofswerth?« fragte der andere. Diese Erinnerung war nicht angenehm, holte ihn die Vergangenheit schon ein? Die Dämmerung war nun hereingebrochen, und er konnte das Gesicht des anderen nur undeutlich sehen.

»War ich, aber was soll das?« Ulrich hatte plötzlich ein schlechtes Gewissen, machte sich dann aber Mut: Bischofswerth war abgegolten, alle Gesellen hatten bezahlt und gesühnt; schon die Angst war Sühne gewesen.

»Kennst du einen Zimmergesellen namens Konrad Mutzhaaß?« fragte der andere weiter.

Ulrich mußte tief Luft holen: »Ja, kenn ich gut, was ist mit dem?«

»Der sucht dich.«

»Sucht mich?«

»Ja, er hat nach dir gefragt, als wir in Bischofswerth waren. Ich muß dir das genauer erzählen.« Sie setzten sich an einen kleinen Abhang.

Ulrich konnte die Spannung schier nicht aushalten: »Weshalb sucht er mich? Und woran habt Ihr mich erkannt?«

»Sag ruhig du zu mir. Ich heiße Heinrich Wagenseil und bin aus einem kleinen Ort bei Nürnberg. Da dieser Ort katholisch geblieben ist, mußten wir, die wir evangelisch geworden sind, ihn verlassen. Zunächst wollten wir nach Bischofswerth, dort seien viele Anhänger Luthers, aber in dieser Stadt ist soviel Unfriede, daß wir weitergezogen sind.« Ulrich nickte.

»Da, am letzten Tag, als wir unsere Wagen beluden, kam in das Wirtshaus ein Zimmergeselle, wie er sagte; er war ziemlich klein, gar nicht, wie man sich einen Zimmergesellen vorstellt, hatte aber ein Paar schlaue Äuglein unter seinem dichten Haarschopf.«

»Genau so sieht er aus, das war er! Wo ist er hingegangen? Kann ich ihn treffen? Was will er von mir?« Ulrich war aufgesprungen.

»Er sucht dich immer noch!« sagte Heinrich umständlich. »Er hat nach dir gefragt, und der Meister, bei dem du gearbeitet hast, hat ihm gesagt, vielleicht wolltest du nach Ascherskron. Aber jeder in Bischofswerth wußte, daß da die Pest ist. Es muß berichtet worden sein, kurz nachdem du fort warst. So war anzunehmen, daß du dort keine Arbeit bekommen konntest und weitergezogen bist.«

»Ja, ich komme von Ascherskron, da ist die Pest, das stimmt, ich bin nicht dort geblieben. Du kannst es sehen. Weiter!«

»Konrad Mutzhaaß hat dich genau beschrieben, ein Zimmermann, sehr lang und knochig, mit einem länglichen Gesicht, blauen Augen und rötlichen Haaren. Genau wie du! Und der sehr gut arbeite, und das stimmt ja auch. Mit mir hat er vor allem geredet; und wenn ich dich sehe, soll ich dir sagen, und ich sage es jetzt: Du sollst nach Hause zurückwandern! Es sei wichtig. Und nun habe ich dich gefunden.«

»Nach Hause zurück? Ist jemand gestorben?«

»Gestorben sei niemand, das habe ich auch gefragt, aber es könne wohl noch jemand sterben, was weiß ich.«

»Mein Vater?«

»Nein, deinen Eltern gehe es gut, soll ich dir sagen. Einen Grund für den Abbruch der Wanderung aber hat er mir nicht genannt, obwohl ich noch gefragt habe. Schade.«

»Nach Hause zurück. Ich denke gar nicht daran! Was soll ich zu Hause? Da kann es doch nichts geben, wofür ich wichtig wäre. Meine Wanderung abbrechen? Etwas besonders Schimpfliches. Nein! Das kommt nicht in Frage, und wenn der Kaiser selbst es verlangt!«

»Jedenfalls, ich habe es dir ausgerichtet.«

»Danke.« Ulrich war nicht begeistert. »Das muß er mir schon selbst sagen. Da muß er sich aber einen sehr guten Grund ausdenken, bis ich meine Wanderung abbreche. So einfach, wie der sich das vorstellt, geht das nicht.« Und wenn es auch Konrad Mutzhaaß ist, dachte er noch, den er seit Bischofswerth mit ganz anderen Augen sah.

Der dämmerige Tag war schon am Erlöschen, als Ulrich an das Feuer trat. Hier aber war es seltsam: Die zwei Gruppen saßen wie zwei Klumpen zusammengeballt jede für sich. Sie seien zwei Gruppen, die nicht zusammengehörten; drei Wagen seien nach Süden, vier nach Norden gefahren. An dieser Stelle seien sie sich begegnet. Auf der schmalen, aufgeweichten Straße sei es dann beim Ausweichen passiert.

Auf die Frage, wer sie seien, herrschte eine Zeitlang verlegenes Schweigen. Dann stellte sich Folgendes heraus: Die Familien, die nach Norden fuhren, waren aus ihrer Heimat vertriebene Protestanten, die eine neue Heimat bei ihren evangelischen Brüdern suchten – die anderen Familien dagegen waren vertriebene Katholiken, die sich ebenfalls, nämlich bei ihren südlichen Brüdern neue Lebensgrundlagen suchen mußten. Beide Gruppen hatten sich hier getroffen.

»Man kann eigentlich gar nichts sagen, es ist entsetzlich!« meinte der schwarzgekleidete Herr mit dem weißen Kragen: »Wie haben wir die Papisten gehaßt, jetzt liegen wir alle auf der Landstraße.«

»Ihr seid selbst schuld«, brach es aus einem hageren, aber gutgekleideten Herrn auf der anderen Seite hervor. »Was mußtet ihr auch vom Glauben eurer Väter abfallen. Es ist ganz recht, daß es euch …«

»Sei still, Vater«, sagte ein traurig blickendes Mädchen, »es geht uns ja genauso.«

»Aber bei uns ist der Segen Gottes«, wehrte sich der Angegriffene, »wir sind die Märtyrer des Herrn, und euch sage ich –«

»Sag's nicht«, bat das Mädchen, »es ist heute schon so viel Böses gesagt worden.«

»Der Herr ist mit uns!«

»Zunächst hat er euch, wie wir sehen, die Deichsel zerbrochen!«

»Da wollte der Herr uns nur versuchen«, erwiderte der Hagere.

»Seid vernünftig«, traten zwei weitere Männer vor, »wir sind alle elend genug, wir haben alle unsere Heimat und unsere Häuser verloren!«

»Aber wer ist schuld?« der Mann heulte fast auf.

»Ja, es tut weh!« sagte der dunkelgekleidete Herr mit dem weißen Kragen. »Aber uns tut es auch weh!«

»Wenn es denn sein muß«, begann einer der beiden Hinzugetretenen, »so laßt uns den Feinden vergeben, wie Jesus Christus gesagt hat!«

Das Mädchen ging mit ihrem Vater weg vom Feuer. Lange Zeit war es still. Auch Heinrich Wagenseil, der sich in seine Nähe gesetzt hatte, schaute auf den Boden. Ulrich blickte unwillkürlich hinaus in das weite Land, das sich im Zwielicht des Abends mit einem flachen Dunst zu überziehen begann, aus dem nur noch dunkle Gesträuche ragten. Der Himmel über dem Land war leer.

Das Mädchen trat wieder zu ihnen: »Ihr dürft ihm nicht böse sein, jetzt sitzt er drinnen im Wagen und weint.«

Dann sagte sie nach einer langen Pause: »Er hatte es aber auch zu hart, meine Mutter ist erst vor acht Monaten gestorben – sie hat es nicht mehr ausgehalten!«

Im Westen schälte sich jetzt in den letzten Minuten des Tages überraschend die untergehende Sonne aus dem Dunst hervor, ein übergroßer Ball in dem schon sehr dunklen Land, der so matt war, daß man ohne Gefahr für die Augen hineinschauen konnte. Er neigte sich scheinbar viel zu schnell der Nebelfläche zu, die das Blickfeld begrenzte. Doch bevor diese erreicht war, wurde die fast körperhafte blutigrote Kugel schon wieder vom Dunst wie in einem Sack verschluckt. Ulrich war diesem letzten Schein des Tages staunend gefolgt. Kaum war die Sonne verschwunden, als es auch schon stockdunkel war.

Dann trat der Hagere wieder an das Feuer.

»Das ist das schlimmste«, sagte er, »daß ich selbst schuld bin.« Seine Stimme klang jetzt gefaßter, als er sich zu seiner Tochter setzte: »Dennoch weiß ich nicht, was ich eigentlich hätte anders machen sollen; dadurch wird alles noch viel schlimmer. Ich habe Fehler gemacht, aber ich weiß nicht welche.«

Langes Schweigen; dann fuhr er fort: »Alles fing an vor vier Jahren, bis dahin waren wir eine glückliche Familie in einer glücklichen Stadt. Dann begannen die Umtriebe der Ketzer!«

»Laßt das!« sagte einer auf der anderen Seite des Feuers. »Bitte, wir haben heute nachmittag genug aufeinander geschimpft.«

»Wir waren eine glückliche Familie; da begannen die lutherischen Prädikanten in der Stadt zu predigen. Erst heimlich in einzelnen Familien, Druckschriften liefen um, von Hand zu Hand, Sendbriefe von Martin Luther, Schriften von Philipp Melanchthon. Das reine Gotteswort sollte gepredigt werden; es war aber nichts als lauter Ketzerei und Abfall. Sie predigten den Abfall vom Papst und von den Heiligen; sie wollten die heilige Messe abschaffen, sie wollten das Wort Gottes auf deutsch verbreiten, damit es jeder lesen könne. Ihr seht ja, was daraus geworden ist: Jeder legt die Schrift aus, wie er sie versteht, und das bringt den ganzen Abfall zustande. Jeder versteht sie eben anders, man hätte die Auslegung den gelehrten Leuten, die Latein und Griechisch können, überlassen sollen.« Er richtete sich auf: »Das Schlimmste, was Martin Luther gemacht hat, war die Übersetzung der Bibel. Vorher war der Glaube allgemeine Sache und hat unsere Gemeinwesen befestigt, jetzt ist er Privatsache geworden und zerstört die Eintracht unserer Bürger von innen heraus.«

»Ihr wißt genau, daß man gerade das auch völlig anders sehen kann, weil Glaube in Wirklichkeit Gewissenssache ist«, wurde von der anderen Seite des Feuers erwidert, »aber wir wollen nicht streiten, sondern Euch zuhören.«

»Während ich im Glauben unserer Kirche fest blieb, lief meine Frau zu den Prädikanten. Ich habe es ihr verboten, ich habe ihr ins Gewissen geredet, mehrmals bin ich hingegangen und habe sie herausgeholt. Jeden Tag war Streit. Ich, der Herr im Haus, dem sie versprochen hatte, gehorsam und untertänig zu sein, wurde angezweifelt. Die Tochter wurde widerspenstig. Wie habe ich geredet, erst in Liebe, dann mit Strenge. Ich habe ihnen vor Augen gestellt, wie sie das Himmelreich verspielen. Meine Frau hat gelacht, nicht lieblos, sie hat eher gelächelt, sehr sanft – aber da habe ich sie geschlagen ... Auch meine Tochter brachte ich von den Lutherischen nicht mehr weg. Da breitete sich diese Irrlehre immer weiter aus: Die ganze Stadt fiel vom rechten Glauben ab, und ich und einige wenige Bürger, die Ihr hier seht, mußten die Stadt verlassen. Die Stadt, in der unsere Vorfahren über zweihundert Jahre gewohnt haben, geboren wurden, getauft worden sind und begraben liegen, und meine Tochter ist mit mir gegangen, obwohl sie – das weiß ich – der neuen Lehre noch immer anhängt.«

»Ich bin dort«, sagte die Tochter, »wo ich hingehöre«, und schmiegte sich an seinen Arm.

»Sonst wäre ich ganz allein, wißt Ihr, denn meine Frau hat das alles nicht mehr lange ausgehalten, den täglichen Unfrieden, den Zank – und – ich habe sie ja geschlagen! Und sie ist gestorben.«

Wieder machte er eine Pause. Ulrich blickte zum Nachthimmel, aber er sah dort nur eine milchige Schwärze, die zum Ersticken nahe schien.

»Heute nacht, bevor wir Euch getroffen haben, habe ich sie wiedergesehen: Wir gingen durch eine Kirche, die Säulen waren so hoch, daß man die Gewölbe, die sie trugen, nicht sehen konnte. Irgendwo glühte das Ewige Licht. Kein Laut war zu hören. Wir gingen Hand in Hand wie in der ersten Zeit unserer Ehe – uns sind neun Kinder gestorben, müßt Ihr wissen, meine Tochter ist alleine übrig.« Er schwieg lange.

»Der Weg durch die Kirche war weit, und manchmal hatten wir das Gefühl, gar nicht mehr in der Kirche zu sein, sondern auf einer Wiese mit Blumen, dann wurde es wieder grau und düster. So kamen wir zum Lettner, der den Altarraum abtrennte wie eine riesige Mauer. Wir spürten, daß wir auf die andere Seite des Lettners gelangen mußten. So gingen wir einträchtig auf die einzige Pforte zu. Sie war eng. Wir mußten uns loslassen. Es wurde dunkel. Dann stand ich im Altarraum unter vielen Statuen aus Stein. Es war Nacht, hoch oben war das Gold eines Heiligen oder eines Engels, unerreichbar weit. Ich war allein, und es war kalt. Ich wollte nach meiner Frau rufen, aber ich brachte keinen Laut heraus. Ich wollte zurücklaufen und sie suchen, aber ich konnte nicht von der Stelle. Ich stand starr. Ich war selbst eine Statue aus Stein geworden.«

Ulrich lag noch lange wach. Es gab viel, was ihn beschäftigte und keinen Schlaf finden ließ, obwohl er müde war. Die Frage nach dem richtigen Glauben hatte ihn schon lange beschäftigt, man wurde ja ständig darauf gestoßen: katholisch oder, wie sie jetzt die Lehre Luthers nannten, evangelisch? Jeder sagte etwas anderes, jeder hatte gute Gründe, alle wußten es besser.

Wie einfach war da doch das Handwerk! Er hatte den Vertriebenen die Lenkung des Wagens reparieren können, aber die richtige Richtung mußten sie selbst finden. Den richtigen Glauben zu finden, wenn sich nicht einmal die gelehrten Männer einig waren, das war ja fast so schwer wie das richtige Haus! Er lächelte in der Dunkelheit. Dem richtigen Haus war er auch unter den Auswanderern nicht näher gekommen.

Mit dem Glauben wollte er es zunächst so halten, wie seine Eltern ihn gelehrt hatten. Denen war er nach den Zehn Geboten, die ja für alle gleichermaßen galten, Achtung schuldig. Er dachte aber auch, daß es auf diese Weise nie etwas Neues geben würde. So war es ja auch im Handwerk gewesen: Die Zunft hat immer recht! Und dann hatte sie auf einmal nicht recht! … Irgendwann war er doch eingeschlafen.

Schweigend trennten sich die beiden Gruppen am anderen Morgen. Gesenkten Hauptes zogen alle in die Richtung der Heimat ihrer Gegner in die Fremde. Das Schweigen war wie eine ungeheure Scham.

Sollte Ulrich umkehren und nach Hause wandern? Er war sehr unschlüssig, so sicher, wie er Heinrich Wagenseil gegenüber getan hatte, war er keineswegs, als er am Morgen seinen Weg zögernd nach Norden richtete: Konrad war ein schlauer Bursche, viel schlauer als er, das mußte er zugeben, wenn es auch schwerfiel. Wenn der sagte, es sei wichtig umzukehren, dann hatte das seinen Grund. Aber Konrad hatte keinen angegeben! Hätte er das wirklich gemacht? Er konnte doch nicht erwarten, daß jemand aufs Geratewohl so einfach seine Wanderung abbrach, und das auch noch im ersten Jahr.

Eine Wanderschaft abbrechen, das war das Schlimmste, was ein Geselle tun konnte. Konrad selbst hatte seine Wanderung seinerzeit abgebrochen. Allerdings mußte Ulrich in der Zwischenzeit einsehen, daß das mit gutem Grund geschehen war. Und er selbst? Das Gerede der Leute? Die Gerüchte und Vermutungen?

War das überhaupt richtig ausgerichtet worden, daß er umkehren sollte? Konnte er umkehren, nur weil ein linkischer Bursche namens Heinrich Wagenseil das so gehört hatte? Wenn nun Konrad Mutzhaaß etwas ganz anderes gesagt hatte, und dieser Heinrich Wagenseil, langsam wie er war, hatte alles falsch verstanden?

Nein, Ulrich würde nicht umkehren, er würde seine Wanderung fortsetzen, als ob nichts geschehen wäre. Wenn er Konrad traf, was ja nicht ausgeschlossen war, wenn der ihn weitersuchte, dann konnte man ja immer noch sehen.

Ulrich war sehr glücklich über diesen Entschluß, den er an einem nebeligen Morgen irgendwo im Norden auf der Landstraße traf, als man kaum zehn Schritte weit sehen konnte. Aber tief innen blieb eine Unsicherheit, als habe er sich selbst verraten. Er beschloß, nicht mehr darauf zu hören. So ging er weiter, Baum um Baum durch den Nebel suchend. Von Zeit zu Zeit hörte er von den unsichtbaren Feldern und aus der weißen Wand über ihm Krähen schreien.

Nachdem er die Vertriebenen gut bezahlt verlassen hatte, erreichte Ulrich am übernächsten Abend ein norddeutsches Städtchen. »Die Zigeuner sind da!« Jubelnd rannten Kinder durch das enge Stadttor. Er folgte ihnen müde, aber auch hellwach: Zigeuner! Wiesel, dachte er, vielleicht finde ich Wiesel! Es wurde schon dämmrig, die schrillen Pfeifen und rhythmischen Trommeln wiesen ihm den Weg zu dem kleinen Marktplatz.

Ein Mädchen tanzte. Ihr roter Rock flog, das Gesicht über der grünen Bluse war von schwarzen Locken umweht; sie tanzte barfuß auf dem Kopfsteinpflaster, drehte sich im Sprung, beugte sich vorwärts, rückwärts, ihre Finger schnalzten mit Kastagnetten, in das Haar hatte sie sich eine Rose gesteckt. Sie schien so leicht, so frei. Neben ihr stand ein bräunlicher Bursche mit langen fettigen Haaren und schlug die Einhandtrommel, während er gleichzeitig auf der Einhandflöte spielte. Die Melodie war rasend schnell, der Trommelschlegel wirbelte, die Flöte schrillte, die Melodie kehrte immer wieder in sich selbst zurück. Immer schneller wurde der Rhythmus, immer rascher flog das Mädchen – bis alles in einem strudelnden Wirbel endete.

Die Kinder jubelten, einige Bürger klatschten, die meisten standen mit offenem Mund und rührten sich nicht. Ein älterer Zigeuner hielt eine kleine Rede, die Ulrich aber kaum verstehen konnte; es waren zu viele fremde Wörter dazwischen, und der Mann redete zu schnell.

»Die kommen aus Polen«, sagte ein Bürger mit einer Lederschürze neben Ulrich, »da wird man nachher sehen müssen, ob noch alles an seinem Platz ist – bei diesem Gesindel!«

Der Redner war zu Ende gekommen. Irgendwo flammte Feuer auf. Mit nacktem Oberkörper trat der Zigeuner, der soeben geflötet und getrommelt hatte, hinter einer Plane hervor, die auf dem Platz gespannt war. Sein brauner Oberkörper glänzte im Licht zweier Fackeln, die er in den Händen hielt. Das Mädchen spielte jetzt auf einer grellen Holzpfeife, der ältere Zigeuner schlug eine Handtrommel. Die kleine Gestalt eines Jungen – Ulrich holte tief Atem – strich schneller werdend eine Fiedel: Nein, es war nicht Wiesel!

Der Zigeuner begann die Fackeln in die Luft zu werfen, ließ sie kreiseln, fing sie wieder auf, die Musik steigerte sich, das Mädchen beugte und drehte sich nach dem Rhythmus ihrer Flöte und machte wippende Tanzschritte. Die Fiedel spielte schneller. Jetzt wurden dem Zigeuner weitere Fackeln gereicht: Drei, vier, fünf, sechs, ja sieben Fackeln kreisten in der Luft. Der Zigeuner hatte die Augen halb geschlossen, jede Fackel wurde mit traumhafter Sicherheit gefangen und flog wie an einer Schnur gezogen. Flöte, Trommel, Fiedel und Fackeln und die Beine des Mädchens waren genau aufeinander abgestimmt.

Der ganze Marktplatz schien im selben Rhythmus zu schwingen.

Einige Zuschauer, vor allem die Kinder, klatschten mit; aber die Masse stand schweigend. Der Zigeuner gab eine Fackel nach der anderen zurück, bis er nur noch eine hatte. Flöte und Fiedel setzten aus, ein Trommelwirbel – da hatte der Zigeuner die letzte Fackel auch schon an den Mund gesetzt und sprühte einen riesigen Feuerstrahl heraus. Wieder wurde spärlich geklatscht.

Die Trommel schlug weiter, langsamer und dumpfer. Jetzt hörte man lautes Brummen, und hinter der Plane kam, aufrecht und sich im Takte der Trommel wiegend, ein großer Bär hervor, von dem Mädchen über eine lange Kette an einem Nasenring geführt. Der Bär drehte sich plump, aber doch geschmeidig an seiner Kette, das Mädchen tanzte langsam um ihn herum, ahmte komisch seine Bewegungen nach, während sie der Bär mit seinen winzigen roten Augen keine Sekunde lang aus dem Blick ließ. Jedesmal, wenn das Mädchen mit der Zunge schnalzte, stieß der Bär etwas schwerfällig den Kopf zurück.

Ulrich war trotz seiner Enttäuschung begeistert. Von Gauklern und ihren Darbietungen hatte er sich schon als Kind kaum trennen können. Nur hatte er damals nie Zeit gehabt, auf dem Markt länger stehenzubleiben, sein Vater und seine Mutter hätten ihm etwas erzählt. Er mußte arbeiten und durfte keine Zeit vertrödeln. Jetzt war er zwar fast erwachsen, die Faszination aber war dieselbe geblieben, und er hatte Zeit. Sein Körper bewegte sich, ohne daß er es bemerkte, im Takt der Musik mit, die Hände begannen zu klatschen. Einen Bären hatte er noch nie so nah gesehen, wenn auch zu Hause auf dem Markt schon Tanzbären getanzt hatten. Er roch den fremdartigen Bärengeruch.

Während der Bär und das Mädchen tanzten, der Zigeuner, der Feuer geschluckt hatte, wieder die Einhandtrommel schlug und dazu kunstvoll die Einhandflöte spielte, ging eine hochgewachsene ältere Frau, deren Kopf in ein großes gelbes Tuch gebunden war, im Kreis herum, offenbar, um aus der Hand wahrzusagen. Aber die meisten Menschen wichen scheu vor ihr zurück wie vor dem Bären, so daß sie ihre Kunst nicht ausüben konnte. Ulrich hätte ihr am liebsten wie der Wahrsagerin in Bischofswerth seine Frage gestellt: Wie baut man das richtige Haus? Aber er traute sich nicht. Die Frage nach Wiesel, die ihm im Augenblick mehr auf der Seele brannte, wollte er erst nach der Darbietung stellen.

Als der Bär brummend in den Kreis getreten war, wichen die Bürger, die sich eng um den Zigeuner gedrängt, aber doch Respekt vor den Fackeln gezeigt hatten, noch weiter zurück. Das wiederholte sich jedesmal an der Stelle, wo der Bär bei seinem Tanz dem Rand des Kreises näher kam.

Die Bürger folgten dem Tanz des Bären auf unterschiedliche Weise: Einige begannen sich – vielleicht ohne es zu merken – in ähnlichen Schritten wie der Bär zu bewegen. Die Kinder hatten weit aufgerissene glänzende Augen und folgten – viele mit Händeklatschen – hingerissen jeder Bewegung.

Der Bürger mit der Lederschürze, er hatte eine fette Geldkatze im Gürtel, sagte zu Ulrich: »Weißt du was komisch ist? Nein? Die Zigeuner lügen, selbst wenn sie wahrsagen.« Darüber wollte er sich schier totlachen; sein Gesicht wurde blaurot, die Augen quollen heraus, und er rang keuchend nach Luft. Schließlich ging sein Lachen in einen Hustenanfall über. Er war sichtlich enttäuscht, daß Ulrich keine Miene verzog.

Der betrachtete verstohlen die Leute um sich herum. Warum waren fast nur die Kinder bereit zuzugeben, daß ihnen das, was sie sahen, gefiel? Der Geselle dort drüben mit der lustigen Feder auf dem Barett und den großen Stulpenstiefeln, ja, der lachte und freute sich, jetzt hielt er den Atem an, das war deutlich zu sehen.

Aber ein sehr stattlicher, gutgekleideter Herr mit Pelz und Schaube gähnte in gespielter Langeweile. Und dann die Frau daneben mit dem großen Schlüsselbund im Gürtel, die immer nur nach ihrem kleinen Töchterchen rief, dauernd auf es einschimpfte, auch wenn es ganz brav dastand und nur zuschaute; diese Frau mit gelblichen Gesicht tat so, als würde sie die Zigeuner gar nicht sehen oder nur unfreiwillig, als wäre es etwas Verbotenes, was es hier zu sehen gab.

Oder der fette Mann hier mit seiner Lederschürze. Ständig wischte er sich die Hände an der Hose ab und machte abfällige Bemerkungen. Ulrich hielt ihn für einen Metzgermeister – ein großes Messer steckte in seinem Gürtel. Warum konnte er nicht einfach zugeben, daß auch andere tüchtig waren?

Ulrich fand die Antwort schnell: Weil es Gesindel war! Weil hier Dinge gezeigt wurden, die nicht in einer Zunft gelehrt werden konnten. Aber die Zigeuner durften ja nicht in eine Zunft eintreten! Sie durften ja kein Handwerk erlernen. Wiesel hatte es ihm erklärt. Sie waren ja nicht ehrlich geboren, obwohl sie Christen waren.

Vielleicht wollten sie aber auch gar nicht anders leben, vielleicht gefiel ihnen die Gefahr, dieses Herumreisen. Was war dagegen einzuwenden? Ulrich machte seine Wanderschaft ja auch Spaß; und den Leuten gefiel ja, was sie sahen. Sie konnten es nur nicht zugeben, vielleicht wären sie sonst von den anderen ausgelacht worden! Wenn aber niemand gelacht hätte? Wenn jeder gesagt hätte: Das gefällt mir, das ist einmal etwas anderes, was man nicht jeden Tag sieht! Dafür lasse ich es mir auch etwas kosten! Dann hätten die Zigeuner auch viel ehrlicher leben können, dann müßten sie sich nicht in Peststädte nach verbotener Beute einschleichen und da erst recht ihr Leben riskieren!

In der Zwischenzeit hatte der kleine Junge einen buntbemalten Lederball herbeigeholt und begann ihn zwischen den

Armen und Beinen hindurchzuwerfen und wieder zu fangen. Auch er bewegte sich im Rhythmus der Einhandtrommel. Schwupp, da stand er auf den Händen und stieß den Ball immer im Rhythmus der Trommel mit den Füßen in die Luft. Dann sprang er wieder auf die Beine zurück und wiederholte das Ganze in immer schnellerem Rhythmus. Schließlich warf er den Ball sehr hoch hinauf und machte in rasender Folge, quer durch den Kreis von einem Ende zum anderen auf dem harten Steinpflaster, lauter Überschläge, zuerst vorwärts und dann rückwärts – zum Schluß prallte er genau in der Mitte, neben dem Bären und dem Mädchen hoch in die Luft, überschlug sich rückwärts, indem er den Körper blitzschnell zusammenhockte, und stand wieder auf den Beinen, den Ball in der Hand. Spärliches Klatschen.

Darauf führte das Mädchen den Bären wieder weg, während der Junge und der ältere Zigeuner begannen in abgegriffenen Hüten Geld einzusammeln. Die Alte versuchte immer noch wahrzusagen, und der Zigeuner strich weiter die Fiedel.

Ulrich war voller Bewunderung. Das ist eine Kunst, die gelernt sein will, dachte er; während der fette Bürger mit dem Lederschurz neben ihm sagte: »Die stehlen dem lieben Gott die Zeit mit brotlosem Zeug. Die sollten mal arbeiten wie wir oder im Ausland bleiben!«

Aber zugeschaut hat er auch, dachte Ulrich zornig.

Auch das Mädchen sammelte jetzt Geld und kam zu Ulrich. Sie sah müde aus und viel älter, als sie beim Tanzen gewirkt hatte. Ihre Augen blickten erschöpft. Von der Rose, die sie sich ins Haar gesteckt hatte, waren alle Blütenblätter abgefallen, so daß nur noch der leere Stengel mit dem Knoten darin steckte. Ulrich gab ihr einige Heller und trat einen Schritt vor. Ob er kurz mit ihr reden könne?

Sie lachte erstaunt. »Zo chäsch odemniä?« Sie winkte den kleinen Jungen heran: »Zo on powiedschao? – Was sagt?«

»Was du wollen von mein Schwester?« fragte der Junge.

»Ich kann auch dich fragen«, antwortete Ulrich.

»Jetzt geht nicht – pschüdsch pusnjäi pschat bramao miasta –, komm vor Stadttor zu Schostra, Schwester, und Ursar, Führer von Bär!«

Ulrich schaute zu, wie die Plane zusammengerollt und der Bär weggeführt wurde. Offenbar hatten die Zigeuner nur wenig Geld für ihre Vorstellung bekommen. Die Bürger hatten sich zerstreut. Mütter zerrten ihre widerspenstigen Kinder weg.

Ulrich ging den kurzen Weg zum Stadttor. Dort warteten der ältere Zigeuner und das Mädchen auf ihn.

»Pschakrev – was du will von uns?« fragte der Zigeuner, der ein abgespanntes und enttäuschtes Gesicht hatte, und spuckte aus. Das Mädchen blickte ihn mit großen, müden Augen an.

»Ich möchte nach einem Zigeuner namens Wiesel fragen – er ist …«

»Njä snamgo – wir nicht kenn Wiesel. Wiesel, das sein nicht Zigeunername, das sein Name, den man gibt. Jak on schao na prawdao nasewa – wie heißen richtig?«

»Ich weiß den richtigen Namen nicht«, antwortete Ulrich. Zu blöd, dachte er, daß ich Wiesel nicht nach dem richtigen Namen gefragt habe. Aber er hätte ihn mir vermutlich gar nicht gesagt. Da brauche ich auch nicht nach Marder zu fragen, dachte er enttäuscht.

»Wiesel ist etwa zwanzig Jahre alt, aber klein wie ein Kind«, versuchte er es noch einmal.

»Wir nicht kenn Zigeuner zwanzig Jahr alt, klein wie Kind«, war die Antwort. Die Zigeuner blickten jetzt mißtrauisch: »Weshalb du wissen?«

Aber wie sollte Ulrich ihnen das erklären? Er versuchte es noch einmal: »Wiesel ist Bruder von Marder.«

»Wir nicht kenn Marder, nicht kenn Wiesel!«

»Wiesel und Marder in Ascherskron?« versuchte er es weiter.

»Wir noch nie in Ascherskron!«

»Wiesel ist klein, und Marder ist groß!« begann Ulrich mutlos ein weiteres Mal.

»Wir nicht kenn klein und groß Bruder. Pschakrev! Wir nicht kenn Marder und Wiesel. Was du wollen von uns? Wir nicht wissen. Wir arm Zigeuner, wir jetzt gehen! Njä wjäm!«

Enttäuscht schaute ihnen Ulrich nach. Zuerst wollte er ihnen nachlaufen, aber es war ja aussichtslos, er mußte es einsehen; offenbar waren es ganz andere Zigeuner als die, zu denen Marder und Wiesel gehörten. Ulrich hatte sich auf einen Stein gesetzt und schaute ihnen lange nach. Es schien ihm, wie er da in der Dämmerung saß und nicht recht weiter wußte, als wäre die ganze Müdigkeit und Enttäuschung der Zigeuner auf ihn übergegangen.

Abends im Wirtshaus rückten einige Bürger von ihm ab, sie hatten wohl gesehen, daß er mit dem Gesindel gesprochen hatte.

BILDERSTÜRMER

Der Regen strömte schon den ganzen Tag, Ulrich war tropfnaß von oben bis unten. Aber es war ein warmer Mairegen, den er sich lachend ins Gesicht klatschen ließ. Zu viert schlugen sie das Haus auf, an dem sie den ganzen Winter auf dem Zimmerplatz gearbeitet hatten. Er war im November, einige Tage nachdem er den Wagen der Auswanderer repariert hatte, nach Einbeck gekommen. Die Zigeuner, die auf dem Marktplatz des Städtchens getanzt hatten, waren die einzigen geblieben, die er getroffen hatte.

Jetzt stand er in der Nähe der alten Stadt Einbeck im Vorland des Harzes auf einer Baustelle, ein recht langer, knochiger, aber schmal wirkender junger Mann mit langen Händen, deren Fingernägel meist abgebrochen waren. Seine Gestalt war zwar kräftig, und an den Armen und Beinen hatte er harte Muskeln, aber er war so lang, daß er trotzdem fast hager wirkte.

Er überragte seine Mitgesellen deutlich, weshalb sein Oberkörper oft etwas nach vorne gebeugt war. Seine Haare waren immer noch struppig und hingen weit herab, sie waren noch rötlicher geworden. Sein Gesicht war knochig und schmal, und obwohl er fast das ganze Jahr im Freien arbeitete, hatte er eine helle Haut. Seine Stimme war laut, aber er sprach wenig. Um das Kinn keimten rötlich schimmernde Borsten.

Die rostrote Kapuze, die Gugel, über die Bödes so gelacht

hatte, trug er nicht mehr, sie sollte erst hervorgekramt werden, wenn er die Wanderung fortsetzte. Er hatte sich ein Barett gekauft wie die anderen Gesellen. Es saß ihm schief auf dem Kopf, so daß er mit der Feder daran – er hatte sie auf einem Acker aufgelesen – und dem neuen Wams fast aussah wie ein reicher Bürgerssohn, freilich, die Kuhmaulschuhe, um die es schlimm stand, durfte man dabei nicht anschauen. Meist ging er barfuß.

Um den Hals trug er tagein, tagaus die dünne Lederschnur, an der aber kein Amulett hing, so daß er immer wieder gefragt wurde, was es damit für eine Bewandtnis hätte. Aber der Frager erhielt hierauf nie eine Antwort.

Alles war in Einbeck anders als auf seiner ersten Stelle in Bischofswerth. Niemand zweifelte hier an seinen Fähigkeiten. Meister und Altgeselle lobten ihn, die anderen hielten sich oft an ihn, wenn sie etwas nicht wußten, besonders die Lehrbuben. Da er immer hilfsbereit war, hatte er schnell Freunde gefunden. So kam er mit allen gut aus und fühlte sich so wohl, wie er sich auf der ganzen Wanderschaft nie gefühlt hatte. Dennoch sah man ihn selten wirklich herzlich lachen, als hätte er etwas Schreckliches erlebt oder einen Verlust erlitten.

Arbeit gab es hier genug. Vor wenigen Jahren war fast die ganze Stadt abgebrannt. Erst sei der Jammer über die zerstörte Heimat groß gewesen, wurde Ulrich berichtet, bald aber habe sich neuer Lebensmut geregt. Man könne fast glauben, die reichen Einbecker seien froh über das Feuer, denn überall werde mit Begeisterung gebaut.

»Ist denn Einbeck so reich?« fragte Ulrich den Meister.

»Das ist es, ja!« sagte dieser behaglich. »Wir sind zwar nur eine kleine Stadt, aber aus Einbeck kommt das beste Bier der Welt«, fügte er stolz hinzu.

Ulrich konnte das nur bestätigen: In der Gesellenstube hatte er bereits mehrfach, freilich nur vom schlechteren Bier getrunken – auch dies war noch sehr teuer –, aber er hatte in seinem Leben noch nie so gutes Bier getrunken.

»Es wird verkauft von Rußland bis nach England. Das Bier ist der Reichtum unserer Stadt!«

Das Haus, das er mit drei anderen Gesellen in diesem Sommer aufschlug, stand allerdings nicht in Einbeck, sondern war das Vogtshaus bei einer Wallfahrtskirche einige Meilen von der Stadt entfernt. Sie waren seit Tagen auf der Baustelle in einer lieblichen Hügellandschaft, den westlichen Ausläufern des Harzes, wohin man sie mit den zugerichteten Hölzern des Fachwerkhauses auf Fuhrwerken geschafft hatte.

Das Haus fügte sich unter ihren Händen wie durch Zauberkräfte zusammen, so mußte es einem Fremden erscheinen. Ulrich merkte zum ersten Mal, wie schön Zusammenarbeit war, wie einfach vieles wurde, nur weil jeder wußte, was die anderen wollten, und alle Kraft fast wortlos auf eine Sache gelenkt wurde. Es war fast, als würde nur einer arbeiten.

Dabei konnte er sich richtig austoben, er freute sich über seine Kraft, fast staunte er selbst, wie mühelos er die mächtigsten Balken bewegen konnte, wie sicher er Äxte, Beile und Sägen führte, wie er scheinbar kaum müde wurde, wenn er auch abends sehr früh auf sein Strohbett fiel und meist traumlos schlief.

Seine Arbeit verglich er nicht mehr mit der anderer Gesellen und stellte sich nicht mehr heimlich über sie wie noch in Bischofswerth. Wenn er bei einem anderen etwas Falsches sah, so half er ihm freundlich, es besser zu machen. Das Meisterspielen hatte er ebenfalls aufgegeben, aber nicht die Hoffnung, Meister zu werden.

Heute regnete es, aber die meisten Maitage waren schön, und schon morgen konnte die Sonne scheinen: Dann wölbte sich ein wunderbar blauer Himmel über die blaugrüne Hügellandschaft, die Wälder und Wäldchen, die gerade glänzend ihr frisches Grün getrieben hatten.

Von der Wallfahrtskirche ging der Blick in einer oft überklaren Luft weit hinaus nach Norden, wo hinter grünen Hügelketten nur eine Tageswanderung entfernt die große Ebene liegen mußte, die sich dann ohne Berge direkt bis an das Meer hindehnen sollte, wie man Ulrich berichtet hatte. Nach Osten begrenzten die bläulichen Schatten des Harzes den Blick, wo man Gold und Silber finden sollte und von wo einmal ein Geselle seltsame große, klare Kristalle gebracht hatte. Nach Westen blickte er oft, von wo ein sehr weicher Wind immer wieder den Regen heranführte und wo Köln lag und Anna lebte; und schließlich nach Süden, wo Ulrichs Heimatstadt mehrere Monate weit entfernt irgendwo in der blauen Ferne liegen mußte.

Abends und nachts sangen die Nachtigallen, die Wiesen wurden blau, rot und golden vor Blumen, die Obstbäume standen wie weißer Schaum. Und morgens wurde er samt seinen Mitgesellen schon vor Sonnenaufgang geweckt und begrüßt von einem Vogelkonzert, wie er es noch nie gehört hatte.

Ganz im Hintergrund störte aber ein anderer Gedanke: Sollte er nicht doch zurück nach Hause wandern, wäre es nicht besser, Konrad zu folgen, der sich immer wieder als der schlauere erwiesen hatte? Der Sommer in Einbeck kam ihm manchmal vor, als wäre er nur geliehen, als gäbe es irgendwo wie eine schwarze Wolke am Sommerhimmel ein Unheil, das er nicht kannte.

Dennoch konnte er sich nicht entschließen, die Wanderung abzubrechen. Es war seine Wanderschaft. Ja, es war sein Vogtshaus! Wie sogar der Meister einmal anerkennend geschmunzelt hatte: »Na, was macht dein Vogtshaus?« Und als ihn Ulrich fragend anschaute, hatte er gemeint: »Na ja, ist ja schon dein Haus;

das beste daran ist von dir. Ich kann manchmal bloß staunen!«

»Geht gut vorwärts mit deinem Vogtshaus«, hatte auch der Polier, der Altgeselle, schon oft gesagt, ein freundlicher Bursche, viel älter als Ulrich. Er teilte den Gesellen die Arbeit zu und überwachte sie. »So sollten alle arbeiten wie du«, nickte er öfter. Dabei arbeiteten die anderen Gesellen auch nicht schlecht.

Und noch ein Ziel gab es, das ihn davon abhielt zurückzuwandern: Wenn er hier auch sehr schwankte und immer wieder anders dachte, meistens liefen seine Bedenken doch auf dasselbe hinaus: Nächstes Jahr zur gleichen Maienzeit werde ich nach Köln wandern! Schon der bloße Gedanke daran ließ ihn in Jubel ausbrechen, so daß er wie wild an den Hölzern herumklopfte und herumfuhrwerkte und die Mitgesellen ihn anfangs verwundert anschauten.

In Einbeck baute man weder wie in Ulrichs Heimatstadt noch wie in Bischofswerth. Die Ständer wurden hier noch enger zusammengerückt, bis auf Fensterbreite. Jeder Ständer trug einen Unterzug. Jeder Balkenkopf war nach außen durch eine meist verzierte Knagge, eine hohe Konsole, mit dem Ständer darunter verbunden. Über jedem Balkenkopf und damit über jeder Knagge erhob sich wieder ein Ständer und schien die Linie der Ständer des darunterliegenden Stockes fortzusetzen. Die Festigkeit der Wand wurde durch zwei, manchmal auch drei Riegel verstärkt, die in die Flucht der regelmäßigen Ständer eingezapft waren.

»Unsere Häuser halten dem Wind, der hier oben viel kräftiger weht als bei euch, besser und einfacher stand als eure, und Eichenholz haben wir genug«, sagte der Meister.

Gegen Frühjahr, als die meisten Hölzer auf dem Zimmerplatz abgebunden waren, kamen Holzschnitzer auf den Bau: Sie hatten dicke Musterbücher dabei mit Ornamentholzschnitten oder Kupferstichen. Dann machten sie sich über die vorbereiteten Balken her und bearbeiteten sie auf der künftigen Fassadenseite.

Manche schnitzten noch das alte gotische Maßwerk, wie man es an Kirchenfenstern sehen kann. Andere lösten die Schwellbalken mit treppenartigen Wülsten auf, wieder andere verzierten die Schwellen mit dem gotischen Laubstab, der aussah, als habe man langes, schlankes Blattwerk wie in einer Spirale um einen dicken Ast gewunden. Waren die Häuser fertig, so wurden die Schnitzereien gold, blau, grün und rot bemalt. Bunte Linien liefen die Ständer hinauf und hinab wie breite, bunte Profile. Farbige Rosetten füllten die Dreiecke an den Ständerfüßen.

In manche Balken wurden fromme Sprüche eingehauen. Oft konnte man lesen: »Wenn der Herr das Haus nicht baut, ist die Mühe vergebens.« Besonders kunstvoll gestaltete man die Knaggen: Heilige, die vierzehn Nothelfer, die sieben Tugenden oder sieben Laster, Planeten, Gestalten aus den griechischen oder römischen Sagen, Kaiser, Herzöge, Ritter, Engel und Teufel verbreiteten sich überall an den Häusern der Stadt.

Insgesamt erschien alles wie ein großer Wettkampf. Sicher gab es auch Neid, aber eigentlich schien jeder gespannt darauf zu warten, wie das nächste Haus aussah, das aufgeschlagen wurde. Und tatsächlich paßten alle Häuser, die doch so verschiedenartig gestaltet waren, wunderbar zusammen und ergaben das Bild einer bunten und prächtigen Stadt.

»Du solltest einmal nach Hildesheim, Braunschweig oder Halberstadt wandern, da könntest du erst staunen«, sagten die Mitgesellen zu Ulrich. Den aber zog es nach Köln.

An einem der neuen Häuser in Einbeck hatte man einen Eckständer mit einer geschnitzten und gemalten Jungfrau Maria mit Kind versehen. Das dunkle Haar umrahmte das runde Gesicht der Muttergottes. Ob nun zu Recht oder nicht, fühlte sich Ulrich gleich das erste Mal, als er die Schnitzerei gesehen hatte, an Anna erinnert. Deshalb ging er, wenn er in Einbeck war, oft zu diesem neuen Haus und blieb unauffällig, wie er meinte, stehen, um sich von dem Gesicht im Holz verzaubern zu lassen.

»Bärbelchen, heirat' kein Zimmermann, heirat' lieber einen Schneider, der macht dir schöne Kleider, sagt das Sprichwort. Aber bei dir hat es keine Gefahr, du willst wohl Mönch werden?« hörte er da hinter sich lachen. Es war der Altgeselle vom Vogtshaus, der gutmütig schmunzelte. »Deshalb kümmerst du dich auch nicht um Mädchen«, lachte er weiter.

Ulrich fühlte, daß er rot wurde und hoffte, daß der andere es nicht bemerkte, denn der Spott der Gesellen konnte schmerzhaft sein. »Mönch gerade nicht, damit käme ich nicht zurecht; ich habe auch noch nie gehört, daß die da Zimmerleute brauchen.«

»Brauchen die, brauchen die, nur Mut! Wer, glaubst du, setzt die Dächer auf die Klöster? Na ja«, gab er sich zufrieden, als Ulrich stumm blieb, »mich geht's ja nichts an. Aber wenn man dir helfen kann, so kannst du es ruhig sagen.« Er legte ihm die Hand auf den Arm.

»Nett von dir, aber du kannst mir wirklich nicht helfen.«

»Übrigens, schade eigentlich! Vielleicht sieht man solche Figuren wie diese Madonna nicht mehr lange an den Häusern, nicht einmal mehr in Kirchen!«

»Was soll das heißen?«

»Weiß ich auch nicht genau; aber in den Wirtshäusern, wo man dich ja selten trifft, wird in letzter Zeit immer öfter von den Bilderstürmern geredet.«

»Wovon?«

»Vielleicht ist alles gelogen, und man macht sich unnötig Sorgen. Ich meine die Bilderstürmer, die alles zusammenschlagen.«

Ulrich erinnerte sich jetzt, daß er diesen seltsamen Namen schon einmal gehört hatte, wußte aber nicht mehr, wann und wo das war.

»Was heißt das: die Bilderstürmer?«

»Man sagt, daß die Bilderstürmer im Land herumziehen und alle Bilder von Heiligen und von Jesus Christus zerschlagen oder verbrennen, weil in der Bibel steht: Du sollst dir kein Bildnis machen! Das sind Haufen von Wahnsinnigen, Gesindel, das von der Obrigkeit hoffentlich schnell gefaßt und unschädlich gemacht wird.« Er tippte sich mit einem Finger an die Stirn, nickte Ulrich gutmütig zu und ging weiter.

Die Bilderstürmer kümmerten Ulrich wenig. Weshalb sollte man hier in Einbeck Angst vor einigen Wahnsinnigen haben? Er hatte ganz andere Sorgen!

Immerhin schien eine seiner Sorgen unbegründet zu sein: Vor zwei Wochen war er am Samstag abend vom Vogtshaus nach Einbeck gekommen. Da wartete schon ein Geselle seines Meisters, der dort gebraucht wurde, auf ihn.

»Du, Nachrichten für dich von zu Hause. Ein Fuhrmann hat nach dir gefragt.«

»Für mich? Nach mir gefragt? Ein Fuhrmann? Von zu Hause?« Ulrich hatte ein ähnliches Gefühl wie damals, als ihn bei den Auswanderern plötzlich dieser Heinrich Wagenseil erkannt und von Konrad Mutzhaaß erzählt hatte.

»Was wollen die von mir?« Doch hoffentlich nicht, daß ich zurückwandern soll, jetzt, wo hier alles so gut läuft, dachte er.

»Das war ein Fuhrmann eines Herrn Kroner ...«

»Ja, den kenne ich, das ist mein Pate!«

»Alle Achtung, das muß ein reicher Mann sein, was der so alles aufkauft an Bier in Einbeck!«

»Und, sag endlich! Was will er denn?«

»Nichts weiter. Ob hier in Einbeck ein Ulrich Georg Wennagel sei? Das ist alles. Und wenn du da bist, sollte der Fuhrmann dir schöne Grüße sagen von diesem Herrn Kroner.«

»Das ist alles? Weißt du das genau? Ich soll nicht zurückwandern! Hat er davon nichts gesagt?«

»Kein Wort. Wie kommst du denn auf so etwas?«

»Nur so.«

»Schwachsinn! Nein, noch etwas; hätte ich beinahe vergessen: Auch Grüße von deinen Eltern soll man dir bestellen, wenn du hier wärst.«

»Wo ist denn der Fuhrmann, kann man mit ihm reden?«

»Na der, wo wird der sein? Schon vorgestern ist er mit einer ganzen Wagenladung von bestem Einbecker Bier zurückgefahren. Der hätte dich sicher mitgenommen, wenn du zurückwandern solltest. Mach dir keine Gedanken darüber.«

Nun war es klar, niemand wollte, daß er zurückwanderte. Dieser Heinrich Wagenseil hatte sicher alles falsch verstanden. Gut, daß er nicht zurückgekehrt war. Da hätte er sich ja lächerlich gemacht. Aber ganz waren die Zweifel doch nicht beseitigt: Auch der Fuhrmann konnte etwas falsch ausgerichtet haben. Immerhin, er hatte ihn gesucht und nach ihm gefragt.

Sofort überfielen ihn seine anderen Zweifel. Es war immer dasselbe: Sollte er wirklich nach Köln wandern, wie er es im Mai vorhatte? Was sollte er dort? Anna wiedersehen? Und wozu? Um sich anschließend noch mehr zu quälen? Auch womöglich Anna zu quälen!

Wenn er nicht Meister werden konnte, hatte alles keinen Zweck. Er würde ein paar nette Tage in Köln verbringen. Sicher, man würde sich bei ihm bedanken, noch einmal und noch einmal; es wurde ihm schon bei der bloßen Vorstellung schlecht! Aber weiter? Selbst wenn er Meister war, gab es letztlich kein Weiter! Anna Perlenfein und Ulrich Georg Wennagel, schlag dir das aus dem Kopf! Und Meister werden! Den Eltern helfen! Doch noch Hoffnung haben! Schlag dir das alles aus dem Kopf, sagte er sich. Was das richtige Haus ist, weißt du noch immer nicht!

Manchmal brannte die Probe wie ein Feuer: schmerzhaft und verlockend, quälend und verführerisch. Wie nah lagen doch Glück und Elend beieinander!

Auf einem langen Spaziergang durch die Felder und Hügel um Einbeck zermarterte er sich den Kopf. Er wollte alles in Ruhe durchdenken; vielleicht fand er die Lösung doch einmal ganz überraschend. Was weißt du denn? Daß die Zunft nicht immer recht hat! Das hast du schon lange gewußt, aber hilft es dir weiter? Daß man Häuser dementsprechend verschieden bauen kann, das wußte er auch seit Bischofswerth. Was nützte dieses Wissen? Was der Pate mit seiner Frage meinte, damit war er keinen Schritt weitergekommen.

Die Häuser dreifach bauen lernen! Das konnte er: Er konnte erstens bauen, wie es seine Zunft verlangt hatte, die angeblich immer recht hatte. Er konnte zweitens bauen wie in Bischofswerth, und er konnte drittens bauen wie in Einbeck, wie im ganzen Norden gebaut wurde. – Aber, hatte ihm das alles geholfen die Probe zu bestehen?

Eine Zeitlang hatte er sich eine Lösung überlegt, die als neue Konstruktion die drei Bauweisen vereinigte. Aber er sah bald, daß dies unsinnig war: Jede Gegend hatte andere Erfordernisse. Man konnte aus den Bauweisen der anderen zwar lernen, aber ein Haus, das für alle richtig war, konnte man nicht zusammenmischen – das Haus, das stehen bleiben sollte.

Die Lösung war noch genauso rätselhaft wie zu Beginn seiner Wanderung. Immer noch stand er mit seiner ganzen Körperlänge am Fuße einer riesigen Felswand und fand nicht einmal den Einstieg. Nach Köln wandern?

Es war schon fast dunkel, als er gerade noch durch das Stadttor schlüpfen konnte, das der Wächter hinter ihm verschloß.

Ulrich freute sich jedesmal auf die Abende in der Gesellenstube am Wochenende. Sie waren anders als die Abende in Bischofswerth, ohne Gehässigkeiten. Auch hier wurde gelacht und gespottet, aber es gab kaum Boshaftes oder Verletzendes. Freilich, Ulrich war nicht sehr redselig und saß oft in Gedanken versunken da. Er mußte sich manche Bemerkung anhören über sein Schweigen, aber niemand machte sich lustig über ihn.

In den Gesellenstuben wurden oft Geschichten erzählt. Nur in Bischofswerth war meist über die Stadt und den Bischof gesprochen worden, das heißt, meist hatte Bödes geredet, und die anderen mußten ihm zuhören. Ulrich war selten in der Stube der Zimmergesellen von Einbeck, aber manche Geschichte hörte er doch.

Einmal erzählte ein älterer Geselle, der viel herumgekommen war, eine Geschichte, die er im Süden erlebt haben wollte, also in Ulrichs Heimat.

»Es gibt in Schwaben ein Gebirge, das heißt die Alb – nein, nicht die Alpen, sondern die Alb, ein viel niedrigeres Gebirge als die Alpen, aber mit großen weißen Felsen über dunklen Buchenwäldern. Auf diesen Felsen stehen oft Burgen, manche davon sind schon lange nicht mehr bewohnt und zu Ruinen geworden. Eines Abends war ich alleine und müde wie ein Hund noch in der Dämmerung unterwegs. Wie ich so auf der Landstraße ging und nur die Mauern einer Burgruine vor mir sah, die nicht sehr hoch am Hang lag, und dachte: Schade, daß da niemand mehr wohnt, jetzt könnte ich ein Nachtlager brauchen und ein Stück Speck und eine Brotkante zwischen den Zähnen und einen Schluck Bier, da brannte im Dämmerlicht zwischen den verfallenen Mauern ein Feuer. Ich rieche aber keinen Rauch, obwohl er, deutlich zu sehen, blau in der Abendluft hängt. Vorsichtig ging ich näher, es konnte Gesindel sein, aber es konnten auch Bauern sein, die noch Holz gemacht hatten und sich jetzt ihr Abendessen rösteten. Aber ich sah im

Näherkommen, daß niemand bei dem Feuer war. Das Feuer brennt wie von selbst. Da, wie ich daraufzugehe, steht zwischen den Steinen, ein paar Schritte vom Feuer, eine Frau, die mir winkt. Sie steht dort in ihrem weißen Kleid so geheimnisvoll still, daß ich mich vorsichtig umschaue, wie ich hier wohl am besten herauskomme. Da zeigt die Frau mit ihrer Hand, die durch die Dämmerung leuchtet wie eine Laterne, auf eine Mauer in ihrer Nähe. Dort wird auf einmal eine Pforte in den Ruinen sichtbar, als würde ein Schein darauf fallen: ein Türchen aus Holz mit Eisenbändern. Wie sie plötzlich redet, ist es, als würde eine Glocke anfangen zu läuten: ›Auf dich warte ich‹, sagt sie, ›ich warte seit hundert Jahren auf dich!‹ Es war aber eine junge Frau, die das sagte, und ihr könnt euch denken, wie es mir den Rücken hinuntergelaufen ist. ›Du kannst mich erlösen‹, sagt sie weiter, ›du kannst mich erlösen und dir dabei den großen Schatz gewinnen, den ich bewachen muß. Wenn du den Schatz hebst, dann gehört er dir, und ich bin frei. Nur du kannst ihn in diesen hundert Jahren heben, und nur der kann ihn heben, dem ich den Schlüssel dazu gebe. Den Schlüssel zu dieser kleinen Türe.‹ Das schien mir leicht. So fragte ich sie nach dem Schlüssel. Ihr müßt wissen, sie hatte immer die gleiche Haltung, sah aus wie eine Frau von etwas über zwanzig Jahren; sie war so schön, daß ich nicht mehr daran dachte, daß sie ja ein Gespenst war. Ihr Gesicht war ganz regelmäßig, und wenn sie sprach, veränderte es sich nicht. Eigentlich sah man gar nicht, daß sie redete, aber es war in der Zwischenzeit auch nacht geworden, so daß nur das Feuer, das ohne Laut brannte, einen Schein gab. ›Den Schlüssel mußt du dir holen, das ist deine Aufgabe. Sie ist nicht schwer.‹ Ich war übrigens an der Stelle stehengeblieben, an der sie mich zum erstenmal angesprochen hatte. Ich war wie festgewurzelt. Ob das Angst war oder Zauberei – ich weiß es nicht. ›Dreh dich zur Seite, dort ist der Schlüssel!‹ Es klingt wie ein Lied. Sie weist mit der Hand in ein Gestrüpp zwischen den

Mauerresten: ›Du mußt den Schlüssel nur nehmen, die Pforte aufschließen, dann ertönt eine liebliche Musik, das Gold liegt offen da und gehört dir; dann bin ich erlöst, und du kannst alles Gold mitnehmen, niemand wird dich hindern.‹«

»Und was ist? Weshalb bist du dann noch Zimmermann und arbeitest jeden Tag?«

»Ich drehe mich zur Seite, wie sie gesagt hat. Und in dem Gestrüpp sitzt ein schwarzer Hund, der hat den Schlüssel im Maul, und seine Zähne leuchten in der Dunkelheit, und seine Augen! Wie glühende Kohlen! Auch der Schlüssel leuchtet, als wäre er aus Gold oder als wäre er glühend. Da merkte ich plötzlich, daß ich mich wieder bewegen konnte, und ich lief und lief, als ob mir der Teufel selbst im Nacken wäre. Ich hörte nicht früher auf zu laufen, bis ich im nächsten Dorf war. Ich erzählte aber niemandem etwas. Am nächsten Morgen bin ich noch einmal zurückgegangen. Vielleicht konnte man den Schatz ja am hellen Tag ausgraben, ohne daß er bewacht wurde. Ich wußte ja jetzt, wo er war: Die kleine Pforte mußte ich finden, das war leicht, dann mußte ich graben, ich hatte mir einen Spaten mitgenommen. Die Ruine fand ich, aber in der Ruine war alles anders, als ich es in Erinnerung hatte. Die Mauern standen fremd um mich, ohne Ordnung. Überall Dornengestrüpp, durch das man nicht dringen konnte. Ich wurde so böse zerkratzt, daß die Kratzer noch viele Wochen nicht heilen wollten. Und so sehr ich auch suchte zwischen Mauern, Dornen und Steinhaufen: Ich fand weder das Holztürchen mit den breiten Eisenbändern noch die Stelle des Feuers, das mich am Abend zuvor angelockt hatte. Auf einmal kommt ein kalter Wind durch die verfallenen Fensterhöhlen. Alles ist so still um mich. In den Dornen – ist das der schwarze Hund? Das Weiße da hinten – ist das die Frau? Oder nur ein Mauerrest? Weint da eine hohe, klagende Stimme? Oder ist es der Wind? Da bin ich wieder fortgerannt. Den Spaten habe ich im Gestrüpp liegenlassen. Der Schatz muß noch dort sein. Ihr könnt es ja selbst einmal probieren! Ich kann euch den Namen des Ortes sagen. Ich glaube aber, daß der Schatz, die Frau und der Hund nur für mich da waren.

Ich jedenfalls werde nicht mehr froh: Vielleicht hätte der Hund mir ja gar nichts getan! Und ich hätte den Schlüssel nur nehmen müssen! Dann hätte ich mein Glück gemacht, wie man so schön sagt. Vielleicht habe ich alles verpaßt. Ich werde es nie erfahren!«

Ein herrlicher Sommer zog mit Lerchenwirbeln und Wachtelschlag an Ulrich vorüber. Die Obstbäume setzten Früchte an, die Kirschen wurden rot und die Felder gelb. Das Vogtshaus neben der Wallfahrtskirche wuchs Stockwerk um Stockwerk empor.

Einige Änderungswünsche des Vogts dehnten das Aufschlagen des Hauses weit über den Sommer, gaben aber Ulrich Gelegenheit, seine Kunst zu zeigen. Manchmal kam der Meister, und immer war er zufrieden: Bei dieser Art, Fachwerkhäuser zu bauen, mußte man fast noch sorgfältiger arbeiten als bei den anderen – die Ornamente mußten genau zusammengefügt werden, exakt mußten die Nähte sitzen. Ulrich war hier nicht zu übertreffen: Nirgends war es möglich, etwa einen dünnen, abgegriffenen Heller in die Ritze einer Holzverbindung zu schieben. Alles paßte »nahtlos«, wie der Meister anerkennend bestätigte.

»Du wirst ein guter Polier, und wir in Einbeck bezahlen gut, und an das Bier kannst du dich wohl auch gewöhnen!«

»Ja freilich, Meister«, antwortete Ulrich und wurde etwas rot, wobei er an die Lederschnur an seinem Hals griff.

»Du könntest hier sicher auch Meister werden, natürlich müßtest du dafür ziemlich viel Geld aufbringen.«

»Ich weiß. Meister werden, das ist wie ein schöner Traum,

der nie wahr werden kann! Zumindest sehe ich keine Möglichkeit dafür, so schön es wäre, meine Eltern sind zu arm!«

Da war alles wieder aufgerührt. Nie würde er Meister werden! Die Gedanken gingen immer dieselben Wege. Der Vater. Anna. Das richtige Haus!

»Wie baut man das richtige Haus?« fragte er da einfach den Meister.

»Das richtige Haus, nichts einfacher als das«, schmunzelte der und strich sich über den Bauch, »du baust es gerade!«

Ulrich schaute ihn verständnislos an.

»Da schaust du, was? Aber das richtige Haus ist das, welches mir am meisten Geld bringt. Und so viel Geld wie am Vogtshaus, an dem du gerade baust, habe ich noch an keinem anderen Haus verdient!«

Riesengroß war das Vogtshaus, und von dem obersten Balken des dritten Stocks konnte er immer sehnsüchtigere Blicke dorthin werfen, wo die Sonne sich jetzt im Hochsommer abends rötlich zu färben begann und wo Köln lag. Aber der Sommer war lang, und dann kam erst der lange dunkle Winter mit der Knochenarbeit des Abbindens auf dem Zimmerplatz, bis es dann Frühjahr werden konnte, Mai, in dem er aufbrechen wollte. Denn immer, wenn er vor der Madonna im Eckständer stand, deren Gesicht ihn an Anna erinnerte, wurde er zuversichtlicher, obwohl er sich fragte, worauf er eigentlich hoffen konnte. Und dann war er sich wieder einmal völlig sicher, daß er im Mai, allem zum Trotz, doch nach Köln wandern werde.

Im Spätsommer wurde die Ausstakung des Hauses, die dem Aufschlagen gefolgt war, beendet, das heißt, die leeren Gefache zwischen den Balken wurden mit einem korbähnlichen Geflecht aus Weidenruten geschlossen, wozu die Zimmergesellen jeden Balken mit einem Schlitz versahen. In ihn wurden von anderen Handwerkern Stecken aufrecht hineingespannt und um diese die Weidenruten in zwei Richtungen gewunden. »Wand kommt von Winden!« hatte ihn sein Meister belehrt. Danach wurde das Geflecht mit Lehm beworfen und bildete mit dem Gebälk die Wände des Hauses.

Als das Dach aufgeschlagen war, hatte man die Dielbretter im ganzen Hause bereits ausgelegt und die Stakung an den Außenwänden war schon in vollem Gange. Der Lehm konnte in diesem heißen Sommer rasch trocknen, denn der blauseidene Himmel spannte sich fast jeden Tag über die grüne Landschaft.

Das Richtfest war ein großes Ereignis, bei dem der Vogt zugegen war. Die Gesellen standen im Halbkreis, und Ulrich wurde mit dem Altgesellen und den anderen beiden Gesellen, die das Haus gemeinsam aufgeschlagen hatten, gelobt.

Es war ein Freudentag für ihn, an dem es ihm gelang, alle Sorgen einen Tag lang zu vergessen. Er fühlte sich richtig verwachsen mit dem herrlichen Haus. Es würde viele Jahrhunderte überdauern, und noch in drei-, vier- oder fünfhundert Jahren würden sich Leute an dem Haus freuen können, an dem er mitgebaut hatte, ja, das sogar »sein« Haus war.

Ulrich ging an diesem Tag mit einem so lachenden Gesicht umher, daß es den anderen Gesellen auffiel: »He, du kannst ja richtig lachen. Nun wird aber gefeiert, was das Zeug hält!«

Der Altgeselle durfte den Richtspruch aufsagen; von der Wallfahrtskirche waren die Mönche herabgekommen, sprachen ein Gebet und segneten das Haus. Über einem riesigen Feuer drehten sich zischend und duftend mehrere Spanferkel, und daneben wurden zwei Fäßlein vom besten Einbecker Bier angezapft, wie es der König von England, der Kaiser, die Kurfürsten und andere Herren geliefert bekamen. Alle staunten, wieviel die Zimmerleute essen konnten. Einer der Mönche sagte lachend: »Ihr macht das Sprichwort wahr, das heißt: Der schneidet in das Brot wie ein Zimmermann ins Holz!«

An einem nebeligen Dezembertag nach Weihnachten – auf den nassen Feldern lagen tauende Schneereste – mußte Ulrich noch einmal hinauswandern zum neuen Vogtshaus: Ein Windbrett habe sich gelöst. Wenn es regne, dringe Feuchtigkeit ein. Der Meister wollte nicht erlauben, daß an dem neuen Haus, dem stattlichsten, das jemals in seiner Werkstatt aufgerichtet worden war, irgendeine fremde Hand »herumpfuschte«. Deshalb sollte sein »bester Geselle« den Schaden beheben.

Ulrich hatte das Haus noch nie fertig gesehen, da seine Arbeit nach dem Richtfest beendet war. Er war fast überwältigt, als er jetzt den steilen Hügel hinaufstieg und es in seiner ganzen Pracht vor ihm stand. Mit großen Geschoßhöhen, einem riesigen Dach und herrlichen Schnitzarbeiten an Knaggen, Schwellen, Bändern und Ständern war es ein vollkommen städtisches Haus geworden. Jetzt, da alles bemalt und vergoldet war, traten die kunstvollen Arbeiten erst richtig hervor; das Haus leuchtete selbst im Winter wie der schönste Sommerhimmel.

Gerade wollte er an die Türe klopfen und nach dem Verwalter fragen, als er plötzlich von der Wallfahrtskirche her verworrenen Lärm hörte. Viele Stimmen schrien durcheinander, wuchtige Schläge waren zu hören. Eine Männerstimme schien um Hilfe zu rufen, dann ein Gebrüll wie von vielen Menschen.

Ulrich rannte über die große Wiese, wo im Sommer das Richtfest gewesen war, dann die steile Treppe hinauf zur großen Toreinfahrt in der festungsartigen Ummauerung der Kirche. Als er das Tor aufgerissen hatte, stand er wie erstarrt. Der ganze große Platz vor der Hauptfront der Kirche mit ihren zwei Türmen war schwarz vor Menschen, die durcheinanderrannten, brüllten, lachten und schrien. Von den sechs Mönchen konnte Ulrich zwei erblicken, die in einem Haufen von Männern und Weibern hin und her gezerrt wurden. Ulrich überlegte blitzschnell, zuerst: Die Eindringlinge mußten durch die kleinere Pforte in der Mauer auf der anderen Seite der Kirche eingedrungen sein, denn das Haupttor und den Zufahrtsweg hatte er ja im Auge gehabt. Dann: Hilfe holen? Aber wen? Es gab einige Klosterknechte, die bewaffnet waren und die Kirche bewachten, aber von ihnen war nichts zu sehen. Den Vogt alarmieren? Aber der war wahrscheinlich gar nicht da, sonst hätte er den höllischen Lärm, den die tobende Menge machte, ja längst hören müssen. Sich allein gegen die tobende Menge zu stellen war aussichtslos.

Jetzt sah Ulrich Äxte blitzen. Niemand beachtete ihn, so schob er sich durch das Gedränge zum Hauptportal der Kirche vor. Irgendwo mußte ein Branntweinfäßchen oder etwas Ähnliches stehen, denn es fing an nach Schnaps zu stinken, und junge Burschen soffen aus hölzernen Trinkgefäßen. Das Schreien wurde immer lauter. Ulrich arbeitete sich wie ein Schwimmer durch die Menge näher zum Vorplatz vor dem Kirchenportal durch, was nicht ohne Püffe und Stöße abging. Aber er war mit seiner langen Gestalt kräftiger als die meisten der, wenn man sie von nahem sah, halb verhungert aussehenden, oft elend bleichen Gestalten, die um ihn herumtanzten. Auch überragte er die meisten. Da übertönte eine einzelne dröhnende Baßstimme das ganze Geschrei, Gekreisch und Gebrüll:

»Zerschlagt die Götzen!« schrie eine riesenhafte, dürre Gestalt mit langem Bart und abgetragenem Lederwams, von dem die Fetzen hingen. »Zerschlagt die Götzen!« rief er noch lauter und drang zum Portal vor. Die Menge griff den Schrei auf: »Zerschlagt die Götzen!«

»Das ist der fahrige Ennoch, jetzt geht's los!« schrien viele.

»Im Namen Gottes, im Namen Gottes!« jubelten einige.

Der fahrige Ennoch hatte eine steinerne Bank bestiegen und reckte die dürren Arme hoch. »Wir wollen keinen Raub« –, es wurde gelacht –, »wir wollen keinen Raub«, die Masse staute sich, hinten wurde gedrückt und gejohlt, vorne rief man: »Hört ihn an, hört den frommen Ennoch an!«

»Wir wollen keinen Raub«, begann er wieder, »unser Werk ist gottgefällig: Ihr sollt euch kein Bildnis machen, heißt es in der Bibel!« Weiter hinten wurde gepfiffen und geklatscht. »Christus hat gesagt: Ich bin der Weg, niemand kommt zum Vater denn durch mich! Da haben sie die Götzen aufgerichtet. Ich aber sage euch, wie Mose beim Tanz um das Goldene Kalb gerufen hat: Zerschlagt die Götzen! Zerschlagt ihre falschen Häuser! Lasset uns bauen das richtige Haus!« Ulrich horchte auf. »Lasset uns bauen das Haus des Vaters, den einen Schafstall, in dem es nur einen Hirten gibt, in dem alle Menschen gleich sind! Zerschlagt die Götzen!«

»Der fromme Ennoch hat immer recht! Zerschlagt die Götzen!« brüllte es unten, und, als wäre ein Damm gebrochen, flutete die Menge, wie hineingespült durch das weit aufgerissene Portal der Kirche.

Ulrich wurde, wie sehr er sich auch dagegenstemmte, einfach mitgerissen. Plötzlich sah er seitlich neben dem Portal einen der Mönche liegen. Die Kutte war verschoben, die Glieder seltsam verrenkt, und die Tonsur, die Ulrich einen Moment zwischen den Beinen sah, war voller Blut. Die Menge trampelte über ihn hinweg. Ulrich wollte sich zu dem Mönch durchkämpfen gegen den Druck der Menge, aber es war aussichtslos: Die Leute waren wie rasend und hätten alles niedergetrampelt, was sich ihnen in den Weg stellte. Immerhin gelang es ihm, sich mit äußerster Kraft und indem er kräftig mit den Armen um sich stieß, etwas vom Portal freizukämpfen. Nein, dachte er, das ist bestimmt nicht das richtige Haus, das hier gebaut wird!

Während Ulrich drängte und drückte und immer wieder für kurze Momente das braune Bündel zwischen den Stiefeln sah, schwoll das Schreien und Klatschen gewaltig an. Einige wüst blickende Männer mit unordentlichen Haaren stolzierten aus einem Seitengang der Kirche, sie hatten prächtige Meßgewänder angezogen, die seltsam von ihren wilden Gesichtern und zappeligen Gebärden abstachen. Andere, auch Weiber mit fliegenden Haaren kamen aus der Kirche; sie schwenkten Kelche und Monstranzen – Gold, Silber und Edelsteine blitzten. Ein Haufen grölte los und begann um die feierlich Gewandeten und grinsend Altargeschirr Schwingenden herumzutanzen. Einer hatte eine Altardecke um sich geworfen und fuhr wie ein Gespenst auf kreischende Mädchen und Weiber los.

Ein Ruck ging durch die Menge: Eine Heiligenfigur mit goldenem Reif um das Haupt, einem Strick um den Hals, an dem man den Heiligen wohl von seinem Sockel an einer Säule heruntergerissen hatte, wurde aus der Kirche herausgezerrt. Wieder blitzten Äxte. Mit lautem Krachen wurde die fast mannshohe Holzfigur in Stücke zerhackt. Sofort bildete sich ein freier Platz, eine Fackel flackerte auf, wahrscheinlich an den Kerzen in der Kirche angezündet, und schon brannten die uralten Holzstücke prasselnd und knisternd los. Holzscheite und Reisig, wahrscheinlich aus der Scheune der Mönche, wurden hergeschleppt, bald loderte ein mächtiger Scheiterhaufen. Immer mehr Heiligenfiguren wurden herangezerrt.

Der Platz vor dem Portal leerte sich, weil die Menschen zum Teil in die Kirche, zum Teil an das Feuer strömten. Endlich konnte sich Ulrich über den Mönch beugen: Er war tot, der Schädel war eingeschlagen. Hinter ihm wieder lautes Gegröle und Jubel: Eine herrliche Marienstatue mit einem Lächeln auf dem lieblichen weißen und roten Gesicht wurde an Ulrich vorbeigeschleift. Ulrich spürte, daß er das nie mehr vergessen würde, das süße Gesicht der Muttergottes wie weltentrückt unter einer goldenen Krone, sich liebevoll dem heiter auf ihrem Arm strampelnden Kind zuwendend, und daneben die wüsten, grinsenden, gierigen und vor Fanatismus verzerrten Gesichter der Menge. Da fuhr auf einmal ein Axthieb mitten in das Lächeln der Muttergottes und trieb einen gräßlichen Spalt auseinander. Ulrich stöhnte laut auf, er erwartete unwillkürlich

Blut hervorstürzen zu sehen. Plötzlich stand das blutige Gesicht des Konrad Mutzhaaß vor ihm, als er ihm damals mit der Faust mitten in das Gesicht geschlagen hatte. Er sah die Madonnenschnitzerei in Einbeck vor sich und schloß die Augen.

Trotz des Lärms hörte man jetzt aus der Kirche ein dröhnendes Schmettern, als, wie Ulrich vermutete, die steinernen Figuren der Heiligen mit Stricken von ihren Säulen heruntergestürzt und mit Vorschlaghämmern zerschlagen wurden.

Ulrich schauderte es, als er an den kühlen Kirchenraum dachte, den er im Sommer manchmal betreten hatte. Er erinnerte sich an die heilige Stille, die feierlichen Gestalten auf ihren Säulen, die vielen Kerzen, die den halbdunklen Raum mit seinen grünen, blauen und roten Glasscheiben mit einem geheimnisvollen Leuchten erfüllten.

Jetzt hörte man an einem schrillen Klirren und Rasseln, daß die bunten, leuchtenden Glasbilder mit Steinen eingeworfen wurden. An ihnen hatten die Mönche – Ulrich hatte öfters zugehört – die ganze Bibel erzählt und erklärt. Eine ganze Welt zerfiel in Scherben.

Wieder Jubel hinter ihm: Bunte Altartafeln wurden hergeschleppt und loderten im Feuer auf. An einem Strick wurde ein hölzerner Bischof mit goldener Mitra und goldenem Bischofsstab herangezogen, auf dem Bauch liegend, und von der Menge mit Füßen getreten. In der Kirche übertönte ein lautes, rhythmisches Geschrei den schmetternden Lärm und das unentwegte Geklirr der Fenster; das Geschrei wuchs zum Gebrüll, dem ein fürchterliches Krachen, Schmettern, Klirren, fast als würden viele Töne gleichzeitig angeschlagen, folgte, und Ulrich begriff, daß man die Orgel mit Stricken aus ihrer Verankerung an der Kirchenwand gerissen und aus ihrer Höhe herab auf den Steinboden der Kirche gestürzt hatte.

War denn nirgends Hilfe? Ulrich kam sich in der rasenden

Menge wie verloren vor. Obwohl ihn niemand beachtete, war ihm klar, daß er einfach zerrissen worden wäre, wenn er hier versucht hätte, irgend etwas zu retten.

Die verworrenen Gerüchte kamen ihm wieder in den Sinn, die in den letzten Monaten nach Einbeck gelangt waren und von denen ihm auch sein Altgeselle erzählt hatte: von herumziehenden Haufen unzufriedener, fanatischer und wie in einem religiösen Wahnsinn lebender Bauern, Bürger, Knechte und Mägde, die da und dort Kirchen und Klöster plünderten und alles zerschlugen. Ulrich konnte nicht weglaufen. Er stand wie festgebannt bei dem verrenkten Bündel, das einmal ein Mönch gewesen war.

Plötzlich blickten einige der Menschen auf: Über der Mauer, die vom großen Platz der Kirche aus gesehen niedriger erschien als von außen, stieg plötzlich schneller Rauch auf. Immer mehr Leute wurden aufmerksam, eine Bewegung zum Tor setzte ein, Ulrich ließ sich mitreißen und gelangte hinaus: Da quoll bereits Rauch aus allen Fenstern des neuen Vogtshauses, Flammen loderten auf, Ziegel prasselten herunter.

Rasend, wie von Sinnen schlug Ulrich um sich, er schrie irgend etwas, das er selbst nicht verstand. Er spürte, wie ihm die Tränen aus den Augen spritzten, sein Mund war wie von einem Krampf verzerrt: Sein Vogtshaus! Das heißen die, das richtige Haus bauen!

Aber die Menge tobte weiter, niemand beachtete ihn. Er wurde wieder wie betäubt und gelähmt in den Innenhof gedrückt, wo immer noch das Feuer mit heiligen Gegenständen geschürt wurde und Menschen mit wertvollen Gewändern, übergehängten Brokatdecken, kostbaren Chorröcken wie Wahnsinnige herumstolzierten. Irgend jemand warf Ulrich eine Brokatstola über, er bemerkte es kaum; in seinem Kopf hatte nur ein Gedanke Platz: Das Vogtshaus, das schönste Haus, an dem er bis jetzt mitgebaut hatte, verbrannte: Deine Häuser bleiben nicht stehen! hatte ihm Konrad Mutzhaaß im Traum zugerufen, er hörte es ganz deutlich.

Da drängten plötzlich bewaffnete Männer herein, immer mehr, mit Helmen und Spießen, Schwertern, Hellebarden – Harnische blinkten. Das Geschrei der Menge, das soeben triumphierend gewesen war, wurde zu rasendem Gekreisch. Frauen grillten, das Gewimmel wurde hysterisch – während immer noch die Flammen des Scheiterhaufens hoch aufschlugen und über die Mauer herüber unter donnerndem Geprassel wie ein Turm die Flammensäule des Vogtshauses aufstieg. Die Luft war mit Rauch erfüllt wie von Nebel. Die Leute rannten hin und her wie verschreckte Tiere. Die Soldaten hatten einen Ring um den großen Platz gebildet und begannen auf die Menschen einzuschlagen. Das Kreischen ging in Heulen und Wimmern über. Endlich! dachte Ulrich; wie erlöst drängte er sich durch die kopflose Menge und eilte auf die Soldaten zu. Da sauste etwas auf seinen Kopf herab, und alles wurde dunkel.

Mein Kopf, die sollen meinen Kopf in Ruhe lassen! Die ganze Welt steckte in seinem Kopf – er sah Leute, die einen wüsten Tanz um ihn herum aufführten. Die Gesichter waren schauerliche Fratzen; sie schlugen mit Prügeln auf seinen Kopf. Dann drang langsam Kälte von unten und überall in ihn hinein, und er schlug die schmerzenden Augen auf. Von irgendwo kam ein Lichtschimmer, sonst war es fast dunkel um ihn. Mühsam und unter schweren Schmerzen brachte er seine Augen dazu, etwas wahrzunehmen: hohe Gitter, ein schwarzes Gewölbe. Er hörte ein leises Gewimmer; unwillkürlich wollte er sich aufrichten. Aber seine Arme wurden mit hartem Griff festgehalten, und nun spürte er eiserne Manschetten um seine Handgelenke und Knöchel. Wie wahnsinnig wälzte er sich in seiner ganzen Länge, versuchte sich zu drehen und loszureißen. Aber das alles verursachte schlimme Schmerzen: Er spürte jeden Ruck in

Armen und Beinen, und in seinem Kopf tobte die Hölle. Er war angeschmiedet!

»Laß nur Söhnchen, sie werden dich schon losmachen, aber du wirst dich nicht lange darüber freuen!«

Entsetzt blickte er auf das zahnlos grinsende Gesicht eines Alten, der ihm gegenüber angeschmiedet war. Er trug ein prunkvolles Meßgewand, dessen festlicher Glanz selbst hier im Halbdunkel einen greulichen Kontrast bildete zu dem dreckigen und haarlosen Schädel, der Ulrich immer noch angrinste: »So Söhnchen, endlich aufgewacht, hast lang geschlafen in unserem kalten Bettchen«, er kicherte immerfort zwischen den einzelnen Wörtern. »Was starrst du denn immer meine schönen Kleider an?« Sein Kichern ging in ein kindliches Schluchzen über. »So schöne Kleider, wollte ich alle vertrinken mit Schnaps und Einbecker Bier!« Er kicherte wieder. »Haben sie uns alles gelassen, nichts weggenommen, soll alles vor das Gericht, dann kommt …« Er grinste wieder mit dem zahnlosen Mund. »Söhnchen für dich kommt es früh, großes Söhnchen, armes Söhnchen!«

Ulrich grauste es. Langsam kam die Erinnerung!

»Aber ich gehöre doch gar nicht zu euch«, krächzte er mühsam. Er fühlte, daß sein ganzes Gesicht verspannt und verklebt war – geronnenes Blut, dachte er.

Der Kopf dröhnte, das Herz raste.

»Das kann jeder sagen, daß er nicht dazugehört«, kam eine tiefe Stimme rechts von ihm. Ein bärtiger, dürrer Mann – der fahrige Ennoch, durchfuhr es Ulrich –, ebenfalls angekettet, hatte sich halb aufgerichtet. »Zwar, dich kenne ich nicht, soweit man das mit dem vielen geronnenen Blut in deinem Gesicht überhaupt sagen kann. Aber überall haben sich uns Mitläufer angeschlossen, gierig nach Beute und Gewalttat statt nach Gottes Wort! Wir Bilderstürmer sind fromme Leute und wollen nichts, als die Götzen zerstören, die in den Kirchen noch angebetet werden – ein Greuel vor Gottes Angesicht! Ihr Pack aber wollt Raub und Mord, deshalb habt ihr bei uns mitgemacht! Der alte zahnlose Elias ist harmlos, aber euch Lumpen haben wir das zu verdanken, was jetzt mit uns geschieht!«

Ulrich war gelähmt vor Entsetzen, er brachte kein Wort heraus, seine Gedanken jagten sich und flatterten wie aufgescheuchte Vögel in einem Käfig. Wieder zerrte er an seinen Ketten.

»Nützt dir nichts«, kicherte der zahnlose Elias.

»Du Lump, gerade recht geschieht es dir!« schrie der fahrige Ennoch mit gellender Stimme. »Aber wir werden als Märtyrer zu Gott eingehen!« Dann wieder leiser, aber haßerfüllt: »Wo kommst du überhaupt her?«

»Ich bin Zimmergeselle in Einbeck«, antwortete Ulrich mit aufkeimender Hoffnung.

»So, und da haben sie dich aus der Zunft gejagt, daß du wie ein Wolf vom Raub leben mußt, überall wo anständige Christenmenschen ihr wichtiges Werk verrichten.«

»Nein, ich bin nicht aus der Zunft gejagt, und ich habe noch nie jemand etwas weggenommen!«

»Hi, hi«, grinste der zahnlose Elias und starrte Ulrich an.

Links neben Ulrich rührte sich etwas, Stroh raschelte, Ketten klirrten. Auch hier lag ein bärtiger Mann, wie er im fahlen Licht erkennen konnte, das irgendwo von oben herabdrang.

»Was hast du denn dann um den Hals, wenn du noch nie jemand etwas weggenommen hast, hä?«

Entsetzt blickte Ulrich an sich hinab, ein eisiger Schreck durchfuhr ihn, er begann zu zittern. Da hing ihm noch die Brokatstola um den Hals, die ihm jemand übergeworfen hatte, als das Vogtshaus angefangen hatte zu brennen, und die man ihm hier im Gefängnis sorgsam wieder umgehängt hatte, als »Beweisstück«, wie der alte Elias grinsend sagte.

Alles aus, dachte Ulrich, keine Hoffnung mehr! Er ließ sich

auf den harten Boden zurücksinken. Unter sich spürte er etwas halbverfaultes Stroh, über sich hatte er ein schwarzes Gewölbe, das von hohen Gittern zerschnitten wurde. Jetzt hörte er, daß sehr viele Menschen hier sein mußten. Überall klirrten Ketten, raschelte es, Gebete wurden gemurmelt. Irgendwo schien jemand zu predigen, aber Ulrich verstand nichts. In einer großen Entfernung war Schluchzen zu hören – Frauenstimmen?

Was tun, um Gottes willen, was tun? Ich bin ein Idiot, dachte er weiter, während er sich in seine Fesseln stemmte. Statt hinzustehen und wie ein Kalb den ganzen Unfug anzustarren, hätte ich laufen und Hilfe holen sollen wie die Kirchenknechte und die Mönche, die noch wegrennen konnte, und die Knechte und Mägde des Vogtshauses. Vielleicht hätte ich sogar das Vogtshaus retten können. Jedenfalls läge ich nicht hier! Verzweifelt bäumte er sich auf. Der Schmerz im Kopf wurde immer unerträglicher. Ulrich wimmerte.

Mein Meister! Mein Meister wird mich vermissen, er wird nach mir suchen und mich finden, er hält große Stücke auf mich. Alles war plötzlich ganz einfach: Mein Meister wird mich finden und herausholen. Tränen stiegen in seinen Augen hoch. Mein Meister …

Er richtete sich etwas auf und fragte zaghaft: »Wo sind wir denn überhaupt?« Er hatte die sichere Erwartung, ›In den Stadtgefängnissen von Einbeck‹, als Antwort zu bekommen. Sein Herzschlag setzte aus: Die Wallfahrtskirche gehörte ja gar nicht mehr zu Einbeck!

Und da kam auch schon die Antwort: »Auf der Hellenburg.« Ulrich hatte den Namen noch nie gehört. Konnte ihn der Meister überhaupt finden? Und wenn – mit der Brokatstola mußte er ja als überführt gelten! Ulrich schüttelte es so sehr, daß ihm die Zähne klapperten.

»Dein Schnattern nützt dir nichts«, kam es aus dem zahnlosen Mund gegenüber.

»Wir können noch von Glück reden, wenn wir bloß aufgehängt und nicht etwa als Diebe wie Wegelagerer oder Landfriedensbrecher gevierteilt oder gerädert werden!« sagte ein Mann, der ein ganzes Stück von Ulrich entfernt liegen mußte, mit lauter Stimme.

Überall stieg Gewimmer auf.

»Der Mönch ist tot«, sagte dieselbe Stimme, »also sind wir auf jeden Fall mitschuldig an einem Mord!«

»Das ist das gewalttätige Gesindel, gegen das ich immer gepredigt habe«, der fahrige Ennoch redete zornig, »wie oft habe ich Gewalt verboten, unsere Arbeit gegen den Ungeist der Götzen sollte den Frieden bringen, ein gottgefälliges Werk sein, Gott helfe uns!«

Ulrich begriff, daß die Bilderstürmer an sich fromme Leute waren: Sie wollten keine Gewalt gegen die Menschen, aber bei ihrem vermeintlich göttlichen Werk waren sie gewalttätig genug. Er begriff es, obwohl sein ganzer Körper in Panik bebte – bei ihrem verblendeten Tun hatten sich Leute angeschlossen, die nur auf Gewalt und Raub aus waren.

Ich werde schreien, dachte er und sagte dann laut: »Ich werde meine Unschuld hinausbrüllen, ich werde nichts gestehen, ich habe ja auch nichts getan, ich bin Zimmergeselle in Einbeck!«

»Also die Folter«, der zahnlose Mund kicherte, »wenn sie dir die Gelenke ausgerenkt haben, wirst du schon gestehen, und dann hopp!«

»Die Folter ist doch nur dazu da, die Schuld festzustellen, nicht die Wahrheit herauszufinden!« hörte er sich die Worte von Konrad Mutzhaaß wiederholen.

Der alte Elias kicherte, der Bärtige lachte laut auf: »Ja, wenn wir der Ehrbarkeit angehören würden, dann vielleicht; aber wir sind für die, bei unserer ganzen Frömmigkeit, die jeder kennt und die denen unheimlich ist, nicht mehr als landfahrendes Gesindel.«

Das Wort »Gesindel« fiel auf Ulrich wie ein Felsbrocken: Wiesel! Ich liege wegen Wiesel im Gefängnis; das ist die Strafe für meinen Verrat an Wiesel! Er keuchte.

Über Mittag kamen einige brutal aussehende Kerle – Schergen, die Henkerknechte! durchzuckte es Ulrich –, sie ketteten ihre Hände los, und jeder bekam einen Holznapf mit einer lauwarmen Brühe, die eine Brotsuppe sein sollte. Ulrichs Kopf hämmerte wütend. Jemand stellte einen Holzbottich mit Wasser roh vor Ulrich hin: »Da, wasch dein Gesicht, verbrauch aber nicht das ganze Wasser.«

Ulrich bewegte sich mechanisch, alle Handgriffe waren schwerfällig, sein Denken war wie gelähmt, in allen Gliedern lagen ungeheure Bleigewichte. Wenigstens konnte er den schmerzenden Oberkörper aufrichten. Aus dem Wassereimer starrte ihm ein gespenstisch fahles, unglaublich dreckiges Gesicht entgegen. Er schaute es lange an. Es war ein krankes und seltsam fremdes Gesicht, das sich nicht von den Gesichtern um ihn herum unterschied.

Irgendwo schien vielleicht die Sonne, es war heller geworden, als er aufblickte, wenn auch das Licht aus einer unerreichbar scheinenden Höhe kam.

Der Anblick war entsetzlich, überall saßen auf dünnen Büscheln von Stroh Menschen, manche zerlumpt und ausgemergelt. Manche trugen wie er noch prächtige Teile kostbarer Meßgewänder – eine grausige Mischung aus Elend und Glanz, schimmerndem Gold und verfaulendem Stroh zwischen den Gefängnisgittern und den klirrenden Ketten. Dazu der entsetzliche Gestank, der immer schlimmer wurde: Es wurde ja keiner losgekettet.

Wir sind Tiere, durchfuhr es Ulrich, prächtig gekleidete Tiere. Seine Gedanken schienen sich zu verwirren. Nein, Tiere hält man besser, dann glitt er wieder in eine apathische Lähmung, in der er an seine Mutter dachte. Und aus seinem

Munde kam, ohne daß er es richtig merkte, ein hohes, fast kindliches Wimmern, wie es im ganzen Raum ständig zu hören war. Irgendwo wurde laut gebetet.

Als das Licht nachließ, nahm das Klirren zu: Ihre Hände wurden wieder angekettet. Die eisernen Manschetten wurden über die Handgelenke gestreift und mit scharfen Hammerschlägen Keile hineingetrieben, so daß sie unverrückbar festsaßen. Die Ketten waren am Gitter oder an eisernen Ringen im Steinfußboden festgeschmiedet.

Ulrich hatte jede Hoffnung aufgegeben, dennoch flatterten immer wieder Fetzen durch seinen Kopf: Ich werde reden vor Gericht, sie können doch keine so himmelschreiende Ungerechtigkeit begehen – kein Wort werden sie dir glauben – Wiesel – die Folter, weiter kamen seine Gedanken nicht. Der zahnlose Elias kicherte hoch wie ein Kind.

»Mutter«, stammelte Ulrich und »Anna«, sein Kopf war schwer wie Blei, und er versank in einen Zustand zwischen taumeligem Schlaf und bleierner Bewußtlosigkeit.

Er stand auf einem weiten, freien Feld, überall wuchsen große Früchte direkt aus der Erde: Äpfel, Birnen, Trauben, große schwarze Kirschen, übergroße Kürbisse. Auf dem Feld stand eine Vogelscheuche: ein riesiges Kreuz aus Latten, mit dem prächtigen Ornat eines Bischofs behängt. Der Bischof hatte einen Spieß in der Hand und sagte mit schnarrender Stimme: »Du darfst nicht von den Früchten essen, du hast das Vogtshaus angezündet, du hast das Vogtshaus angezündet.« Da sah Ulrich, wie von überall her halbverhungerte Menschen kamen und sich nach den Früchten bückten. Die Vogelscheuche mit dem Bischofsgewand aber sagte: »Essen darf nur, wer mir die Fesseln löst!« Die Vogelscheuche war angekettet. Niemand konnte ihr die Fesseln lösen, denn sie drehte sich mit dem Spieß immer schneller und immer schneller und schrie immer lauter: »Wer löst meine Fesseln? Wer löst meine Fesseln?« Niemand konnte in die Nähe kommen. Ulrich sah, wie sich die Hungergerippe herandrängten, aber der Spieß kreiste sehr schnell. Und Ulrich sah, daß auch diese Leute lange Fesseln trugen; er wollte sich auf die Vogelscheuche stürzen. Aber da stand er selbst angekettet und mit schweren, prächtigen Bischofsgewändern bekleidet, die ihn zu Boden drückten. Die Früchte aber begannen vor seinen Augen zu verfaulen.

Grelles Licht traf seine Augen. »Ist er's?« hörte er jemanden sagen. Dann sah er hoch über sich eine Fackel, die seine Augen blendete und den bohrenden Schmerz in seinem Kopf verstärkte. Neben ihm standen lange Beine. Jemand bückte sich. »Er ist's!« Ulrich begriff nichts. Von wem war die Rede? Er erwachte sehr langsam: Dann wollte er hochfahren, aber die Ketten warfen ihn mit einem Ruck zurück. Holen die mich schon?

»Wisch ihm mal die Haare aus dem Gesicht!« hörte er eine andere tiefere Stimme. Hatte er die erste nicht gekannt? Er wimmerte wieder.

»Ich bin der Zimmergeselle Ulrich Georg Wennagel«, krächzte er mit einer ihm völlig fremden Stimme. Hatte ihn jemand verstanden? Alles hoffnungslos. Er ließ sich wieder zurückfallen.

»Ganz klar, er ist es«, hörte er wieder, »Ulrich Georg Wennagel, ich erkenne ihn genau wieder!«

»Ich auch!«

Darauf entfernten sich die Stimmen, und auch die Schritte verhallten. Ulrich verfiel in einen dämmerigen Halbschlaf. Was war das? Hatte er geträumt? Irgendwo keimte ein Fünkchen Hoffnung: Weshalb suchte man ihn? Oder sollte er schon zur Folter geführt werden? Seine Gedanken verwirrten sich wieder: Es war die Stimme von Konrad Mutzhaaß! Wieso die Stimme von Konrad Mutzhaaß? Was hatte Konrad Mutzhaaß mit allem zu tun? Wieder wurde es schwarz um ihn.

Wieder kam das Licht: Jemand bückte sich und zog an seinen Armen. Er wollte schreien. Zwei scharfe Hammerschläge – die Ketten rasselten weg. Zwei weitere Hammerschläge – die Beine waren frei. Jemand zog ihn hoch, seine Beine trugen ihn nicht – er kippte um. Im Kopf hämmerte es entsetzlich. Er wurde unter den Armen gefaßt, seine Beine machten zwar Bewegungen, schleiften aber auf dem Boden nach. Eine Gittertür flog hinter ihm krachend zu. Das Kichern des Zahnlosen verhallte.

Er fand sich in einem kleinen Raum wieder, halb auf die Seite gekippt, saß er auf einem Hocker. Mehrere Leute standen um ihn herum. Vor ihm saß – er erkannte ihn wieder – der Vogt, den er beim Richtfest gesehen hatte. Auf einem Tisch lag die Brokatstola, die Ulrich um den Hals geworfen worden war.

Dann sprach sein Meister – wirklich, er war es –, eine unendliche Dankbarkeit und Wärme breitete sich in seiner Brust aus. Ulrich hörte zunächst nur die Stimme, sie erklang ihm wie Musik. Ein Becher Wein wurde ihm gereicht, ein Stück Brot. Eine große Kerze brannte auf dem Tisch, das Fenster war aber noch etwas hell, und da neben ihm – er konnte es kaum fassen – stand Konrad Mutzhaaß, den er am Anfang seiner Lehrzeit ins Gesicht geschlagen hatte. Er sah aus wie ein Engel.

Dann redete der Vogt nicht unfreundlich, aber doch streng: »Ulrich Georg Wennagel, der Zimmergeselle Konrad Mutzhaaß hat dich hier in meinem Kerker als meinen Gefangenen gefunden. Dein Meister bezeugt, daß du wirklich Ulrich Georg Wennagel, Zimmergeselle, bist. Du bist der Beteiligung an einem Mord, des Aufruhrs und des Landfriedensbruchs, der Brandstiftung, des Kirchenfrevels und schweren Diebstahls angeklagt. Dein Meister und auch der Zimmergeselle Konrad Mutzhaaß aber bürgen für dich.«

Auf einem Karren habe man ihn von der Wallfahrtskirche

hierher gebracht, nachdem man ihn erst für tot gehalten habe. Er habe dieses Stück eines Meßgewandes – eine Stola – um den Hals gehabt. Ob er erklären könne, wie dieses dorthin gelangt sei und wie er überhaupt in die Gesellschaft der Bilderstürmer gekommen sei.

Ulrich, dem es schwer fiel, seine Gedanken zu sammeln und auf einen Punkt zu richten, begann zögernd mit dem schadhaften Windbrett am Vogtshaus, das der Meister bezeugte, wurde dann sicherer, und es gelang ihm, seine Erlebnisse zusammenhängend zu berichten. Seine letzte Erinnerung sei das brennende Vogtshaus. Wie er hierher gekommen sei, wisse er nicht, schloß er.

Da sei er auch bewußtlos gewesen, antwortete der Vogt ernst. Im übrigen sei er mehr als zwei Tage im Gefängnis gewesen – Ulrich schaute ihn fassungslos an. Ein zahnloser Greis, mit einem Meßgewand bekleidet, habe gesagt, daß Ulrich sich bewege, sonst wäre er mit einigen zwanzig anderen Erschlagenen in eine Grube geworfen und verscharrt worden.

Dann mußte Ulrich den Raum verlassen. Ein Soldat stand neben ihm auf einem schmalen Flur; immerhin hatte man ihm einen Hocker hingestellt, stehen hätte er nicht können. Es dauerte sehr lange. Mußte er wieder in den Kerker zurück? Ulrich geriet in Panik, und er begann am ganzen Leib zu zittern, wenn er nur daran dachte, auf den Rücken geworfen und wieder angeschmiedet zu werden. Seltsam: Der alte Elias, ein Dieb, hatte ihm fraglos das Leben gerettet …

Ulrich konnte nur mühsam aufstehen, und seine Beine trugen ihn kaum vor Schwäche und Angst, als er wieder in die Vogtstube zurückgerufen wurde. Im Stehen schwankend, hörte er den Vogt sagen: »Ulrich Georg Wennagel, durch die Aussage und Bürgschaft deines Meisters und des Gesellen Konrad Mutzhaaß und aufgrund deiner eigenen Aussage ist es nicht glaubhaft, daß du dich in der dir vorgeworfenen Weise vergangen haben sollst. Deine Aussage und die uns hier erkennbaren Vorgänge stimmen so weit überein, daß sie als glaubwürdig erachtet werden.« Er machte eine längere Pause. »Ich, der Vogt des Herzogs von Braunschweig, nehme dich deshalb im Namen des Herzogs von Braunschweig aus der Anklage und gebe dir deinen guten Namen zurück. Du kannst und sollst als unbescholtener Bürger deinen Fuß setzen, wohin du willst und deine Arbeit verrichten und dein Brot essen, wo du willst.«

Ulrich hörte und sah nichts mehr.

DIE PROBE

»Konrad Mutzhaaß, wo kommst du denn her?« war das erste, was Ulrich sagte, als er erwachte und den ehemaligen Gegner, an den er so oft gedacht hatte, an seinem Bett sitzen sah. Er war immer noch recht klein, aber er war etwas stämmiger geworden. Seine Haare verdeckten noch genauso widerspenstig die Stirn, das Gesicht war nicht mehr ganz so breit, aber sein Lachen war noch genauso schlau wie früher.

»Schweig, du unbescholtener Bürger«, grinste er, »und mach, daß du schleunigst gesund wirst, sonst erzähle ich dem Vogt etwas aus Bischofswerth.«

»Was weißt du denn von Bischofswerth?« fragte Ulrich verlegen.

»Und von Anna ...«, grinste Konrad immer weiter, »und von einer gewissen Lederschnur um deinen Hals.«

Hastig griff sich Ulrich an den Hals: »Was ist mit Anna?« Er war noch sehr benommen und begriff alles nur langsam. Auch hämmerte es in seinem Kopf.

»Was ist mit Anna?« äffte ihn Konrad fröhlich nach. »Meinst du, ich weiß das? Aber wenn jemand mit hohem Fieber tagelang herumliegt und sich ständig an eine Lederschnur am Hals greift und dabei Anna sagt, so denkt man sich halt seinen Teil. Ist sie hübsch?«

Mit einem Fuhrwerk fuhren sie zwei Tage später zurück

nach Einbeck, wo die Meisterin Ulrich voller Mitleid verwöhnte. Er durfte noch nicht gleich aufstehen, und die Meisterin brachte ihm drei Mahlzeiten am Tag, daß sich der Tisch bog, den sie an sein Bett rückte, und wie sie aufpaßte, daß kein Krümel übrigblieb!

Auf dem Rückweg waren sie an der Wallfahrtskirche vorbeigekommen, die hoch auf dem Berg aufragte, äußerlich ganz unversehrt. Daneben aber war der Platz des Vogtshauses, das man schon von weitem hätte leuchten sehen können, leer. Ulrich wartete eigentlich darauf, daß Konrad sagte: Ulrich, deine Häuser bleiben nicht stehen! Aber der sagte natürlich nichts dergleichen, blickte aber wie Ulrich ernst hoch, solange man die kahle Stelle sehen konnte.

Schon auf dem Rückweg nach Einbeck und dann im Haus des Meisters, wurde Konrad mit Fragen bestürmt, obwohl Ulrich noch recht schwach war.

»Weshalb bist du überhaupt da? Der Meister sagt, du hättest mich gefunden! Wie konnte das sein? Dann hast du mir ja das Leben gerettet! Wie kommst du gerade nach Einbeck? Wie hast du mich gefunden? Was weißt du über Bischofswerth? Hast du mich schon vorher gesucht? Weshalb?« Ulrich konnte gar nicht mehr aufhören zu fragen.

Konrad genoß seine »gefragte« Rolle. »Ich will dir zunächst erzählen, wie ich nach Einbeck gekommen bin und dann – und das ist viel wichtiger – warum ich dich gesucht habe im halben Heiligen Römischen Reich wie eine Stecknadel in einem Heuhaufen.«

Er suchte sichtlich nach einem Anfang. »Es wäre schier aussichtslos gewesen, dich zu finden, wenn ich nicht zwei deutliche Anhaltspunkte gehabt hätte: Zunächst hast du in Würzburg einem Fuhrmann Grüße an deine Eltern mitgegeben, und der hat davon geredet, daß du nach Bischofswerth wolltest. Sodann hatte dein Pate Kundschaft von dir: Einer seiner Wagenknechte hat von Vorfällen in Bischofswerth berichtet, an denen auch ein Zimmergeselle aus unserer Stadt beteiligt gewesen sei. Na, da war ich ja im Bilde, aber hör mal, in Bischofswerth hast du ja ganz schön Glück gehabt!«

»Und in Ascherskron und beim Vogt von Braunschweig, wie du weißt, genauso«, fuhr Ulrich fort. Er erzählte ausführlich seine Erlebnisse in Ascherskron.

Konrad war sehr ernst: »Zwei Zigeunern und einem halb wahnsinnigen alten Bilderstürmer hast du dein Leben zu verdanken …«

»Und dir«, sagte Ulrich genauso ernst und drückte Konrad die Hand.

»Und deinem Meister, aber ich war etwas flinker!«

»Aber wie hast du mich von Bischofswerth aus weiterverfolgen können?«

»Jetzt wird es schwierig, dein dortiger Meister wußte zwar, daß du nach Ascherskron wolltest. Aber in Ascherskron – die Pest war schon vorbei, als ich hinkam – wußte natürlich kein Mensch etwas von einem Ulrich Wennagel. Da begannen die Schwierigkeiten. Ich hatte dich in Bischofswerth ja nur um etwa zwei Wochen verfehlt: Du hattest die Stadt – notgedrungen …«, er grinste schadenfroh, »notgedrungen verlassen, kurz bevor ich hinkam. Nun hat mir zwar dein Meister gesagt, du wolltest nach Ascherskron, aber in der Zwischenzeit wußte man, daß dort die Pest war und du also nicht bleiben konntest. Dennoch bin ich auf gut Glück hingewandert. Es war natürlich vergebens!«

Ulrich hörte gespannt zu: »Aber eigentlich hattest du trotzdem Glück: Ein evangelischer Auswanderer hat mich nach deiner Beschreibung erkannt. Er heißt Heinrich Wagenseil.«

»Den hatte ich in Bischofswerth getroffen. Ich habe allen Leuten, die ich erwischen konnte, die nach Norden wanderten, deine Beschreibung gegeben. Und …«, er blickte Ulrich scharf an, »hat er dir nicht gesagt, du solltest zurückwandern?«

»Doch«, meinte Ulrich und schaute in eine Ecke, »aber da ich keinen Grund wußte …«

»Na ja, man kann es dir nicht übelnehmen: Den Grund konnte ich keinem Fremden sagen; nicht einmal zu Hause durfte es bekannt werden – ich konnte es nur dringend machen. Aber es wäre sehr gut gewesen, wenn du deine Wanderung abgebrochen hättest. Daß du geblieben bist, kann viele Menschen das Leben kosten!«

Ulrich kratzte sich mit beiden Händen in den Haaren: »Aber nun sag schon! Man wird ja krank vor Spannung, wenn man dir zuhört. Was ist denn so wichtig? So bedeutend kann doch meine Person nicht sein!«

»Ist sie auch nicht, werde nur nicht eingebildet, aber auch unbedeutende Personen können wichtig sein.«

»Also?«

»Langsam, langsam, das kommt schon noch! Hast du sonst nichts von zu Hause gehört?«

»Doch, da war ein Fuhrmann meines Paten, der nach mir gefragt und mir Grüße ausgerichtet hat. Selbst habe ich aber nicht mit ihm gesprochen.«

»Das war entscheidend. Alle Fuhrleute des Herrn Kroner, sie ziehen ja in ganz Deutschland herum, hatten den Auftrag, dich zu suchen. Worum es ging, konnte man ihnen aber so wenig sagen wie Heinrich Wagenseil, deshalb haben wir nur Grüße bestellen lassen; hier hätte jedes weitere Wort gefährlich sein können! Wenn sie dich gefunden hatten, so sollten sie es Herrn Kroner melden, der es dann wieder über die Fuhrleute an seine Geschäftsfreunde weitersagen ließ. Die Geschäftsfreunde habe ich in allen Städten, in die ich auf der Suche nach dir kam, aufgesucht und nach dir gefragt. Ein umständliches und zeitraubendes Verfahren, aber die einzige Möglichkeit, dich zu finden, es hat ja auch lange genug gedauert, vielleicht bereits zu lange!

Ich kam übrigens bis Hamburg!«

»Und die haben dir dann gesagt, wo ich bin?«

»Genaugenommen war es ein Geschäftsfreund in Lüneburg, der es gewußt hat. So bin ich von Lüneburg nach Einbeck gewandert, wo es das gute Bier gibt – man hätte es sich ja gleich denken können –, und so bin ich hier. Fast ein Jahr habe ich nach dir gesucht.«

»Und gerade rechtzeitig!«

»Hoffentlich! Aber da kannst du sehen: ein guter Kaufmann und ein guter Zimmermann, was die auf die Beine stellen. Na ja, zunächst müssen wir erst einmal dich auf die Beine stellen, denn wir müssen so schnell wie möglich zurück!«

»Warum denn, sag schon! Du kannst einen wirklich auf die Folter spannen!«

»Übrigens habe ich damals in Ascherskron einen älteren Herrn mit einer – recht hübschen Tochter kennengelernt, nein, sie heißt nicht Anna! Der hat mir von einem Zimmergesellen erzählt, der ihnen eine Woche vor Ascherskron nach Norden auf offener Landstraße einen Wagen repariert hätte. Die Beschreibung paßte auf dich. Weil er sehr krank geworden sei, habe er sich mit seiner Tochter erst in der Gegend von Ascherskron, nach Erlöschen der Pest in Ascherskron selbst niedergelassen und dort einen kleinen Haushalt aufgemacht. Etwas Geld verdiene er mit Schreibarbeiten auf dem Rathaus, im übrigen sei er kein armer Mann.«

Ulrich erinnerte sich noch gut an den hageren Vertriebenen mit seiner Tochter, dem die Frau gestorben war. Aber er hätte Konrad, der so tat, als würde Ulrich nicht auf glühenden Kohlen sitzen, am liebsten geschüttelt.

»Dennoch, auch dieser Herr hatte keine Ahnung, wohin du wandern wolltest.«

»Jetzt aber zur Sache! Weshalb reist du mir nach durch das halbe Heilige Römische Reich?«

»Eigentlich müßte ich dich sofort packen und nach Hause mitschleppen. Und es ist sehr schlecht, daß du noch so schwach bist, sonst müßten wir, wie gesagt, sofort aufbrechen!«

»Na hör mal, jetzt im Januar!«

»Ja, das ist das schlimme, daß wir mindestens bis März oder sogar April warten müssen, und da kann es bereits zu spät sein!«

»Aber was denn? Man hält es nicht mehr aus!«

»Geduld! Zunächst aber soviel in aller Kürze: Du mußt unseren alten Obermeister vor dem Galgen, die Streilinger Bauern vor einer riesigen Dummheit und die Stadt vor großem Übel bewahren!«

»Nein«, Ulrich saß da mit offenem Mund.

»Jetzt siehst du aus wie ein Kamel mit deinem langen Gesicht«, sagte Konrad, »aber ich weiß, daß du keines bist.«

Dann begann er endlich zu erzählen.

Außerhalb der Stadt seien die Streitigkeiten und Spannungen ebenfalls immer größer geworden. Die Straßen seien unsicher. Banden wie die Bilderstürmer, die er ja kenne, zögen umher, Schwärmerhaufen, die Wiedertäufer und andere. Von Bauernhaufen höre man, die sich in Oberschwaben zusammengerottet hätten, und täglich sei Krach mit den Streilinger Bauern. Die hätten Ratsmitglieder gefangengesetzt und dann wieder gegen verbriefte Zugeständnisse, die Eichenpreise betreffend, freigelassen.

Er schaute Ulrich an: »Der Obermeister ist angeklagt, mit den Streilinger Bauern gemeinsame Sache gemacht zu haben wegen der Eichen. Er habe sie gegen den Rat aufgehetzt und zum Aufruhr angehalten.«

»Aber das ist doch widersinnig!« brach es aus Ulrich heraus. »Belogen und betrogen hat er sie. Ich war doch dabei! Draußen im Streilinger Forst hat er sie erpreßt«, er konnte kaum an sich halten, »die Stadtknechte seien unterwegs nach Streilingen!«

»Ja eben, wir beide wissen das und ein paar Holzfäller und Stadtknechte und natürlich die Streilinger Bauern.« Aber denen allen glaube kein Mensch: Die städtischen Holzknechte sagten einmal dies und einmal das, und niemand nehme sie ernst. Und den Streilinger Bauern glaube erst recht niemand.

»Dazu kommt, daß das ganze ja schon Jahre zurückliegt. Die anderen Gesellen, die dabei waren, sind in alle Winde zerstreut! Und ich selbst kann zwar beschwören, was du damals bei der Rückkehr aus dem Streilinger Forst erzählt hast, bevor deine Axt eine Scharte bekommen hat«, er grinste und fuhr dann fort: »Ich könnte auch noch etwas von einem Zettel sagen, den ich dem wütenden Schwarzjakob nach Streilingen bringen mußte und wie der dann noch wütender geworden ist. Aber der hat den Zettel längst fortgeschmissen. Ich kann alles beschwören, was du mir gesagt hast, aber was nützt das? Du mußt in einer Zeugenaussage einen Eid darüber ablegen, was du tatsächlich gesehen hast!«

»Und deshalb bist du mir nachgereist, nur um dem alten Schwindler und Gauner zu helfen?« Ulrich war rot im Gesicht: »Der hat doch alle beschwindelt!« Seine Stimme wurde laut. »Da wäre ich nicht zurückgewandert, wenn mir das der Heinrich Wagenseil gesagt hätte. Der Obermeister! Das ist doch ein Betrüger!«

»Ich weiß«, sagte Konrad ruhig, »vor allem hat er mich betrogen, der ich wegen der Stadt meine Wanderung abgebrochen hatte, um zu erzählen, daß man woanders nicht nach unseren überholten Zunftvorschriften, sondern besser baut, mit weniger Eichen und billiger.«

»Stimmt, das ist mir in Bischofswerth klargeworden. Da hätten die Streilinger Bauern ihre Eichen schonen und sie langsam an den Meistbietenden verhandeln können und hätten ein schönes Stück Geld verdient.«

»Siehst du«, antwortete Konrad, »dennoch bin ich dir nachgereist, obwohl ich noch mehr Grund gehabt hätte, den alten Obermeister seinem Schicksal zu überlassen: Überleg mal, wer dir den Nagel damals wirklich in den Stamm gehauen hat! Wer wollte mich, ja mußte mich denn unbedingt aus der Stadt und aus der Zunft haben?«

Ulrich nickte: »Ja, auch das ist mir in Bischofswerth klargeworden, daß der Meister selbst mir den Nagel in den Stamm gehauen hat, um dann dich beschuldigen zu können – damit er dich aus der Zunft werfen konnte, was dann ja der Altjörg verhindert hat. Und du hast die Schuld nur auf dich genommen«, fuhr er etwas zögernd fort, »damit sie keine Hexe suchen und verbrennen. Das war toll! Siehst du, ich kann doch zwei und zwei zusammenzählen, und ich habe bei deiner Geschichte vom Goldmachen damals gut aufgepaßt...«

Konrad nickte schmunzelnd. »Warum ich ihm helfen will?« sagte er dann aber eindringlich. »Gerade du müßtest in der Zwischenzeit am besten wissen, wie wichtig Wahrheit und Gerechtigkeit sind: Die Vorwürfe gegen unseren Obermeister sind eine Lüge, und seine Verurteilung als Verräter an der Stadt wäre deshalb auch nicht gerecht.«

Ulrich hatte die Unterlippe zwischen Daumen und Mittelfinger geklemmt, stülpte sie über die Oberlippe und drückte sich mit dem Zeigefinger heftig auf die Nase; er nickte unwillkürlich.

»Na also«, redete Konrad weiter, »da mußt du ihm ja helfen, denn eigentlich hilfst du nicht ihm, sondern der Gerechtigkeit. Weiter: Überleg mal, bevor du dir die Nase platt drückst – du glaubst nicht, wie blöd du gerade aussiehst –, willst du etwa denen helfen, die ihn verleumdet haben? Die versprechen sich doch noch größere Vorteile aus ihrem Betrug, und zwar persönliche.«

Ulrich ließ die Nase los.

»Sagst du nicht die Wahrheit, so wird der Obermeister als Verräter zum Tode verurteilt, sein Haus wird abgerissen, seine Familie aus der Stadt gejagt!«

Ulrich war still geworden. Er dachte auch daran, daß er ihm immerhin sein Handwerk beigebracht hatte, und das sehr gut. Er erinnerte sich, wie stolz er in der ersten Zeit auf diesen Meister gewesen war.

»Drittens«, fuhr Konrad fort, »und das ist sehr wichtig: Es geht nicht nur um den Obermeister, es geht vor allem um die Stadt und die Bauern aus Streilingen. Die Spannungen sind riesengroß. Innerhalb der Stadt selbst: Manchen Mitbürger wirst du nicht mehr wiedererkennen. Da wird gehetzt, verleumdet, gestritten ...«

»Ich kenne das«, sagte Ulrich müde, »aus Bischofswerth.«

»Ja«, sagte Konrad und schaute Ulrich an, »du weißt es noch nicht, aber vor ein paar Tagen haben es Fuhrleute dem Meister erzählt – man sollte dir noch nichts sagen –, aber Bischofswerth ist abgebrannt, fast die ganze Stadt; weshalb ist noch unklar.«

Diese herrliche, reiche Stadt! Der entlaufene Mönch in der Herberge vor Bischofswerth fiel Ulrich ein: »Es wird ein Rauch aufgehen vom Land wie das Feuer aus einem Ofen!«

Ernst fuhr Konrad fort: »Die Zeiten werden immer unsicherer. Auch in unserem schönen Zuhause gibt es jetzt Evangelische und Katholische nebeneinander – jeder will natürlich recht haben; keiner gibt nach; jeder hat die Wahrheit mit Löffeln gefressen!«

Ulrich dachte an die Begegnung der beiden Auswanderergruppen.

»Jetzt kommt aber erst das Wichtigste. Ich versuche es so kurz wie möglich zu erklären, hör gut zu: Wir haben zwei Parteien in der Stadt, die sich bekämpfen bis aufs Messer – fast alles Ratsherren. Die einen wollen die Eichen weiter viel zu billig bei den Streilingern kaufen, die anderen wollen, daß sie billig bei den Flößern gekauft werden.«

»Und?«

»Dein Pate hat es mir erklärt. Die ›Flößerpartei‹ weiß genau, daß die Eichenpreise in einigen Jahren auch bei den Flößern steigen werden. Sie will jetzt Verträge mit den Flößern aushandeln und dann, wenn die Preise gestiegen sind, die aufgekauften Eichen mit riesigen Gewinnen an die Zunft verkaufen. Dabei kann sie die Flößer mit den Floßrechten am großen Mühlenwehr erpressen, die in den Händen einiger Ratsherren sind.«

»Schweinerei!«

»Wem sagst du das! Die ›Streilinger Partei‹ ist aber nicht besser: Sie will den Bauern in Streilingen weiterhin Schandpreise bezahlen und dann die Eichen wesentlich teurer weiterverkaufen. Denn das hast du dir auch nicht träumen lassen: Unser Meister hat die Eichen den Bauherren viel höher verrechnet, als die Zunft sie eingekauft hat.«

»Hat er den Gewinn selbst behalten?«

»Nein. Den Gewinn hat er an die Zunft weitergegeben; es war aber trotzdem nicht recht.«

»Und jetzt wollen andere das Geschäft machen?«

»Eben, es wird viel gebaut, der Holzbedarf ist groß: gewaltige Gewinne! Und wer den Handel in unserer Stadt hat, der hat ihn auch in allen umliegenden Orten! Aber erst müssen beide Parteien den Zunftmeister loswerden; und so hat man ihn verleumdet und angeklagt, er mache mit den Streilingern gemeinsame Sache und hetze sie gegen die Stadt auf.«

»Das ist doch völlig widersinnig!«

»Richtige Beweise haben sie nicht, aber der Meister auch nicht. Dabei hetzen diese Halunken selbst die ganze Stadt auf. Jede Partei – im Kern immer nur wenige Männer – hat ihren Anhang, der überhaupt nicht weiß, worum es in Wirklichkeit geht; die Streilinger Partei hat übrigens die Evangelischen hinter sich, die Flößer die Katholischen, was alles noch schlimmer macht.«

»Blödsinn!«

»Aber nur für dich und die wenigen, die einen klaren Kopf behalten haben. Der Zunft selbst sind verständlicherweise die Hände gebunden.«

»Ich begreife aber nicht, wie man den angesehenen Obermeister der Zimmermannszunft verleumden konnte; das ist doch ganz unglaubwürdig.«

»Das Unglaublichste wird am leichtesten geglaubt!«

»Das mußt du mir genauer erklären.«

»Leute, die etwas mehr herumkommen, wissen jetzt auch, daß man Häuser mit weniger Eichenholz bauen kann. Das starre Festhalten an den alten Zunftregeln und dabei die Gewinne für die Zunft: Wer glaubt denn dem Obermeister, daß er den Gewinn nicht selbst kassiert hat? Vergiß nicht, die Leute wollen einen Sündenbock für den Unfrieden in unserer Stadt!«

»Das leuchtet zwar ein, aber welches Interesse sollte er denn angeblich an einem Krieg der Streilinger gegen die Stadt gehabt haben?«

»Sicher ist das der schwächste Punkt der Anklage. Aber es wird behauptet, er habe persönliche Absprachen gehabt und den Bauern höhere Preise in Aussicht gestellt, wenn sie sich gegen die Stadt durchsetzen könnten. Er hätte dann immer noch genug kassiert. Die Stadt aber habe ihm das Geschäft zugunsten der Flößer verderben wollen.«

»Das klingt schon glaubhafter.«

»Ist aber genauso verlogen: In Wirklichkeit sind es die beiden Parteien, die der Zunft das unsaubere Geschäft kaputt machen wollen, um sich selbst zu bereichern – aber das durchschaut kaum einer.«

»Ein Wunder, daß der Obermeister noch nicht hingerichtet ist!« Ulrich schauderte es.

»Beide Parteien würden ihn zwar gerne auf dem Schafott sehen, aber der Meister hat eben auch Anhang, der sich für ihn einsetzt, und dann gibt es noch wenige vernünftige Leute wie deinen Paten oder meinen Vater, die versuchen zu retten, was zu retten ist.«

»Aber was soll denn in dieser ganzen komplizierten Situation meine Aussage retten können?«

»Es geht um die Darstellung in der Öffentlichkeit. Verschiedene der Ratsherren sitzen ja selbst im Gericht. Deine Zeugenaussage, öffentlich vor Gericht gemacht – es gibt leider keine andere, die den Meister so eindeutig reinwäscht – wird den Meister retten, da weder die ›Streilinger‹ noch die ›Flößer‹ das Recht öffentlich beugen können.«

»Wenn du es sagst …«

»Deine Aussage wird damit aber auch die Stadt beruhigen, da nach der Ehrenrettung des Meisters für beide Parteien das Geschäft geplatzt ist. Sie gibt damit der Stadt freie Hand, mit den Streilingern über einen vernünftigen Preis zu verhandeln. Und den Zimmerleuten«, lächelte Konrad, »gibt sie die Möglichkeit, endlich die Konstruktion der Häuser zu ändern.«

»Mit weniger Eichenholz!«

»Aber viel teuerer, das hilft dann den Bauern und den Eichen. Für das kommende Frühjahr erwarten die meisten große Aufstände der Bauern. Du kannst dir vorstellen, daß sich die Streilinger nur schwer werden abhalten lassen. Wir können helfen, die vergiftete Luft zwischen der Stadt und dem Dorf etwas zu klären und …«

»Du hast recht, wir müssen aufbrechen, sogar so schnell wie möglich. Ich hätte längst zurückwandern sollen!«

»Laß das jetzt, es ist nicht mehr zu ändern. Niemand wird dir einen Vorwurf machen, aber du verstehst jetzt, warum man weder dem Wagenseil noch den Fuhrleuten etwas sagen konnte; deine Aussage muß eine Überraschung sein!«

Ulrich nickte.

»Ja, so schnell wie möglich sollten wir zurückwandern, denn der Zunftmeister war schwer krank, als ich zum letzten Mal von zu Hause hörte. Das war vor vier Wochen im Dezember, und jetzt haben wir Januar. Wenn er stirbt, bevor wir da sind, gibt es Krieg.«

Ulrich schüttelte den Kopf: »Jetzt haben wir einen Wettlauf mit der Zeit!«

»Ja«, nickte Konrad, »und nicht nur, weil der Meister krank ist, sondern vor allem, weil die Streilinger jeden Tag gewalttätig werden können, dann ist es auch zu spät! Und schau zum Fenster hinaus, wie es schneit!«

Ulrich machte eine abfällige Handbewegung.

Aber Konrad fuhr energisch fort: »Nein, mein Lieber, vor Ende März können wir hier nicht weg, es wäre schon für Gesunde sträflich, im Januar aufzubrechen. Aber du bist noch krank und schwach – nein, sag nichts! –, deine Meisterin würde mir ja den Kopf abreißen!«

Ulrich wurde es glühend heiß: Anna! Im Mai wollte er doch zu Anna wandern nach Köln!

Konrad sah ihn an: »Oder hattest du andere Pläne?«

Ulrich gab sich einen Ruck. »Die müssen halt warten!« Aber er fühlte sich sehr elend, als er das sagte.

So brach Ulrich seine Wanderschaft ab und machte sich mit Konrad im März des Jahres 1525 auf den Weg nach Hause, von der Meisterin mit warmer Kleidung und vom Meister mit etwas Geld und vielen guten Worten verabschiedet – sie hatten alles erklärt. Alle Gesellen standen auf der Straße, als sie aufbrachen. Ganz zum Schluß trat der Meister noch einmal schmunzelnd zu ihnen: »Das soll ich dir vom Vogt für die erlittenen Schmerzen geben.« Ulrich wickelte aus einem Stück Papier, das in dünnes Leder eingeschlagen war, einen großen braunschweigischen Silbertaler, der die Reisekasse beträchtlich vermehrte. Dennoch würden sie unterwegs immer wieder Arbeit annehmen müssen, um Herbergen und Nahrung zahlen zu können. Trotz aller Eile würde ihre Wanderung doch etwa sechs bis acht Wochen dauern.

So schlimm es für Ulrich war, nicht nach Köln wandern zu können, so freute er sich dennoch auf die Reise: Er hoffte Wiesel oder Marder wiederzusehen oder wenigstens etwas über das Schicksal Wiesels erfahren zu können, denn ihr Weg führte wieder über Ascherskron.

»Mach dir ja keine zu großen Hoffnungen«, warnte ihn Konrad, »Zigeuner sind sehr unstet, sie dürfen sich nirgends lange aufhalten!«

Aber Ulrich war zuversichtlich: »Vielleicht erfahren wir etwas von anderen Zigeunern.« Insgeheim glaubte er aber doch sicher, Wiesel selbst wiederzufinden, lebendig, wie er ihn in Erinnerung hatte, klein und frech, mit seinem Dolch, den er kunstvoll auffangen konnte und den er Glandi nannte.

Im Februar hatte Ulrich begonnen, wieder auf dem Zimmerplatz zu arbeiten, so daß er kräftiger geworden war. Die Kopfschmerzen, die ihn immer wieder plagten, verschwanden langsam. Nur die Träume nachts wurde er noch nicht los: Da lag er im Dunkeln angekettet, oder er war in brennenden Häusern gefangen. Er baute Häuser, und der Meister – er sah aus wie der alte Elias – sagte zu ihm: »Wenn deine Häuser nicht stehen bleiben, wirst du gehängt!« Er träumte auch viel verworrenes Zeug, Gestalten, die sich herandrängten, Balken, die sich krümmten, wenn man sie bearbeiten wollte. Aus Feuerbäumen sprangen beim Beilen ganze Kaskaden von Funken.

Gleich als Ulrich wieder aufstehen konnte, hatte er sich nach dem Schicksal seiner Mitgefangenen erkundigt. Nicht alle seien schlecht, ja, die meisten seien arme, halbverhungerte

Menschen, andere seien vom religiösen Ernst ihres vermeintlichen göttlichen Auftrags überzeugt. Aber er konnte nicht zum Vogt vordringen. Immerhin hatte der Meister über den Rat einen gewissen Einfluß, so daß – wie er Ulrich berichtete – die Todesurteile wenigstens nicht grausam ausgefallen waren.

Ulrich redete mit Konrad in langen Gesprächen – auf der Wanderung hatten sie ja Zeit – über die Gerechtigkeit solcher Urteile. Obwohl er zugeben mußte, daß die Urteile vergleichsweise milde waren: Niemand wurde gerädert, gevierteilt, gepfählt oder verbrannt, niemandem wurden die Augen ausgestochen, die Hände abgehackt, wie das sonst meist üblich war – aber schon die Menge der Hingerichteten war entsetzlich.

»Dürfen wir Christen überhaupt jemandem das Leben wegnehmen, das doch allen Gott geschenkt hat?«

Dabei waren sie sich einig, daß Schutz vor Verbrechen sein mußte. Aber wer war ein Verbrecher? Ulrich und Konrad waren sich da nicht mehr so ganz sicher.

Ascherskron war jetzt längst frei von der Pest, und das Leben war so normal geworden, daß Ulrich die Stadt fast nicht mehr erkannt hätte. Er hatte Mühe, den Marktplatz zu finden in den engen Gassen, die vor Leben schier überkochten. An den Plätzen, wo die Feuer gebrannt hatten, waren meist nicht einmal mehr Spuren auf dem Pflaster zu erkennen. Nur an einer Stelle auf einem kleinen Platz sah er einen schwarzen Fleck, der ihn wie ein totes Auge aus der Vergangenheit anstarrte. Manchmal, wenn er an Gebäuden vorbeikam, an die er sich noch besser erinnerte, war es ihm einen Moment lang so, als ob er jetzt träumte und damals wach gewesen wäre. Den Bäckerladen, wo er damals Brot gekauft hatte, fand er nicht mehr.

Er hatte das Gefühl, die Leute in Ascherskron hätten die Pest vergessen, was ihm angesichts der Toten, die in dieser Stadt ihr ganzes Leben gelebt und gearbeitet hatten, unverständlich erschien. Aber es redete niemand von der Pest. Und wenn Ulrich jemand darauf ansprach, so wurde er kurz abgefertigt, als fühlten sich die Leute schuldig oder als hätten sie Angst, daß die Pest wiederkäme, wenn man von ihr redete.

Ulrich zeigte Konrad die Schauplätze seiner Abenteuer. Noch standen viele Häuser leer, aber das bemerkte man nur, wenn man sehr genau hinschaute. Er fand den kleinen Hof, Melchiors Hof, wo ihn die beiden Wachsoldaten gleich zu Beginn seiner Suche über die rückwärtige Hofmauer gejagt hatten, von wo aus er sich dann völlig verirrt hatte. Das rückwärtige Pförtchen, das ihm das Leben gerettet hatte, war immer noch verschlossen. Das Haus der Familie Perlenfein war verkauft, und der reiche Seidenhändler, der jetzt darin wohnte, wußte, daß Herr Perlenfein mit seiner Tochter Anna – ja, er kannte sogar diesen Namen – in Köln wohnte und dort als Protestant recht zurückgezogen lebte. Der Seidenhändler verzog bei dem Wort Protestant etwas den Mund.

Am wichtigsten war Ulrich die Suche nach Wiesel. Schon bei dem hageren Herrn von den Auswanderern mit seiner Tochter, den sie als ersten besuchten und bei dem sie wohnen durften, erkundigte sich Ulrich, ob in der Gegend Zigeuner seien. Er wußte nichts, war aber sehr freundlich. Auch er erschien Ulrich sehr verändert, er war geschäftig und laut und hatte es wichtig, als hätte ihn die neue Stadt mitsamt seinen Erinnerungen verschluckt.

Ulrich fragte Männer auf der Straße, er fragte in Läden, sogar auf der Wache fragte er. Niemand wußte etwas, überall war nur Mißtrauen. Auch die Namen Wiesel oder Marder hatte noch nie jemand gehört.

Allerdings sagte ein dicker Bäckermeister: »Wiesel, das ist ein Name, der bei den Zigeunern oft gebraucht wird, und zwar für besonders geschickte …« Er machte eine Handbewegung und sah die beiden sehr mißtrauisch an.

Auf der Wache, sie erreichten sogar den Wachoffizier, war man nicht unfreundlich – hier hatte Ulrich die meiste Hoffnung, Gewißheit zu erhalten, er zitterte davor –, man wollte aber offensichtlich auch hier nicht gerne an die Pestzeit erinnert werden. Warum er überhaupt nach Hinrichtungen von Gesindel frage?

Konrad war schneller mit einer Antwort zur Hand, als der verdutzte Ulrich, der auf diese gefährliche Frage nicht vorbereitet war: »Wir haben für die vor der Pest geflohene, jetzt in Köln lebende Familie Perlenfein Ansprüche zu erheben«, sagte er mit Nachdruck, »eine Zigeunersippe in einem Lager nördlich der Stadt hat sich mit den Namen Marder und Wiesel verplappert, die in der Stadt Beute gemacht hätten, wußten aber nicht, ob die beiden noch lebten oder in der Stadt als Plünderer gehängt worden seien. Was recht wäre«, fügte Konrad hinzu, »aber dann wäre der Smaragdring, es geht um einen solchen Ring, der dieser alten Ascherskroner Familie wichtig ist, leider verloren. Wir sollen ihn nämlich finden und den Zigeunern wieder abkaufen. Sie hätten noch in der Pestzeit von diesem Ring erzählt und ihn den anderen Zigeunern gezeigt, hätten ihn aber immer bei sich getragen«, log er weiter.

Das Ganze klang Ulrich mehr als windig, aber der Wachoffizier, vor dem sie standen, schaute weiterhin gelangweilt aus dem Fenster.

»Leider können wir dazu keine Auskunft geben, es ist in der Pestzeit immer wieder plünderndes Gesindel hingerichtet worden, aber die Wachen von damals sind größtenteils nicht mehr im Dienst. Ein Smaragdring wurde nicht beschlagnahmt, ich wüßte das. Es würde im Wachbuch stehen und wäre mir aufgefallen. Und ob Marder und Wiesel, wie ihr sagt, gehängt worden sind: Also Buch geführt wurde kaum, Gerichtsverfahren haben gegen auf frischer Tat ertappte Plünderer nicht stattgefunden.« Er stand auf. »Wiesel und Marder sind auch gar keine richtigen Namen, da hättet ihr genauer fragen müssen. Ich erinnere mich, in den Wachbüchern einen Vermerk gesehen zu haben über ein verletztes Siegel am Haus der Perlenfeins; es wurde erneuert, aber mehr weiß ich nicht.«

»Wurden eigentlich Plünderer, die man auf frischer Tat ertappt hat, gleich hingerichtet oder erst später?« fragte Ulrich vorsichtig, ihm war es während der Antwort heiß und kalt geworden.

Der Offizier blickte Ulrich prüfend, wie ihm schien, in die Augen, der hielt den Blick fest aus; dann wurde der Offizier wieder gleichgültig: »Was weiß ich. Man hat Gott sei Dank mit dem Gesindel wenig Federlesen gemacht. Es kam sicher darauf an, wer gerade die Wache hatte. Ob die Lust hatten, nächtlicherweise mit den halsstarrigen Burschen zum Galgen zu marschieren. Und ob sie überhaupt Leute dazu hatten, das Ungeziefer zu bewachen und zu henken. Sonst hat man sie in den Turm gesperrt und irgendwann zu einem geeigneten Zeitpunkt alle zusammen aufgehängt. Basta!«

Sie waren durch ihre Fragerei kein bißchen klüger geworden. Wie gefährlich sie war, hatte Ulrich erst während des Gesprächs gemerkt.

Sie unterbrachen ihre Wanderung sogar, um den eineinhalbstündigen Weg zu der Herberge talaufwärts zu gehen, in der er Anna und ihren Ziehvater getroffen hatte.

»Zigeuner?« Der Wirt, der sich an Ulrich noch undeutlich zu erinnern glaubte, blickte die beiden mißtrauisch an und bekam einen roten Kopf. »Wollt ihr mich verdächtigen, etwas mit Zigeunern zu tun zu haben? Wer sich mit Gesindel einläßt ist selbst Gesindel.« Er hatte immer noch seine Sprichwörter bereit. Das schlechte Gewissen stand ihm ins Gesicht geschrieben.

»Wir meinen nur, ob Ihr in der letzten Zeit hier herum Zigeuner gesehen habt?«

»Jetzt ist aber Schluß, meine Herberge ist ein ordentliches Haus. In einem ordentlichen Haus gibt es keine Zigeuner!«

»Und sind doch auch Christen«, sagte Ulrich, als sie wieder talabwärts wanderten. Auch in einigen Dörfern und Bauernhöfen, durch die sie kamen, erhielten sie keine besseren Auskünfte.

Fast drei Wochen nach ihrem Aufbruch kamen sie in das abgebrannte Bischofswerth. Die vertrauten Türme, die sie schon aus der Ferne erblickten, standen beim Näherkommen in einer Wüste aus Mauern, Schutt und verkohlten Balken. Der fast unversehrte Ring der doppelten Mauer, der die Stadt vor jedem äußeren Feind beschützen sollte, hat gegen den inneren Feind nicht geholfen, dachte Ulrich; jetzt umschloß er nur die große Fläche von Brandstätten, an deren Rändern einige wenige Straßenzüge nicht abgebrannt waren und in deren Mitte der Bischofspalast und der Dom, beide unbeschädigt, aber mit rauch- und rußgeschwärzten Mauern aufragten. Überall roch es nach Rauch, und in den Kleidern und Haaren setzte sich Asche fest. Das Ägidientor sah aus wie immer, und oben hingen tatsächlich – ein schrecklicher Anblick – die drei jetzt völlig ausgebleichten Köpfe.

»Die Stadt hätte nicht abbrennen müssen«, berichtete der Meister, der sich freute, Ulrich wiederzusehen, »das Feuer, so scheint es zumindest, brach nachts im Hause einer Witwe aus, der eine Kerze umgefallen war. Sie hat später beteuert, wie sie gelaufen sei mit Wasser, der Nachbar aber nicht geholfen habe, weil ihr verstorbener Mann kein Anhänger des Bischofs gewesen sei. Genau wird das alles niemand mehr nachprüfen können«, meinte der Meister. »Sicher ist aber, daß die Bürgerschaft immer zerstrittener wurde.«

Ulrich nickte.

»Es war nicht nur so, daß es verschiedene Meinungen gab,

das wäre ja nicht schlimm gewesen. Es war die stille Gehässigkeit, die immer öfter in Gewalttaten umschlug. Keiner hat dem anderen etwas gegönnt. Jeder wollte recht haben! Jeder hat nur noch an sich selbst gedacht! Das alles zusammen ist es, was unsere Stadt zerstört hat!«

Er hatte Ulrich prüfend angeschaut und nickte ihm anerkennend zu: »Aus dir ist ja in der kurzen Zeit ein richtiger Mann geworden. Und fast noch länger bist du geworden.«

Ulrich besah verlegen seine langen Hände. »Nur dünner«, sagte er und strich sich kurz über das Kinn, wo jetzt ein richtiger rötlicher Bart zu wachsen begann.

Auch das Haus des Meisters, in dem sie in der ungewissen Nacht am Tisch gesessen hatten, war verbrannt. In der Nähe des Zimmerplatzes hatte man lange Baracken gebaut. Da wohnten viele, andere wohnten einstweilen auch in den umliegenden Dörfern.

»Gleich nach dem Brand konnte man beobachten, wie Leute, die seit einem Jahr nichts mehr miteinander geredet hatten, wieder beieinander standen. Auf dem Zimmerplatz regt sich neues Leben: Die ersten Häuser können in wenigen Tagen aufgeschlagen werden. Schon haben sich Gruppen gebildet, die einander helfen. So kann unsere Stadt wieder neu erstehen. Die Köpfe am Tor freilich«, antwortete der Meister auf eine Frage Konrads, »sollten wirklich endlich abgenommen werden.«

Je weiter sie nach Süden kamen, desto öfter hörten sie von Unruhen der Bauern, die sich mehr und mehr ausbreiteten. Im Oberschwäbischen, in Württemberg, in Franken, in Thüringen, im Elsaß, in der Schweiz, überall rotteten sich die Bauern zusammen, zögen in Haufen umher, verbrannten Klöster und Burgen. Je mehr sie hörten, desto größer wurde ihre Angst, zu spät zu kommen.

»Manchmal zweifle ich, ob es überhaupt noch einen Sinn

hat, daß wir uns so beeilen«, stöhnte Ulrich immer wieder, der aber so gut zu Kräften kam, daß er jeden Tag noch zügiger ausschreiten konnte. Konrad blieb ganz nüchtern. »Es sieht nicht sehr gut aus, das gebe ich zu: Der Meister muß noch am Leben sein, die Streilinger sollten noch nichts Ernsthaftes unternommen haben, der Prozeß gegen den Meister darf noch nicht zum Abschluß gekommen sein; ja, er sollte, wie mir viele versprochen haben, noch gar nicht in Gang gekommen sein, bevor wir da sind.«

»Und was dann?« fragte Ulrich resignierend. »Was kann meine armselige Zeugenaussage schon bewirken?«

Konrad hatte Geduld. »Wenn wir zu spät kommen, gibt es Krieg, und viele Menschen verlieren ihr Leben. Deine Zeugenaussage zwingt letztlich die Stadt zu Verhandlungen mit den Bauern; die Stadt kann dann auch Zugeständnisse machen, und die Streilinger können einigermaßen zufrieden nach Hause gehen. Niemand braucht sein Gesicht zu verlieren.«

Ulrich konnte es einfach nicht so recht glauben. Dennoch war es jedesmal, als würden beide ihren Schritt beschleunigen, wenn sie darüber redeten.

Je näher sie der Heimat kamen, desto dringender wurde für Ulrich die Frage seiner Probe, der Pate würde eine Antwort erwarten, obwohl freilich die Zeit der Wanderschaft nicht um war. Gerade in der letzten Zeit hatte er fast ständig über der Frage des Paten nach dem richtigen Haus gegrübelt – besonders während er schwach und krank in Einbeck lag.

Jetzt auf der Wanderung erzählte er Konrad von der Probe: »Weißt du, ich würde so gerne Meister werden. Ich würde so gerne meinen Eltern helfen, und ich hätte so viele Pläne. Und ich weiß, daß ich gut genug bin, besser als viele andere. Aber aus eigener Kraft werde ich es nie schaffen – wir sind zu arm. So viel Geld, um eine eigene Werkstatt einzurichten, werde ich nie haben …«

»... und um Anna heiraten zu können«, fuhr Konrad fort.

»An Anna ist wohl auch als Meister nicht zu denken.«

Aber gerade das sah Konrad anders: »Ich würde nicht aufgeben; es hat sich so viel geändert in letzter Zeit. Die Perlenfeins sind nicht mehr in Ascherskron, wo sie mächtig und voller Einfluß waren, sie sind als Fremde in Köln, einer Stadt, die ihnen letztlich feindlich ist. Also Kopf hoch!«

Ulrich seufzte nur. Aber der Probe und ihrer Frage oder gar ihrer Antwort gegenüber blieb Konrad seltsam verschlossen, sooft Ulrich auch damit anfing.

Einmal blieb er plötzlich stehen. »Weißt du, daß alle meine Häuser, an denen ich als Geselle mitgebaut habe, abgebrannt sind!«

»Tatsächlich?« fragte Konrad. »Es sind aber auch schlimme Zeiten ...« Dann drohte er mit dem Finger und sagte mit verstellter Stimme: »Du hast doch hoffentlich keine Feuerbäume hineingebaut, daß ganze Städte abbrennen müssen?«

»Nein«, sagte Ulrich nachdenklich, »es war wohl kein Feuerbaum.«

»Das wäre nämlich sehr bequem, wenn es der Feuerbaum wäre.«

»Warum bequem?«

»Weil die Leute immer etwas brauchen, um nicht über sich selbst nachdenken zu müssen«, sagte Konrad spöttisch.

Ulrich überlegte weiter: Es war nicht der Feuerbaum, das wäre lächerlich. Aber was war es dann? Warum bleiben meine Häuser nicht stehen? Wie baut man das Haus, das stehen bleibt, das richtige Haus?

Erfahren sollte er die richtige Antwort: Durch Fahren erfahren, hatte der Pate damals gesagt. Was hatte er erfahren?

Ja, er konnte die Häuser dreifach bauen, aber er wußte schon lange: Zur Antwort half ihm das nicht, oder er war blind. Blind war er oft gewesen auf dieser Wanderschaft.

Zu wenig Vertrauen hatte er gehabt; vielleicht hatte das sogar ein Menschenleben gekostet! Unschuldig wäre er fast selbst umgebracht worden, und er hatte sein Leben unter anderem einem alten Landstreicher zu verdanken. Die Häuser, an denen er mitgebaut hatte, waren alle verbrannt. Aber welche Schlüsse waren aus alledem zu ziehen? Er fand keine Antwort.

Sie waren nun schon ins Würzburgische gekommen. Dort hörten sie schlimme Nachrichten über die Bauernhaufen unter Florian Geyer und Götz von Berlichingen, zwei Ritter als Anführer der Bauern, wie sie mit Erstaunen vernahmen. Ein Aufstand der Reichsritter gegen die Fürsten sei schon vor zwei Jahren niedergeschlagen worden. In Thüringen sei es sogar ein Pfarrer, der die Bauern anführe, Thomas Müntzer.

»Ist denn die ganze Welt verkehrt geworden?« seufzte Ulrich.

»Nein, sie ist nicht verkehrt«, antwortete Konrad, »aber sie hat sich geändert, manche meinen ja sogar, sie gehe unter.«

Da hatten sie in einem Wirtshaus einen Gesellen fluchen hören: »Die Welt geht unter, der Antichrist ist da!« Und die Bauern hatten dazu genickt.

»Der Antichrist war schon oft da«, hatte Konrad dazwischengerufen, »aber die Welt ist meines Wissens noch nie untergegangen. Der Antichrist ist sogar immer da« – er schaute den Gesellen scharf an –, »mal hier, mal dort!«

Die Bauern bekreuzigten sich.

»Immer hetzt er die Leute gegeneinander auf, verbreitet Schrecken und Panik, indem er den Menschen mit seinem Katastrophengewäsch Glaube und Hoffnung nimmt!« Und er setzte still hinzu: »Und immer auch die Liebe.«

Der Geselle schaute in sein Glas.

»Und ihr Schafsköpfe laßt euch von jedem hergelaufenen Wichtigtuer an der Nase herumführen, bis man sie euch abschneidet.«

Manche Bauern griffen tatsächlich mit langen Gesichtern nach ihrer Nase. Der Geselle aber trank schnell aus und ging weiter.

Am nächsten Tag konnten sie die Auswirkung der Bauernaufstände selbst sehen: Auf einem Hügel standen die rauchgeschwärzten Ruinen einer Burg. Sie spürten noch den Geruch von Rauch in der Luft, auch waren die Rauchspuren an den Fensterhöhlen frisch. Sie machten den kleinen Umweg.

Alles war ganz still, kaum ein Vogel war jetzt im April zu hören. Dabei hatten die Bäume dicke Knospen angesetzt; überall im Wald war der Frühling in vollem Saft, aber die stumme Burg würde vollends zerfallen. Die äußere Ringmauer war unversehrt, das Tor aber war eingeschlagen; und den Burgweg versperrten verkohlte Balken, Schutt und herabgestürzte Steine. Es war kühl und modrig; dennoch stieg von den ausgeglühten Balken noch ein leichter gelblicher Dunst auf.

»Wo sind wohl die Menschen? Der Ritter, seine Familie, die Knechte und Mägde, hat man sie alle erschlagen?«

Sie kamen an eine Stelle am Rande des Burggrabens, da sah es schon von weitem aus, als hätte es geschneit. Überall lagen Papier- und Pergamentfetzen im vorjährigen Laub.

»Da haben sie das Archiv der Burg einfach zerrissen und aus dem Fenster geworfen!« stellte Konrad fest.

Ein buntbemaltes Pergament fiel Ulrich auf. Es war ein quer durchgerissener Fetzen eines Buches – ein Bild konnte man noch darauf erkennen: Ein blau- und rotgewandeter Ritter lag weit zurückgelehnt im Schoß einer Dame, die ihn umschlang und ihre Wange, ganz zu ihm hinabgebeugt, auf die seine drückte. Sie hatte langes blondes Haar, Rosen umrankten beide. Daneben waren noch einige Zeilen erkennbar, aber so verblaßt, daß Ulrich sie nicht lesen konnte.

Konrad konnte es mit einiger Mühe: »Ein Buchstabe fehlt, ich glaube ein w – dann steht da, wenn man alle Lücken ausfüllt: wol dem meien. wol der wunne. wol der summerlichen zit. tanzen reien. wer daz kunne der ker uf den anger wit. da suln wir den meien grüezen … dü kan machen herzen lachen … Das heißt etwa: Wohl dem Maien, wohl der Wonne, wohl der sommerlichen Zeit. Reihentanzen, wer das kann, der soll auf die Wiese kommen. Da sollen wir den Maien grüßen … dann fehlt viel … dann steht: Die kann machen Herzen lachen! Ein Minnelied nennt man so etwas. Das ist vor gut zweihundert Jahren aufgeschrieben und gemalt worden. Jetzt liegt es hier im Dreck!« Das Pergament war bereits schimmelig geworden. Ulrich steckte es ein, er hätte nicht recht sagen können weshalb.

Im Dorf, das zu der zerstörten Burg gehörte, saß mitten auf dem Dorfplatz ein schmutziger Mann mit wirren Haaren, der nickte immerzu mit dem Kopf und murmelte unverständliche Worte. Er hatte einen verrosteten Brustharnisch lose über ein unvorstellbar dreckiges Wams gehängt, an seinem Gürtel hing eine leere Schwertscheide, eines seiner Hosenbeine war gelb, das andere schwarz, er selbst war aber barfuß. Die Erwachsenen machten scheu einen Bogen um ihn herum, die Kinder bewarfen ihn aus einiger Entfernung mit kleinen Steinchen. Ab und zu liefen kleinere Kinder in seine Nähe, schauten ihm ins Gesicht und rannten dann schnell weg.

»Das ist der Ritter der zerstörten Burg«, sagte Konrad. Beide gingen rasch weiter. Ein Stück außerhalb des Dorfes fuhr er fort: »Das ist auch eine der Änderungen unserer Zeit, man braucht keine Ritter mehr.«

Ulrich nickte: »Ist ja klar, jetzt haben wir Schießpulver, Kanonen und Landsknechte.«

Die Schreckensmeldungen häuften sich von Herberge zu Herberge, von Gesellenstube zu Gesellenstube. Wo sie auch hinkamen, es gab nur ein Thema: die aufständischen Bauern.

»Was wollen die Bauern eigentlich?« fragte Ulrich, der in Einbeck und zuvor in Bischofswerth nur gerüchteweise von den Aufständischen in Süddeutschland erfahren hatte.

»Überall mußten seit zehn, zwanzig, dreißig Jahren die Bauern mehr Steuern bezahlen und mehr arbeiten für das immer prunkvollere Leben der Herren. Sie wollen nicht mehr leibeigen sein. Sie wollen den kleinen Zehnten an die Kirche nicht mehr geben, dagegen die Pfarrer selbst wählen, sie wollen in ihren Wäldern Holz und Wild selbst haben – denk an die Streilinger –, weniger Frondienste leisten und manches andere. Fast alles ist vollkommen berechtigt, vor allem, daß sie endlich selbst zu denken anfangen.« So faßte Konrad die Anliegen der Bauern zusammen.

»Das schlimmste ist, daß sie uns die althergebrachte Gerichtsbarkeit genommen haben!« wetterte ein wohlhabender Dorfschultheiß in einem Wirtshaus. »Jetzt sitzen die Juristen über uns zu Gericht in den Städten, wo man nicht weiß, wie es auf dem Dorf zugeht, und sie sprechen lateinisch!«

»Aber ist es nicht besser, wenn überall das gleiche Recht gesprochen wird?« fragte Konrad.

»Du bist scheint's auch so ein Bürschlein«, sagte der Schultheiß, und einige Bauern rückten bedrohlich näher.

»Laßt ihn«, sprach er weiter, »was soll's: Der Kaiser wird es schon richten!«

»Wer hat euch denn die dörfliche Gerichtsbarkeit genommen und das Römische Recht eingeführt?« Darüber wurde lange gestritten. Schließlich zeigte es sich aber doch, daß dies der vor sechs Jahren verstorbene Kaiser Maximilian gewesen war.

»Und da hofft ihr, daß der Kaiser euch hilft? Na, der wird euch helfen!« schmunzelte Konrad.

»Jetzt sind wir aber bald am Ziel!« wurden sie in einem anderen Dorf empfangen. Es war in der Woche nach Ostern. Die

Bauern lachten, tanzten, grölten und tranken einander zu. »Jetzt aber haben sie es den Herren endlich gezeigt, jetzt kann nichts mehr schiefgehen, jetzt ist es gewonnen!« schrien sie durcheinander.

»In Weinsberg haben die Bauern einen Grafen und fünfzig Ritter durch die Spieße gejagt!«

»Es waren nur dreißig!« rief ein anderer.

»Ich habe von vierzig gehört!« schrie einer besonders laut.

»Der meint auch, daß der recht hat, der am lautesten schreien kann«, sagte Konrad leise zu Ulrich, der fühlte sich an Bödes erinnert und nickte.

Im Nachbardorf war dann von einundzwanzig Rittern und einem Grafen, dem Schwiegersohn des Kaisers, die Rede. Auch dort wurde gefeiert, geschrien, auf die Tische gehauen und gesoffen. Die Leute malten sich in allen schrecklichen Einzelheiten aus, wie die Menschen durch die Spieße gejagt worden waren und freuten sich daran.

»Und die Gräfin, eine leibliche Tochter des Kaisers, haben sie mitsamt ihrem Bankert auf einen Mistwagen gesetzt!«

»So sollte man es mit allen den Herren machen!«

»Und da hoffen diese Schwachköpfe auf den Kaiser, das wird ein böses Erwachen geben.«

Das Erwachen kam bald. Einige Tage später war die Stimmung sehr gedrückt: »Martin Luther hetzt gegen uns Bauern in einem Sendschreiben, man soll uns totschlagen, wo man uns findet!«

Auf Martin Luther aber hatten die Bauern ganz besonders gehofft. Ihre Forderung nach freier Wahl der Pfarrer war eigentlich ein Bekenntnis zur evangelischen Kirche. Nun ließ er sie im Stich!

»Gewalt erzeugt Gegengewalt!« meinte Konrad. »Die gewalttätigen Bauern haben ihre meist berechtigte Sache selbst verspielt.«

»Was hätten sie denn machen sollen, wenn Gewalt der falsche Weg war?« fragte Ulrich. »Hätten die Herren ihnen durch Verhandlungen mehr zugestanden?«

»Ich glaube nicht, daß durch Verhandeln viel erreicht worden wäre.«

»Was denn dann?«

»Durch Zusammenhalt: Die Bauern hätten alle untereinander zusammenhalten sollen in ganz Deutschland, so hätten sie die Herren zwingen können. Schließlich müssen auch die Herren essen, und das Brot machen immer noch die Bauern. Die Herren haben die Bauern hingehalten und wollten den Aufstand gewaltsam beenden, und die Bauern sind in die Falle getappt!«

Immerhin war bei den vielen Orten, von denen sie jetzt ständig hörten, der Name Streilingen nie dabei.

Es war schon Ende Mai geworden, und Ulrich dachte voller Wehmut, daß er jetzt schon fast in Köln sein könnte. Da wurde eines Abends ein verwundeter, völlig abgerissener Bauer ins Wirtshaus gebracht. Einen Arm trug er in der Schlinge. Er hatte einen schmutzigen Verband um den Kopf.

»Der kommt aus Thüringen, aus Frankenhausen, da war eine große Schlacht.«

Als er gegessen und getrunken hatte und einigermaßen zu Kräften gekommen war, erzählte er. Er erzählte stockend und so leise, daß man in der Wirtsstube eine Nadel hätte fallen hören.

»Es war am Freitag vor Himmelfahrt. Wir waren über vierzigtausend Bauern und hatten uns zu Thomas Müntzer, dem Pfarrer von Mühlhausen begeben. Wir lagerten in einer Wagenburg auf einer Anhöhe bei Frankenhausen.« Er blickte vor sich auf den Tisch und schwieg lange.

»Die Schwarzen Bauern nannten wir uns. Wir hatten in

Thüringen Burgen verbrannt, Ritter erschlagen und Klöster gestürmt und verwüstet und den Wein darin gesoffen und die Mönche zum Teufel gejagt. Ich war mit meinem Nachbarn, dem Lukas, zum Bauernheer mitgegangen. Du mußt mit, hat er gesagt. Was wir eigentlich wollten, wußten wir nicht genau. Aber dieses Leben gefiel uns, und es sollte immer so weitergehen. Bei manchen regte sich mit der Zeit freilich das schlechte Gewissen; so auch bei mir. Und dann waren wir froh, als uns Bruder Thomas sagte, was wir wollten und wie es in den Zwölf Artikeln der Bauern aufgeschrieben ist. Der Pfarrer von Mühlhausen nannte uns alle Bruder und wir ihn auch. So saßen wir in unserer Wagenburg bei Frankenhausen und fühlten uns sicher, wir wußten aber nicht, wie es weitergehen sollte. Es hieß, Bruder Thomas schreibt Briefe an den Grafen von Mansfeld und warte auf Antwort. Und dann kam die Antwort: Es zog ein Heer des Grafen von Mansfeld heran aus Rittern und Landsknechten, und der Staub schwebte wie eine Fahne über ihnen. Sie zogen vor unsere Wagenburg und stellten sich rings um sie auf. Die Wagenburg war auf einer Anhöhe, und rings um uns, aber etwas tiefer standen die Soldaten, Kanonen und Fahnen und Pferde des Grafen. Und jede Kanone wurde von sechs Pferden gezogen!« Er vergrub den Kopf zwischen den Händen, starrte vor sich hin und konnte erst nach langer Zeit, gutem Zureden und einem Schluck Wein weitersprechen.

»Habt ihr schon Kanonen gesehen? Ja, aber habt ihr sie auch schon gehört? Als wir das Heer sahen, wollten alle so schnell wie möglich nach Hause laufen. Ich komme aus Kindelbrück, das war nicht sehr weit, zwei Stunden im Mittag von Frankenhausen. Ach Gott, wann werde ich dort wieder hingehen können nach Kindelbrück? Mein Weib weiß ja nicht einmal, daß ich lebe. Aber Bruder Thomas duldete es nicht. Er stellte sich in unserer Wagenburg auf und hielt uns eine Predigt. Ich weiß nicht mehr alles, vieles habe ich auch nicht recht verstanden – ich stand weit hinten. Das aber weiß ich, und es wurde von Reihe zu Reihe weitergesagt: Der gerechte Gott gibt dem den Sieg, dem er ihn geben will, und das sind wir! Unsere Sache ist die gerechte! Da können dem Grafen von Mansfeld auch seine Kanonen nichts helfen. Die gerechte Sache läßt der gerechte Gott nicht im Stich. ›Ihr werdet sehen‹, rief Bruder Thomas mit sehr lauter Stimme, so daß ich es klar und deutlich hören konnte, ›Ihr werdet sehen, wie ich die Kanonenkugeln, die sie auf uns schießen werden, mit den Ärmeln werde auffangen können!‹ So hat er gepredigt, und ich habe die ganze Zeit gefroren vor Angst. Und während er so predigte, erschien ein Regenbogen, und einer zeigte ihn dem anderen, und ich hörte, daß uns die Kanonen nichts antun konnten, und die Tränen liefen mir nur so herunter vor Glück, und mir wurde ganz warm, und alles war gut. Und die Männer um mich herum weinten auch. Da fühlten wir uns alle stark und unangreifbar und begannen ›Sieg!‹ zu schreien. Bruder Thomas aber kniete nieder, und wir alle knieten ebenfalls nieder, und das ganze Heer der Bauern sang: ›Komm heiliger Geist! Herre Gott‹ Und es war wie in der Kirche. Dann aber, während wir sangen und knieten, beginnt es zu krachen und zu donnern, wie ich es noch nie donnern gehört habe. Und es kracht immer und immer weiter und weiter, und vor mir spritzt der Dreck auf, und dann fallen Männer um und sind tot oder verletzt und schreien um Hilfe, und überall ist Blut, und alle Bauern schreien und laufen durcheinander. Da erst merke ich, daß das Krachen die Kanonen sind, die auf uns schießen. Und ich schaue nach Bruder Thomas, wie er allein die Kugeln mit seinem Ärmel auffangen wird. Aber ich kann ihn nicht mehr sehen. Und da bin ich gelaufen und gelaufen wie noch nie in meinem Leben, und alle anderen sind auch gelaufen, immer bergab, und meinen Dreschflegel habe ich weggeschmissen, und überall sind Reiter, und ich habe meinen

Nachbarn Lukas nicht mehr gesehen. Dann bin ich wieder einen kleinen Abhang hinaufgerannt, aber da sind auch Reiter und eine kleine Mulde mit Wasser, da sind viele Männer, die sind alle durcheinander gelaufen und haben geschrien, und die Kanonen haben immer noch geschossen, aber jetzt viel näher. Und ich bin zu den Männern hingerannt, da hat einer geschrien, daß da auch Reiter kommen, und auf einmal sind wieder überall Reiter, und niemand hat sich gewehrt, aber die Reiter haben auf uns losgehauen und gestochen. Da sind wir den Abhang wieder hinuntergelaufen, aber da waren auch Reiter, die haben in uns hineingehauen, und ein großes Pferd kam immer näher, und ich bin vor ihm davongelaufen, und es schnaubte ganz nah an meinen Ohren, und ich bekam einen Stich in den Schenkel und einen Hieb über die Stirn und wußte nichts mehr.«

Konrad und Ulrich schauten sich an.

»Am anderen Morgen erwachte ich in einem Kleeacker, und es war sehr kalt und naß. Um mich lagen überall Tote und hatten die Augen weit offen, und überall waren Krähen, die flatterten und hüpften umher und krächzten. Da schleppte ich mich heraus aus dem Kleeacker und wollte hinein nach Frankenhausen, weil meine Wunden weh taten und ich fror und Durst hatte und sehr schwach war. Da sah ich eine alte Frau mit einem Korb aus Frankenhausen kommen, und als sie mich sah, erschrak sie über mein Aussehen und hatte Tränen in den Augen und sagte zu mir, daß ich nicht nach Frankenhausen hinein soll: Da ist der Graf von Mansfeld, und alle Bauern, die er erwischt, werden schon seit gestern den ganzen Abend und die ganze Nacht und auch heute morgen aufgehängt oder geköpft, auch die Verwundeten. In ganz Frankenhausen hört man nur Weinen und Schreien. Dann gab sie mir etwas zu trinken und zu essen und verband mir meine Wunden mit einem Fetzen, den riß sie aus ihrem Rock. Aber ich durfte auch nicht heim nach Kindelbrück: Alles wird durchsucht, sagte sie mir, ich soll so weit wie möglich fortlaufen. Und ich habe mich durchgebettelt und durchgebettelt, und zum Schluß hat mich ein Fuhrmann mitgenommen, und so lebe ich, und alle sind tot, und ich bin hier. Auch Bruder Thomas ist tot, den haben sie in einem Haus in Frankenhausen in einem Bett auf dem Dachboden versteckt gefunden, wie sie sagen. Er wurde in Mühlhausen schrecklich hingerichtet. Und was aus meinem Nachbarn Lukas geworden ist, weiß ich nicht.«

So erzählte er und erlebte alles noch einmal, daß es seinen ganzen Körper schüttelte. In der Wirtsstube wurde ein Flugblatt herumgegeben, darin stand, daß siebentausendvierhundertdreiundzwanzig Bauern in dieser Schlacht, die gar keine war, ihr Leben verloren hatten – davon dreihundert nach der Schlacht gefangene, die man gehenkt oder geköpft hatte.

Ulrich dachte an die Bilderstürmer bei Einbeck und ihr entsetzliches Schicksal, das er beinahe geteilt hätte.

»Thomas Müntzer, der die Bibel so gut kannte«, sagte Konrad später zu ihm, »hat nur einen einzigen Satz vergessen, nämlich daß Jesus Christus gesagt hat: Mein Reich ist nicht von dieser Welt! Wir müssen mit unseren Problemen selbst und zwar so fertig werden, daß die Menschen am Leben und die Häuser stehen bleiben!«

Ulrich zuckte zusammen und schaute Konrad seltsam an, der aber sah völlig harmlos aus wie immer.

Nun war es nicht mehr weit nach Hause – nur noch wenige Tage – als sie durch ein Dorf kamen, in dem nur Jammer und Elend herrschten. Weinende Frauen, heulende Kinder, verstörte alte Männer: Bei Böblingen sei eine große Schlacht gewesen, die meisten Bauern seien erschlagen oder aufgehängt. Aus ihrem Dorf seien fast alle Bauern mitgezogen. Es war wie in Frankenhausen. Jetzt wären die beiden am liebsten vollends nach Hause gerannt.

Der Meister lebte noch, die Streilinger waren durch die Niederlagen der Bauern ringsum eingeschüchtert, wollten aber jeden erschlagen, der einen Streilinger Baum auch nur anrührte. Mehrfach hatte man in der Stadt heimlich gelegte Brände entdeckt und noch rechtzeitig löschen können.

So war die Lage zum Zerreißen gespannt, als sich die beiden auf den Weg zum Hause des Meisters machten. Ulrich war als erstes bei seinen Eltern gewesen, die ihn nicht mehr fortlassen wollten, aber er hatte sich losgerissen. Vor der Haustüre des alten Obermeisters stand eine doppelte Wache, die zeigte, daß der Meister unter Arrest stand, daß man aber seine Krankheit achtete, weil er zeitlebens ein angesehener Bürger gewesen war.

Als Ulrich und Konrad von der schluchzenden und sehr verhärmt aussehenden Hausfrau zu ihm in die Schlafkammer geführt wurden, zeigte sich den beiden sofort, daß der Meister wohl nicht mehr vor dem weltlichen Gericht stehen würde. Er war sehr bleich, spitz und eigenartig verändert unter seiner weißen Zipfelmütze. Erst als er anfing sehr langsam zu sprechen, merkten sie, daß eine Gesichtshälfte gelähmt und zu einer Grimasse verzerrt war. Er mußte einen Schlaganfall gehabt haben.

»Konrad«, flüsterte er kaum vernehmbar, »ich habe dir großes Unrecht getan – du mußt wissen …« Seine Stimme – kaum verständlich – sank zu einem Gemurmel herab.

Seine Hand tastete nach Ulrich: »Ich habe selbst …«, murmelte er.

»Ich weiß«, sagte Ulrich und dann mit fester Stimme: »Das ist alles nicht wichtig. Wir sind gekommen, um vor dem Rat zu bezeugen und zu beschwören, daß Ihr die Streilinger Bauern nicht zum Aufstand aufgehetzt habt!«

Ein Auge des Meisters war starr und trübe, vom gelähmten Lid halb bedeckt. Das andere aber schien jetzt aufzuleuchten, und etwas wie ein Lächeln lief über sein zerstörtes Gesicht.

Einige Tage später standen Ulrich und Konrad vor dem Gericht und dem Rat der Stadt, deren Versammlung der Pate, der aber nicht anwesend war, durchgesetzt hatte. Ulrich beschwor in dem ehrfurchtgebietenden dämmerigen Gerichtssaal auf dem Rathaus seine Aussage, wie der Meister wirklich zu den Streilinger Bauern stand. Dabei blickte er hinauf zu der gewaltigen Malerei des Jüngsten Gerichtes, das die ganze Stirnseite des Saales einnahm. Ulrich schauderte es bei dem Gedanken, vor diesem Gericht selbst als armer Sünder dazustehen. Und es grauste ihn, wenn er daran dachte, wie nahe er daran gewesen war, in Ketten vor einem ähnlichen Gericht zu stehen. Als er zurücktrat, wurde ihm ein Moment lang schwindelig, so daß er stolperte und Konrad ihn stützen mußte.

»Kein Wunder nach unserer raschen Wanderung«, sagte Konrad nachher, aber Ulrich wußte es besser.

Lange Zeit mußten sie vor der Türe warten in der prächtigen roten, blauen, grünen und goldenen Vorhalle, bis ein Gerichtsverwandter, wie man die vierundzwanzig Richter nannte, herauskam und ihnen beruhigend zunickte: »Alles in Ordnung!«

Als sie das Rathaus verließen, hatte der Meister schon vom Stadtschultheißen selbst, dem Vertreter des Kaisers, seinen Freispruch vernommen. Es wurde später von Gerichtsverwandten berichtet, der Meister habe, soweit man das erkennen konnte, geweint wie ein kleines Kind.

Bereits am nächsten Tag sprengte ein städtischer Reiter hinaus nach Streilingen, um den Bauern Verhandlungen anzukündigen, bei denen die Stadt großes Entgegenkommen versprach. Es dauerte dann lange, bis die mißtrauischen Bauern endlich zu Verhandlungen bereit waren. Und es mußte fast noch länger um verschiedenste Punkte gestritten und gerungen werden. Und erst spät kam es zu einer wirklichen Einigung. In der ganzen Zeit aber brach in der alten Stadt kein geheimnisvoller

Brand mehr aus, und kein Streilinger mußte mehr verdächtigt werden.

Die beiden wurden in der Gesellenstube ausgiebig gefeiert, und Humpelhenne schüttelte immer wieder den Kopf: »Wer hätte das gedacht? Wer hätte das gedacht?«

»Ja, überhaupt denken sollte man!« sagte Konrad und grinste so frech, daß ihm Humpelhenne beinahe eine reingehauen hätte.

Ulrich sollte nach seiner Wanderung den Paten besuchen, aber die war ja mit nachträglicher Erlaubnis der Zunft vorzeitig abgebrochen worden, und so schob er den Besuch Tag um Tag und Woche um Woche hinaus.

Nun war er schon viele Wochen wieder in der Stadt, arbeitete bei dem Meister, der die Werkstatt des alten Obermeisters übernommen hatte, und wohnte bei seinen Eltern, die er jetzt etwas unterstützen konnte. Er schlief wieder da, wo er als Kind geschlafen hatte, unter dem Dach, wo es nach fauligem Stroh roch und wo es im Winter zu kalt und im Sommer zu heiß war, wo der Regen durchtropfte und der Schnee liegenblieb.

Sein Vater war, wie er es vorausgesehen hatte, sehr schwach geworden und war jetzt auch beim Gehen verkrümmt.

»Alle Knochen tun mir weh«, klagte er, »stundenlang noch, wenn ich am Webstuhl Schluß gemacht habe, kann ich mich kaum regen, so daß ich nachts nicht mehr schlafen kann.«

Auch sehe er sehr schlecht, jammerte er, und das war schlimm für einen Weber. Er müsse aufhören. Was dann? Erspartes hätten sie nicht, nur für seinen Sarg und den der Mutter reiche es. Die Mutter, die ganz grau geworden war, sah ihn mit einem Blick an, so trostlos, wie er noch keinen gesehen hatte, und weinte.

Der Vater hatte ihn voller Hoffnung angeschaut, als er zurückgekehrt war, und ihm zugeflüstert: »Die Probe – hast du die Lösung?« Aber Ulrich hatte nur leise mit dem Kopf geschüttelt. Er sah die Enttäuschung auf dem Gesicht des hinfälligen Mannes und wäre am liebsten in den Boden versunken. Es war furchtbar, die Not mit ansehen zu müssen und nicht helfen zu können, obwohl die Hilfe doch so nahe war. Der Mutter hatte man nichts erzählt. Ihr wollte man keine falschen Hoffnungen machen.

Wenn ich doch nur die Probe herausbekommen könnte, dann wäre ich vielleicht in zwei bis drei Jahren Meister, sagte sich Ulrich und dachte auch sehnsüchtig an Köln – aber so? Er wußte in der Zwischenzeit, daß er nur nach Köln wandern würde, wenn er die richtige Lösung fand.

Gelegentlich wollte er sich mit Konrad, der in derselben Werkstatt arbeitete, über die Probe unterhalten, wie damals auf der Wanderung. Aber wie damals lachte der bloß und sagte höchstens: »Wozu hast du dein Hirn, mich geht das doch gar nichts an!« und schüttelte den Kopf.

Vom Paten hörte Ulrich in der ganzen Zeit nichts. Und dennoch schien es ihm, als warte er.

So stand Ulrich eines Nachmittags beim Aufschlagen eines Hauses – noch ganz in der Art des alten Obermeisters. Für Neuerungen war es dieses Jahr zu spät, weil ja die Balken im Winter bereits nach der alten Konstruktion abgebunden worden waren. Der Rat, der mit den Streilinger Bauern nur langsam vorankam, lobte die neue Konstruktion und versprach sich bessere Verhandlungsmöglichkeiten, wenn man die Eichen schonen konnte.

Ulrich paßte Zapfen in Zapfenlöcher, Blätter in Blattsassen, verdübelte mit Holznägeln und staunte immer wieder, wie das Gerüst eines Hauses Balken für Balken ineinandergriff, wie eins zum andern kam, wie keines ohne das andere sein konnte. Wie kunstvoll sich alles gegenseitig hielt und stützte, befestigte und trug.

Er ließ das Klopfholz, das er gerade in der Hand hielt, sinken und legte es weg. Er spürte, daß er der Lösung nahe war, und doch wollte sie sich nicht einstellen. Er dachte an die Häuser, die er alle gebaut hatte, besonders an das Vogtshaus, aber auch an die Häuser in Bischofswerth: Alle waren verbrannt! Weshalb blieben seine Häuser, die doch so gut gebaut waren, nicht stehen?

Er dachte an den alten Meister, der immer recht hatte, und seinen Streit mit Konrad Mutzhaaß. Er dachte an Bödes, der alles besser wußte, und er dachte an den besonnenen Meister in Bischofswerth; er dachte an die Bilderstürmer, die das richtige Haus errichten wollten und doch alles zerstörten, und an den fahrigen Ennoch, der auch immer recht hatte, und er dachte an den vogelartigen Bischof mit der milden Strafe. Er dachte an die unduldsamen Bürger von Bischofswerth, und er dachte an die freundlichen Gesellen in Einbeck. Er dachte sogar an Thomas Müntzer, der geglaubt hatte, er könne Kanonenkugeln mit seinem Ärmel auffangen, und er dachte an die Vertriebenen mit der zerbrochenen Deichsel. Überall waren Menschen gestorben oder hatten die Heimat verloren und waren Häuser nicht stehen geblieben. Aber warum?

Wer den langen Kerl mit den strohigen Haaren und dem langen Gesicht gesehen hätte, wie er auf einem Balken des Dachstuhls saß, der hätte gedacht, er wäre übergeschnappt. Er hatte vor Aufregung eine Hand in den Mund geschoben, als wolle er sich die richtige Antwort mit der Faust aus dem Halse ziehen. Er biß mit den Zähnen darauf. Mit der anderen Hand hatte er einen Balken fest umklammert. Er wedelte mit einem Bein in der Luft herum und stauchte mit dem anderen immer gegen denselben Balken. Seine Haare waren zerrauft und standen nach allen Seiten ab. Sein Gesicht war feuerrot. Auf der Stirn standen tiefe Falten. Seine Augen waren weit aufgerissen vor Anstrengung, aber er sah nichts von dem, was um ihn war. Das was er sah, gab es auf der Baustelle nicht zu sehen.

Er sah sich selbst auf seiner Wanderung, wie er zu wenig Vertrauen hatte, dafür aber Vorurteile, und alles alleine besser wußte und konnte, und wie er Wiesel verraten hatte. Er sah Wiesel vor sich, wie er seinen Dolch, den er Glandi nannte, in die Luft warf, und er sah, wie sie ihn abführten, den winzigen Kerl, weil sein Volk nicht leben durfte, wie es wollte.

»Ich hab's!« schrie er da auf einmal, so daß alle Gesellen herschauten, und die Lehrlinge meinten, jetzt sei er endgültig verrückt geworden.

Es war ein heller Juliabend. Die Sonne war schon untergegangen, aber die Stadt war golden. Schwärme von Schwalben kreisten um die Türme und Giebel und erfüllten die Luft mit Geschrei. In den Gassen strahlten Straßenpflaster und Häuser eine angenehme Wärme aus; unter den offenen Haustüren spielten überall noch die Kinder. Aus Höfen und Kellerabgängen wehte es kühl, in den Gasthäusern wurde gesungen. Ulrich ging zum Paten.

Je näher er den Häusern der Herrengasse kam, desto stiller wurde es. Die stattlichen Häuser leuchteten im Abendlicht; aus einem Fenster hörte man eine Flöte, sie spielte eine traurige Melodie, die immer wieder in sich selbst zurückkehrte.

Ulrich war mit beschwingten Schritten durch die Stadt gegangen. Je näher er dem Hause des Paten kam, desto langsamer wurde er. Immer mehr Zweifel kamen ihm. Er hatte so einfach hinausgeschrien: Ich hab's! und war in einem einzigen Freudentaumel gewesen. Aber als er nun auf dem weiten Weg zum Paten seine Antwort in Worte fassen wollte, wurde diese immer fragwürdiger. Ja, sie erschien Ulrich immer unwahrscheinlicher, eigentlich fast unverschämt, zwei Schritte weiter erschien sie ihm sogar blödsinnig. Und noch zwei Schritte weiter war er wieder überzeugt, daß es gar keine andere Antwort geben konnte. So war sein Gang durchaus uneinheitlich: Manchmal ging er langsam und zögerlich, dann rannte er wieder los. Manchmal wäre er am liebsten umgekehrt, aber Konrad hatte ihn schon angemeldet, und der Pate wartete.

Eine Magd öffnete. Beklommen wie das erste Mal trat er in den weiten Flur mit der geschnitzten Treppe, wieder leuchteten goldene Engel. Wieder begegnete er sich selbst in dem großen venezianischen Spiegel: Er erblickte einen erwachsenen, großen jungen Mann mit keimendem Bart im verlegenen Gesicht.

»Endlich besuchst du mich alten Mann.« Der Pate saß wieder in einem hohen Lehnstuhl vor dem kunstvoll geschnitzten Tischchen unter den raufenden Teufelchen. Er war noch etwas weißhaariger geworden. Sein Gesicht leuchtete förmlich vor Vergnügen, er schien bester Laune zu sein. »Du hast sicher Hunger nach dem langen Arbeitstag«, sagte er mit abgründigem Lächeln.

»Keinen Bissen täte ich herunterbringen«, würgte Ulrich hervor.

»Na, na, du hast doch schon Schlimmeres erlebt als das hier, oder bin ich so ein Unmensch?«

»Das ist es ja«, Ulrich fand endlich einige Worte. »Das ist es ja, natürlich hängt für mich sehr viel ab von heute abend. Aber Euch möchte ich auch nicht enttäuschen!«

»Das ist schön«, lächelte der Pate, »aber bis jetzt hast du mich kein bißchen enttäuscht; ich bin geradezu stolz auf dich, so daß man mich schon beinahe hochmütig nennen könnte.«

Ulrich war sehr verlegen: »Na ja, in Bischofswerth …«

»Reden wir nicht von Bischofswerth, das hat sicher auch sein Gutes, aber weißt du, ich esse gerne recht gut. Aber wir verschieben es einfach auf nachher.« Ulrich konnte nur schlucken und stumm nicken.

»Ich habe dir eine Probe aufgegeben«, half der Pate, »bevor du deine Wanderung begonnen hast. Und ich verstehe, daß du mich nicht besuchen wolltest, bevor du die Antwort nicht gefunden hattest. Nun ist vor ein paar Stunden der Konrad außer Atem dahergerannt gekommen, du wärest auf der Baustelle herumgetanzt wie ein Wilder und wolltest mich sprechen.«

»In der Zwischenzeit tanze ich nicht mehr …«

»Jede Antwort hat ihre Zweifel«, unterbrach ihn der Pate, »ja der Zweifel selbst ist oft schon die Antwort!«

Ulrich war mutiger geworden: »Ihr habt mich gefragt: Wie baut man das richtige Haus? Und habt als Bedingung dazugefügt, daß die Häuser nur stehen bleiben, wenn man darauf die richtige Antwort wüßte.«

Der Pate nickte.

»Die Antwort, von der ich meine, daß sie die richtige ist, hätte ich eigentlich schon in Bischofswerth finden können oder als ich den vertriebenen Protestanten und Katholiken begegnet bin, oder sonst oft. Heute ist mir bei der Arbeit eine Antwort eingefallen. Ich hoffe, daß sie brauchbar ist.«

Der Pate saß aufrecht da, sein Gesicht war nun doch ernst geworden. In der Stube war es still, die Uhr tickte sehr laut.

Ulrich sagte mit fester Stimme: »Meine Antwort heißt, daß es das richtige Haus nicht gibt! Es gibt viele richtige Häuser, und immer wenn jemand meint, daß sein Haus das richtige ist, wie der fahrige Ennoch, in dem alle so wohnen müssen, wie er es will, dann bleiben die Häuser nicht stehen, wie das Vogtshaus bei Einbeck oder die Stadt Bischofswerth nicht stehen geblieben sind.« Ulrich stand da, das Gesicht rot, die Augen wässerig.

Der Pate war aufgestanden, sein Gesicht leuchtete vor Freude: »Ulrich, deine Antwort ist – wie hast du gesagt? – brauchbar! Ja, sie könnte gar nicht besser sein!« Er drückte ihm die Hand. Dann setzte er sich wieder, lehnte sich zurück und lud Ulrich auch zum Sitzen ein. »Weißt du, mir hat einmal ein alter Obermeister der Zunft gesagt, der sei Meister, dessen Arbeit dauerhaft sei. Ich habe mir aber gedacht, daß zur Dauerhaftigkeit nicht nur die Arbeit selbst gehört. Die kann so gut sein wie sie soll: Zur Dauerhaftigkeit gehören auch die Menschen! Wieviel ist im Laufe der Zeit zerstört worden, was noch lange bestehen könnte, wenn die Menschen richtig miteinander umgehen würden. Deine Antwort ist richtig: Wir brauchen alle ein Haus, aber nicht jeder braucht dasselbe Haus. Wir müssen das Haus, das wir bauen, so gut machen, wie wir können. Und andere machen ihr Haus, das ganz anders aussieht, so gut, wie sie können. Und dann müssen alle zusammenleben. Sonst wäre es ja auch langweilig!« Er lächelte.

»Und ...« Ulrich krächzte beinahe.

»Du brauchst die Augen gar nicht so aufzureißen«, schmunzelte der Pate, der langsam die Becher mit Wein füllte, »ich halte mein Wort: In zwei Jahren bist du Meister, lieber Ulrich, und ich richte dir deine Werkstatt ein.«

Ulrich brachte kein Wort heraus.

Der Pate machte eine abwehrende Handgebärde: »Übrigens soll ich dir schöne Grüße ausrichten, die mir meine Fuhrleute übermittelt haben aus ... na, ein rechter Kaufmann hat Beziehungen in die ganze Welt. Dieses Mal kommen die Grüße, warte mal«, sein Lächeln vertiefte sich, »dieses Mal kommen sie aus Köln – von einer Anna Perlenfein. Mein Geschäftsfreund in Köln schreibt mir, was ein gewisser Ulrich Wennagel in Ascherskron gemacht habe. Sag, willst du nicht mal nach Köln wandern?«

»Ich wollte, ich hätte, ich wäre ...«, stotterte Ulrich.

Die Tür ging auf, und Konrad Mutzhaaß kam herein.

»Auf dich muß man aber lange warten!« Der Pate glänzte vor bester Laune. »Sag bloß, du hast alles gewußt«, ging Ulrich auf Konrad los. »Ich hätte es mir ja denken können!«

Jetzt grinste sogar der feierliche Pate: »Aber jetzt wollen wir endlich miteinander trinken! Und wo bleibt denn eigentlich das Essen? He da, in meinem Hause wird nicht gerauft!«

Im nächsten Frühjahr wanderte Ulrich nach Köln, er hatte nicht mehr auf den Mai gewartet und war gleich im März, als die letzten Schneereste getaut waren, losgegangen.

So groß seine Ungeduld auch war, als die Stadt am Rhein vor ihm lag mit ihren unzähligen Türmen und Giebeln, davor der Riesenbau des Domes, der alles überragte und der noch zusätzlich von dem berühmten Kran überragt wurde, als er den Rhein vor sich sah mit seinem Gewimmel von Booten und Schiffen, darunter richtige Koggen, die vom Meer kamen, mit Flaggen, Wimpeln und Segeln, da stockte er.

Es war aber nicht die riesige Stadt, die größer war, als er es sich hatte vorstellen können, es waren auch nicht die großen Seekoggen, von denen gerade eine majestätisch losmachte und mit geschwellten Segeln im Südwind den Rhein hinab dem Meer zu segelte – es war der Gedanke an Anna, die in dieser Stadt lebte, der ihn wieder einmal zögern ließ. Dabei war das Wort Anna geradezu sein Wanderrhythmus gewesen und hatte auf der ganzen Strecke in den vielen Wochen fast keine Müdigkeit in ihm aufkommen lassen.

Jetzt saß er am Rheinufer, das Ziel vor sich und traute sich nicht hinein. Die alten Sorgen waren wieder gekommen: Wird sie nicht bloß dankbar sein und alles mögliche aus Dankbarkeit tun? Und dann wie so oft: Wer war er denn? Der Sohn eines armen Webers aus einem Häuschen an der Stadtmauer und sie, Anna Perlenfein, die Tochter eines der reichsten Bürger von Ascherskron und heute von Köln aus uraltem Geschlecht und

Bürgerstolz! Zu Mädchen ihrer Herkunft durfte er in seiner Vaterstadt noch nicht einmal hinblicken.

So geschah sein – übrigens von den Kölner Bürgern völlig unbemerkter – Einzug ins heilige Köln verspätet. Und es war schon Abend geworden, als er sich zum Perlenfeinschen Hause durchgefragt hatte. Dort aber – beantworteten die Augen von Anna innerhalb einer Sekunde beide Fragen äußerst zufriedenstellend.

Zwei Jahre später lebte er im eigenen Haus und in der eigenen Werkstatt mit Anna und seinen Eltern in seiner Heimatstadt. Annas Vater zog bald aus dem immer unduldsamer werdenden Köln nach. Ulrich war Meister, einer der jüngsten in seiner Zunft. Konrad war nicht Zimmermann, sondern Holzhändler geworden, vereinigte den Holzhandel mit dem Handel seines Vaters und wurde einer der reichsten Bürger in der ganzen Stadt.

Die neue Konstruktion setzte sich rasch durch in der Stadt und im ganzen Umland. Die Ständer wurden enger gerückt, die Verblattungen verschwanden. Allerdings behielt man die kräftigen Rähme und Unterzüge bei und auch die nach außen sichtbare Verdielung der Fußböden. »Ein wenig müssen wir uns ja doch noch unterscheiden von denen in Bischofswerth.«

Befremdlich für die Zunftgenossen Ulrichs war lediglich, daß der junge Meister offenbar eine fast unerträgliche Vorliebe für Gesindel zu haben schien. Kaum waren Zigeuner auf dem Anger vor der Stadt, so war er dort. Aber er fand nie, was er suchte und wonach er fragte.

Der Pate, der katholisch blieb, und der protestantische Herr Perlenfein wurden die besten Freunde und verschmähten kein gutes Essen. Als die Spannungen in der Stadt zwischen den Evangelischen und Katholischen immer größer wurden, konnten beide alten Herren – sie wurden sehr alt und hatten ihre

Freude an Ulrich, Anna und ihren Kindern und Konrad – mäßigend auf die Gruppen in der Stadt einwirken. Schließlich wurde Ulrich trotz seiner Vorliebe für das Gesindel zum Obermeister in der Zunft gewählt und war damit Ratsherr geworden.

Es war ein bedeutsamer Tag für ihn, als er mit Konrad zusammen, der ebenfalls im Rat saß, die Stadtväter dazu bewegen konnte, daß die große Hauptkirche der Stadt, das Liebfrauenmünster, beiden Konfessionen gehören sollte, womit Frieden und Eintracht wieder so weit in die altehrwürdige Stadt zurückkehrten, wie das möglich ist.

So war alles in Ordnung – aber was war mit Wiesel?

EREIGNISSE DES BAUERNKRIEGS, DIE IN DIESEM BUCH VORKOMMEN

In der zweiten Hälfte des 15. Jahrhunderts wurden die Bauern durch ihre Grundherren immer mehr belastet: höhere Abgaben, mehr Frondienste. Deshalb kam es seit 1490 immer wieder zu Aufständen. Im Jahre 1525 standen fast ganz Südwestdeutschland und Thüringen in Flammen. Alle Aufstände dieses Jahres zusammen nennt man den Großen Bauernkrieg.

Auf ihrem Weg nach Süden im Frühjahr 1525 hören Ulrich und Konrad von den Aufständen in Franken, Thüringen und Württemberg.

Der Aufstand der fränkischen Bauern galt vor allem dem Bischof von Würzburg. Sie wurden von den Rittern Florian Geyer und Götz von Berlichingen angeführt.

Die Bluttat von Weinsberg, bei der 21 Ritter und ein Graf von den Bauern durch die Spieße gejagt wurden, war am Ostersonntag 1525. Vor allem sie führte dazu, daß sich Martin Luther gegen die Bauern stellte.

Der Aufstand der württembergischen Bauernhaufen endete mit der Niederlage der Bauern in der Schlacht von Böblingen am 12. Mai 1525.

Der Aufstand der Schwarzen Bauern in Thüringen wurde von dem Pfarrer Thomas Müntzer angeführt. Die Bauern wurden in der Schlacht bei Frankenhausen am 15. Mai besiegt, so wie es der Bauer aus Kindelbrück erzählt hat. Allerdings nimmt man heute an, daß das Bauernheer nur 8000 Mann zählte, nicht 30000, wie die damaligen Berichte angaben. Aber über 6000 Bauern haben wohl ihr Leben verloren. Darunter waren etwa 300 Gefangene, die in Frankenhausen umgebracht wurden. Außer Ernst von Mansfeld waren an der Schlacht noch Herzog Heinrich von Braunschweig und Landgraf Philipp von Hessen beteiligt.

Da Ulrich und Konrad von Norden nach Süden wandern, erfahren sie zuerst von der Schlacht bei Frankenhausen, bevor sie von der Schlacht bei Böblingen hören, obwohl diese vor der Schlacht bei Frankenhausen stattgefunden hatte.

DIE UNTERSCHIEDLICHEN FACHWERK-KONSTRUKTIONEN

Wenn man in Südwestdeutschland aufmerksam Fachwerkhäuser anschaut, kann man die Unterschiede zwischen der älteren Konstruktion, wie sie Ulrich bei seinem Meister erlernt hat, und der neueren, wie er sie in Bischofswerth kennengelernt hat, leicht erkennen. Bischofswerth müssen wir uns in der Mitte Deutschlands, etwa in Hessen denken.

Die ältere Konstruktion wurde im Süden in der Zeit zwischen 1500 und 1530 von der neueren Konstruktion abgelöst. Allerdings hat man in Süddeutschland nicht alle Elemente des mitteldeutschen Fachwerks übernommen. Die Ständer wurden enger gerückt und waren dünner. Die Rähme, die oft verdoppelt sind, blieben.

In der älteren Konstruktion stehen die Ständer meist sehr weit. Bänder, Schwerter und oft auch die Riegel sind verblattet. In der neueren stehen die Ständer eng. Fast alle Verbindungen sind verzapft. Verblattete Häuser sind also über vierhundert Jahre alt und deshalb heute sehr selten.

Die Bauweise, wie sie Ulrich in Einbeck kennengelernt hat, ist in ganz Norddeutschland zu finden.

In anderen Gegenden etwa in Oberbayern oder Ostsachsen findet man andere Konstruktionen; vor sechshundert Jahren wurde auch in Südwestdeutschland noch anders gebaut.

Fachwerk war zu allen Zeiten abhängig von den Bedingungen der Landschaft, in der es errichtet wurde, und ebenfalls von der Verfügbarkeit des Holzes. So mußten in Norddeutschland die Häuser einem starken Winddruck standhalten. In den Alpen finden wir flache Dächer wegen der rauhen Witterung und oft Blockbauweise, weil diese die Wärme besser hielt und weil genügend Nadelholz als Langholz zur Verfügung stand.

Ulrichs Meister hatte also nicht recht – aber die Zünfte waren damals sehr starr und sperrten sich lange gegen jede Neuerung.

FACHWERK WIE IN ULRICHS VATERSTADT

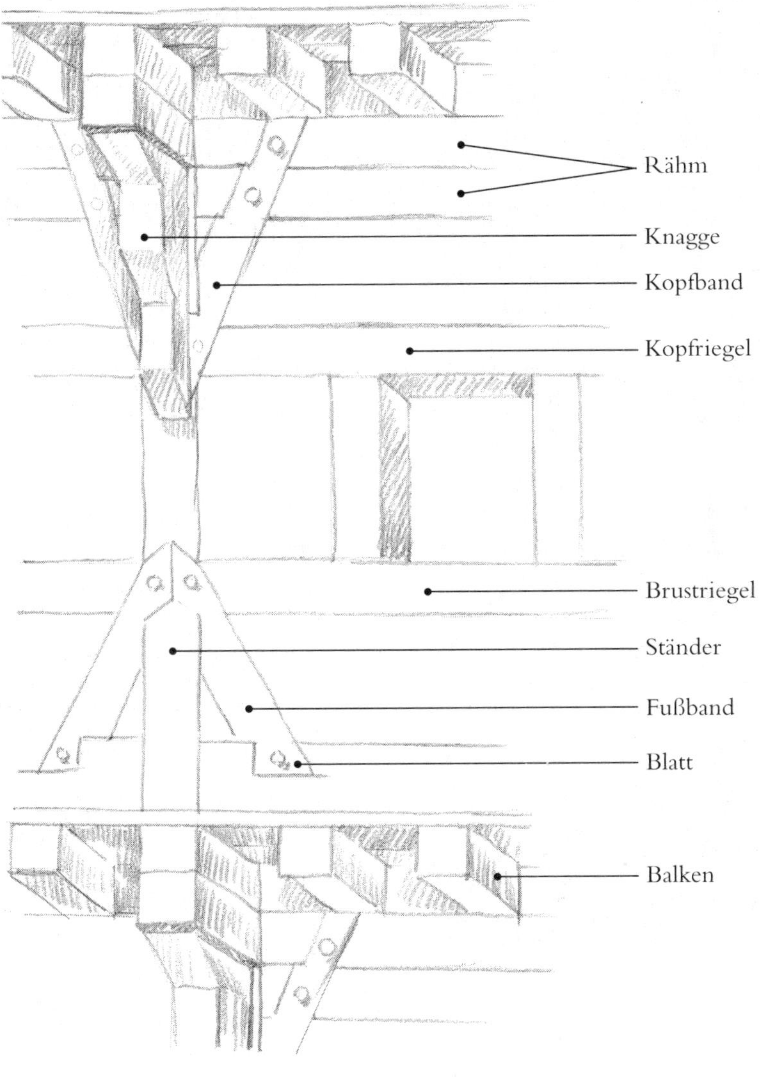

FACHWERK WIE IN BISCHOFSWERTH

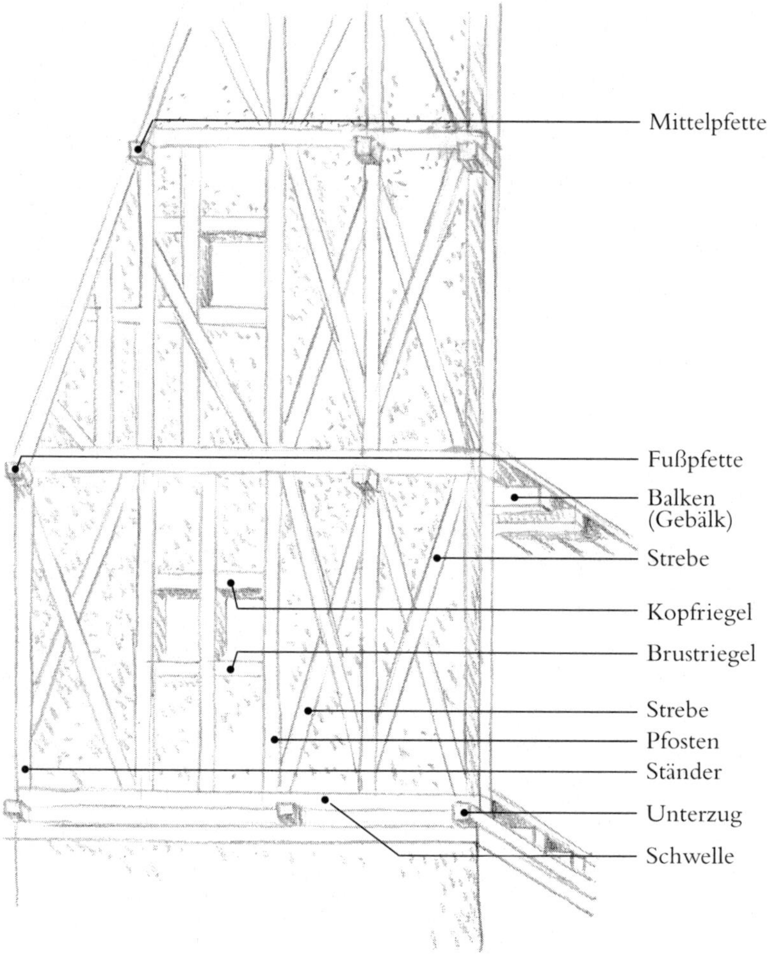

FACHWERK WIE IN EINBECK

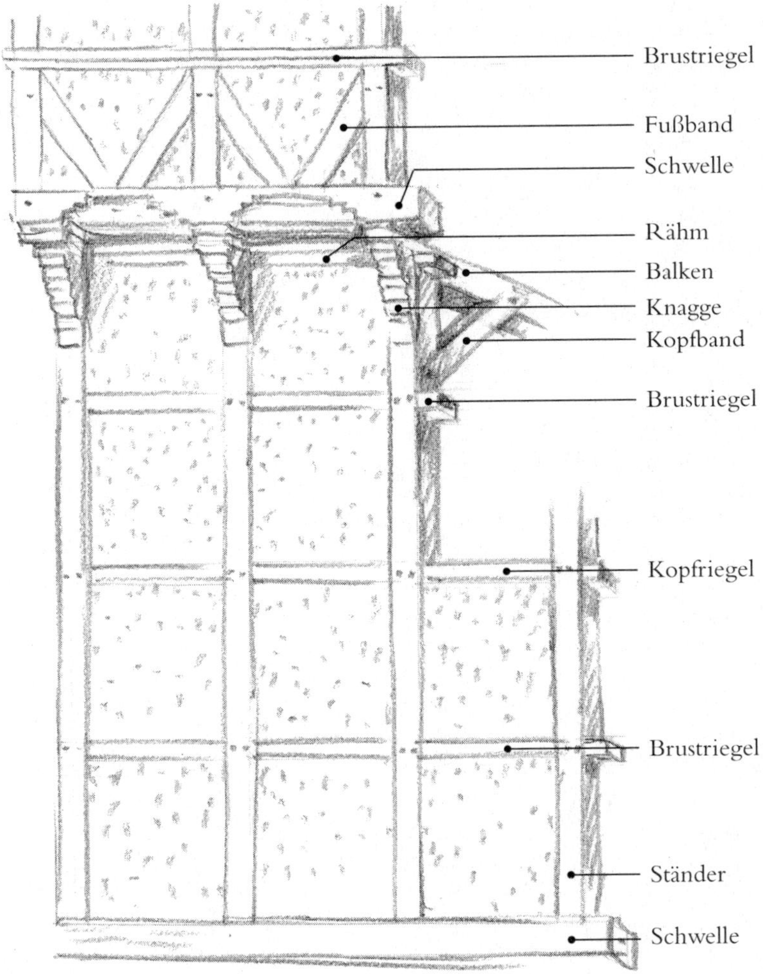

VERBLATTUNG

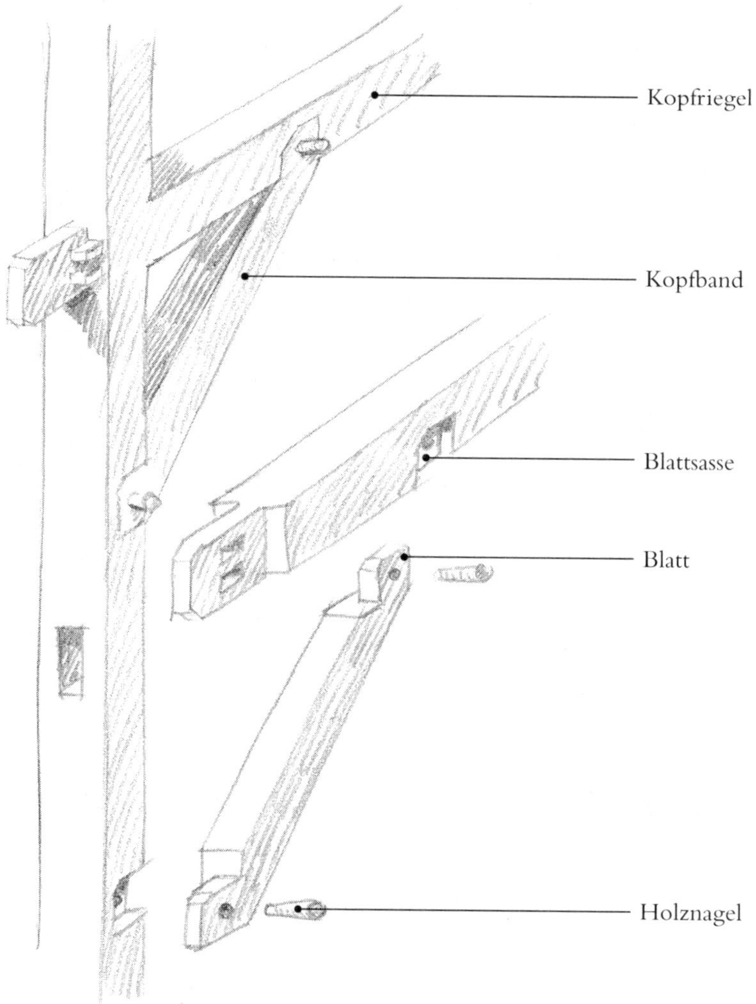

ZIMMERMANNSWERKZEUGE

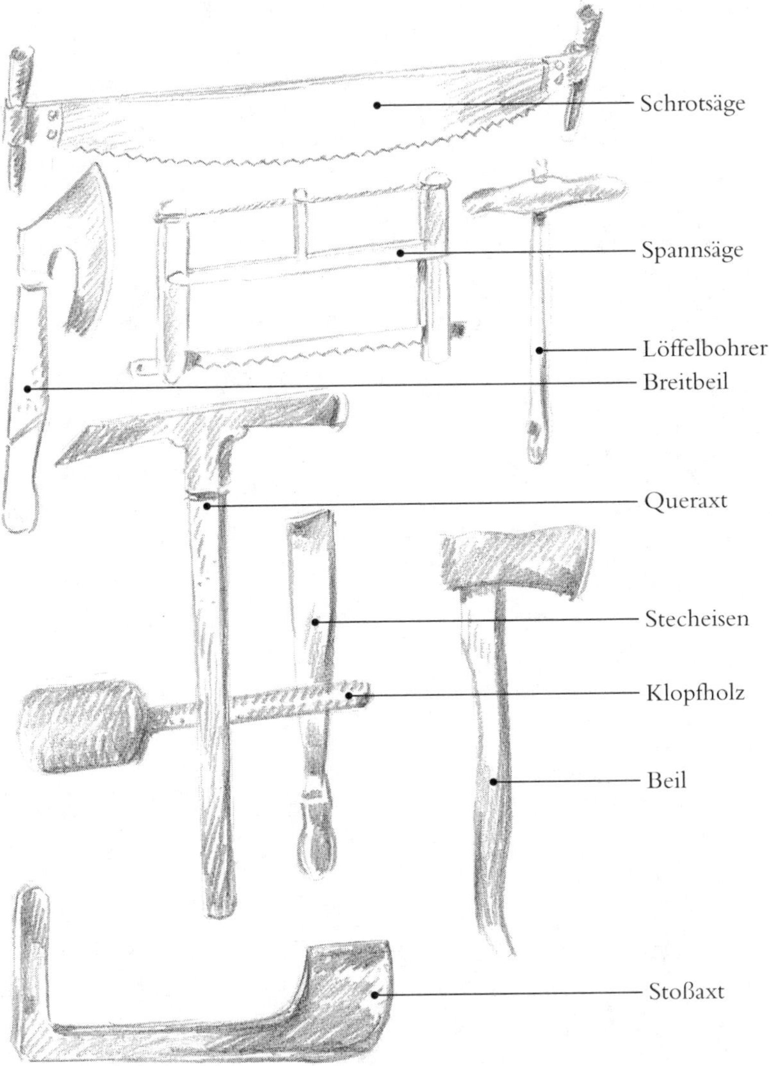

VERZEICHNIS DER WICHTIGSTEN ZIMMERMANNSAUSDRÜCKE

Abbinden
Die rohen Hölzer wurden im Winter zum Bau vorbereitet. Die Balken wurden aus dem runden Stamm herausgebeilt, auf die richtige Länge gesägt (gelängt) und in die für den Zusammenbau notwendige Form gebracht.

Band, Fußband, Kopfband
Um das Haus vor dem Schiefwerden zu bewahren, setzt man ein schräges Kurzholz von der Schwelle zum Ständer (Fußband) oder vom Rähm zum Ständer (Kopfband). Ein Schrägholz, das über ein ganzes Geschoß geblattet ist, nennt man Schwert. Lange Schräghölzer zum Ständer nennt man Streben.

Beilen
Aus den runden Stämmen wurden im Winter gleich nach dem Fällen, solange das Holz noch naß und weich war, mit der Breitaxt (Breitbeil) die viereckigen Balken gehauen (gebeilt).

Blatt, Blattsasse, Verblattung
Die Verblattung ist eine altertümliche Verbindung zweier Hölzer, die fast nur mit Eichenholz möglich ist. Sie verschwindet in der ersten Hälfte des 16. Jahrhunderts nahezu ganz.

Das Ende eines Balkens wird trapezförmig gestaltet und etwa um die Hälfte verdünnt (Blatt). Im Holzstück, in welches das Blatt eingefügt werden soll, wird der Umriß und die Tiefe des Blattes ausgestemmt (Blattsasse) und das Blatt eingesetzt. Beide Hölzer werden dann mit einem Holznagel aneinander befestigt.

Bundwerkzeug
Das Werkzeug, das ein Zimmergeselle auf der Wanderschaft in seinem Bund (Bündel) mitführen muß: Bundaxt, Spannsäge, Klopfholz und Stemmeisen.

Klaue
Dreieckige Einkerbung des Sparrens an der Stelle, an welcher er über die Mittelpfette gelegt wird.

Knagge
Holzkonsole zwischen dem Kopf eines Ständers und einem darüber vorkragenden Balken. In Norddeutschland sind die Knaggen oft reich verziert.

Pfette, Fußpfette, Mittelpfette
Zur Tragekonstruktion eines Daches gehören waagerechte Längsbalken, die Pfetten. Auf die Fußpfette werden die Sparren gestellt und dann über die Mittelpfette gelegt.

Rähmbalken, Unterzug
Der waagerechte Balken, der die Wand nach oben abschließt und das Gebälk der Decke trägt, heißt Rähm oder Rähmbalken. Er ist in Süddeutschland oft verdoppelt. Im Hausinneren nennt man ihn auch Unterzug.

Riegel, Brustriegel, Kopfriegel
Zur Aussteifung der Wände setzt man in die Wandmitte meist zwei waagerechte Balken von Ständer zu Ständer. Oberhalb des Fensters nennt man sie Kopfriegel, unterhalb des Fensters Brustriegel.

Schwelle, Grundschwelle, Stockschwelle
Den Balken, der auf das Fundament gelegt wird, nennt man Grundschwelle; über ihm wird die übrige Hauskonstruktion errichtet. Auf das Gebälk eines Stockwerks wird die Stockschwelle gelegt und darauf das nächste Stockwerk errichtet.

Sparren, Sparrenfuß
Die Sparren sind das tragende Gebälk des Daches. Der Sparrenfuß wird in die Fußpfette eingesenkt und der Sparren über die Mittelpfette gelegt. Am First trifft der Sparren mit einer Verblattung auf den gegenüberliegenden Sparren und wird durch einen Holznagel befestigt. Auf die Sparren werden die Dachlatten für die Ziegel genagelt.

Ständer, Eckständer, Pfosten
Die senkrechten Balken als seitliche Wandabschlüsse (Eckständer), auf welche die Rähmbalken und Unterzüge gelegt werden, nennt man Eckständer. Die wichtigen Eckständer sind immer aus Eichenholz. Ständer, an denen keine Rähme oder Unterzüge aufeinanderstoßen, nennt man Pfosten. Ständer und Pfosten werden in die Schwellen eingezapft. Im älteren Fachwerkbau von Ulrichs süddeutscher Heimatstadt waren die Ständer weitgestellt und mußten deshalb dick sein, im norddeutschen Fachwerkbau und später auch in Süddeutschland wurden sie enggestellt.

Zapfen, Verzapfung, Zapfenloch
Die Verzapfung ist eine Verbindung zweier Hölzer. Im neueren Fachwerkbau löst sie die Verblattung fast ganz ab. Das Ende eines Balkens wird als Zapfen bearbeitet und in das ausgestemmte Zapfenloch des anderen Balkens gesteckt.

Die Deutsche Bibliothek – CIP-Einheitsaufnahme

Bentele, Günther :
Der Feuerbaum / Günther Bentele. –
Stuttgart; Wien: Thienemann, 1996
ISBN 3 522 16939 5

Umschlag- und Innenillustrationen: Volker Blumkowski
Umschlaggestaltung: Michael Kimmerle
Schrift: Bembo gewöhnlich
Satz: KCS GmbH in Buchholz
Reproduktionen: Repro Brüllmann in Stuttgart
Druck und Bindung: Friedrich Pustet in Regensburg
© 1996 by K. Thienemanns Verlag in Stuttgart – Wien
Printed in Germany. Alle Rechte vorbehalten.
5 4 3 2 1   96 97 98 99

Was ist das Geheimnis des Toten auf dem Floß?

Sigrid Heuck
Meister Joachims Geheimnis
224 Seiten, ab 13 Jahren, ISBN 3 522 14690 5

„Es begann damit, daß ich am Ufer des Flusses eine Leiche entdeckte …“
So beginnt das Tagebuch von Peter, der auf einem niederländischen Gemälde des 16. Jahrhunderts ein rätselhaftes Detail entdeckt. Er fühlt sich von dem Gemälde auf seltsame Weise angezogen; der Wunsch, das Rätsel um den Toten auf dem Floß zu lösen, wird fast zur fixen Idee. Plötzlich findet er sich in einer fremden Welt wieder, die immer stärker von ihm Besitz ergreift.

THIENEMANN

Was ist das Geheimnis des Puppenspielers Moevius?

Christian Waluszek

Das Geheimnis des Puppenspielers

256 Seiten, ab 13 Jahren, ISBN 3 522 16829 1

Soest zu Beginn des 19. Jahrhunderts: der vierzehnjährige Martin hat eine außergewöhnliche Fähigkeit. Er schnitzt aus Holz Figuren, die ihren Vorbildern wie aus dem Gesicht geschnitten sind. Der Puppenspieler Moevius, der seine Begabung entdeckt, überredet Martin mit ihm zu ziehen. Aber irgend etwas stimmt nicht mit ihm. Er scheint wie besessen von der Idee, nach Moskau zu ziehen und dort vor dem Zaren ein Stück aufzuführen, das vor ihm noch niemand gespielt hat.

THIENEMANN